Andreas Schmidt
Das Schwebebahn-Komplott

Andreas Schmidt, geboren 1969 in Wuppertal, veröffentlicht mit »Das Schwebebahn-Komplott« seinen zweiten Kriminalroman. Wenn er nicht gerade an Romanen und Kurzgeschichten arbeitet, ist er hauptberuflich mit der Betreuung eines Fuhrparks in einem mittelständischen Industrieunternehmen ausgelastet.

Andreas Schmidt

Das Schwebebahn-Komplott

KBV
KRIMI

1. Auflage Juni 2002
2. Auflage September 2002
3. Auflage April 2005

Telefon: 0 65 93 - 99 86 68
Fax: 0 65 93 - 99 87 01
www.kbv-verlag.de
E-Mail: info@kbv-verlag.de
Umschlagillustration: Ralf Kramp
Druck: Grenz-Echo AG, Eupen
www.grenzecho.be
Printed in Belgium
ISBN 3-934638-90-2

Für Marie Christin

1. Kapitel

»Nächster Halt: Hammerstein!« Verzerrt klang Hans Zochs Stimme durch die Lautsprecheranlage der Schwebebahn, während er das Tempo des Zuges konstant hielt. Soeben überquerte der orange-blaue Lindwurm das Sonnborner Kreuz. Hell erleuchtet lag das bizarr anmutende Betongebilde mit seinen vierundzwanzig Brücken links neben der Schwebebahn. Auf der Autobahn floss der Verkehr vorüber, während der grauhaarige Zugführer das Geschehen aus der so genannten zweiten Ebene betrachtete. Mit gemischten Gefühlen erinnerte er sich an die Zeit, als der Verkehrsknotenpunkt entstanden war. Längst schon hatte man vergessen, dass die architektonisch wertvolle Sonnborner Kirche der Abrissbirne zum Opfer gefallen war, um den neuen Fahrspuren Platz zu machen. Auch zahlreiche Menschen hatten ihre Häuser verloren, da die Autobahn genau durch den kleinen Stadtteil Sonnborn verlaufen sollte. Diese traurige Tatsache hatte man in der damaligen Euphorie großzügigerweise totgeschwiegen.

Mit einem unterdrückten Seufzer auf den Lippen glitt Hans Zochs Blick über die Armaturen des Führerstandes. Alles in Ordnung – eigentlich hatte er auch nichts anderes erwartet. Ein langweiliger Spätdienst neigte sich dem Ende entgegen. In dieser lauen Sommernacht war zwar halb Wuppertal auf den Beinen, doch verbrachte man den wohlverdienten Feierabend lieber in einem gemütlichen Biergarten als in einem miefigen Schwebebahnzug. Als der Schwebebahnfahrer einen routinemäßigen Blick in den großen Panoramaspiegel über seinem Kopf warf, entdeckte er einen einsamen Mann mit ergrauten Schläfen. Er hockte in sich zusammengesackt auf der letzten Bank und schlief tief und fest. Der Mann wirkte irgendwie seriös in seinem Anzug, und dennoch konnte Hans Zoch nicht umhin, ihn mit einem mitleidigen Blick zu betrachten. Vermutlich war der Gute völlig betrunken. Den

Kopf auf der Brust, die Arme verschränkt, schlief er in Zochs Bahn seinen Rausch aus. Immerhin nahm kein anderer Fahrgast Notiz von ihm. Zoch wusste nicht einmal, wann der Kerl im zerknitterten Sommeranzug zugestiegen war. Irgendwann hatte er einfach in seiner Schwebebahn gesessen. Wenigstens war er friedlich und randalierte nicht, denn sonst hätte Zoch ihn an die frische Luft setzen müssen. So aber würde er ihn bis zur Endstation Vohwinkel mitnehmen, um ihn dort in eines der wartenden Taxis verfrachten zu lassen. Eigentlich wirkte der Grauhaarige gar nicht wie jemand, der sich regelmäßig zulaufen ließ. Der Mann kam Hans Zoch bekannt vor. Es ging ihm wie schon hundertmal vorher: Er kannte den Fahrgast, ohne zu wissen, woher. Immerhin nutzten siebzigtausend Menschen pro Tag das Wuppertaler Wahrzeichen als Transportmittel, und da konnte er sich unmöglich jedes Gesicht merken.

Früher war er als Straßenbahnfahrer im Depot an der Ueldahler Straße stationiert gewesen. Nachdem die altmodische Wagenhalle geschlossen worden war, wurde er nach Heckinghausen versetzt. Für Hans Zoch durchaus von Vorteil, da er von nun an zu Fuß zur Arbeit gehen konnte. Sein ganzer Stolz war das Häuschen am Hammesberger Weg, das er mit seiner Hilde von den Ersparnissen gekauft hatte, um den beiden Kindern ein Heim im Grünen bieten zu können. Die kleine Welt war bis zu dem Tag in Ordnung gewesen, an dem die Stadtwerke die Stilllegung des kompletten Wuppertaler Straßenbahnnetzes beschlossen hatten. Die Züge waren hoffnungslos veraltet und mussten dringend erneuert werden. Auch das Schienennetz war störanfällig geworden und hätte einer Überholung bedurft – ein aus kaufmännischer Sicht unsinniges Unterfangen. Sogar der Kauf einiger gebrauchter Bahnen aus Dortmund brachte nur einen Aufschub. So kam es, wie es kommen musste: Nach unzähligen Ratssitzungen beschloss man, dass die definitiv letzte Straßenbahn in der Nacht zum 31. Mai 1987 über die brüchige Tal-Achse rumpeln sollte. Das bestehende Liniennetz wurde fortan von einer Flotte nagelneu angeschaffter Gelenkbusse bedient. Hans Zoch kam sich plötzlich überflüssig vor. Er schien am Ende seiner beruflichen Laufbahn angelangt zu sein, und nur ungern erinnerte er sich an diese Zeit. Er hatte zu oft und zu viel getrunken.

Zwar hatte man ihm eine Stelle als Busfahrer in der neuen Nächstebrecker Wagenhalle angeboten, den Vorschlag aber rasch zurückgezogen, als man von seinen Alkoholproblemen erfuhr. Außerdem wäre es nie sein Ding gewesen, einen überfüllten Linienbus durch die engen Straßenschluchten von Wuppertal zu quälen. Andererseits war das Haus noch nicht ganz abbezahlt. Vorsichtig hatte er sich nach einer Stelle als Schwebebahnfahrer erkundigt – das kam seiner guten alten Tram ziemlich nahe, wie er wehmütig meinte. Er hatte Glück gehabt und durfte – nach rund 65 Fahrstunden beim einzigen Schwebefahrlehrer der Welt – endlich hinters Steuer. Seitdem betrachtete er seine Stadt aus der zweiten Ebene. Sanft schwingend am lindgrünen Gerüst der Bahn hatte er mit Staus und dem Gewimmel in der Innenstadt herzlich wenig am Hut. Da die Bahn nur tagsüber verkehrt, fielen fortan keine Nachtschichten mehr für Zoch an. Ein weiterer Vorteil für ihn, denn aus dem hektischen, zu cholerischen Anfällen neigenden Hans Zoch war ein besonnener, ausgeglichener Mann im besten Alter geworden. Zoch war mit sich und seiner kleinen Welt zufrieden und konnte sich bis zu seiner Rente nichts anderes mehr vorstellen, als Schwebebahn zu fahren. Sicherlich gab es aufregendere und anspruchsvollere Jobs, doch er fühlte sich wohl, und nur das zählte.

Als die Station Hammerstein in Sicht kam, erwachte Zoch aus seinen Betrachtungen und zog den Fahrhebel der Bahn etwas zurück. Kaum spürbar verzögerte der Zug. Auf dem Bahnsteig wartete nur ein älterer Mann mit roter Säufernase im Jeansanzug. Zoch betätigte den Mechanismus, der die Türen der Bahn öffnete. Der kleine Schwarzweißmonitor rechts am Fahrerstand flammte auf, und er konnte über eine auf dem Bahnsteig installierte Kamera den Fahrgastwechsel überwachen. Zoch drehte sich um und warf einen Blick nach hinten in das Innere der Bahn. Der Betrunkene auf der letzten Bank schlief immer noch tief und fest. Nun, ihm sollte es egal sein.

Inzwischen hatte er das *Strecke frei*-Signal erhalten. Nachdem der Fahrgastwechsel abgeschlossen war, verschloss Hans Zoch die Türen und drückte den Fahrhebel vor. Die Laufwerke auf dem Dach der Bahn surrten kaum vernehmlich. Ein leichter Ruck durchlief die Bahn, dann rollte sie aus der Station. Jetzt lag die Kaiserstraße unter ihm. Von der Straße her dröhnten Technorhythmen an seine Ohren. Als er sich im Fahrersitz vorbeugte, erkannte er ein knallrotes BMW-Cabrio, das fast genau unter seiner Schwebebahn nach Westen rollte. Etwas irritiert blickte Hans Zoch in die beleuchteten Fenster der bunten Hausgiebel, an denen die Bahn vorüberrollte. Nein, es bestand kein Zweifel; der Lärm drang aus dem offenen Sportwagen zu ihm hinauf.

In der warmen Nacht waren noch zahlreiche Spaziergänger unterwegs. Vergnügt zogen sie von Kneipe zu Kneipe oder belegten die zahlreichen Tische der Straßencafés und Eisdielen der Kaiserstraße. Nun sah Zoch, wie sich einige Passanten die Hälse nach dem BMW verrenkten. Scheinbar unbewusst hielt der Fahrer des Cabrios das gleiche Tempo wie die Schwebebahn über seinem Kopf. Auf der Höhe des Eissportzentrums erkannte Zoch endlich den Fahrer; einen braungebrannten Typ mit offenem, weißem Hemd. Die schulterlangen, dauergewellten Haare flatterten im Fahrtwind. Zoch sah im Licht der Straßenlaternen eine goldene Armbanduhr glitzern.

»Zuhälter«, entfuhr es dem Schwebebahnfahrer abfällig, als er sah, wie der Typ ein offensichtlich intensives Gespräch mit seiner jungen, hübschen Beifahrerin führte. Er redete mit übertriebenen Gesten auf die Frau ein und schaute sie viel zu lange an, anstatt sich auf den Verkehr zu konzentrieren. Immer wieder landete seine behaarte Pranke auf dem nackten Knie der jungen Frau, der diese Berührungen anscheinend unangenehm waren, denn geschickt wich sie immer wieder aus und brachte ihre Beine aus der Gefahrenzone. Wie Zoch schätzte, war sie Anfang dreißig. Höchstens. Ihr blondes Haar trug sie sportlich kurz. Als ihr die Annäherungsversuche ihres Verehrers zu bunt wurden, zog sie das geblümte Sommerkleid herunter.

»Widerling«, zischte Zoch kopfschüttelnd.

Das bunte Licht von unzähligen Leuchtreklamen der Geschäfte warf bizarre Schatten auf die blank polierte Motorhaube des Cabrios, während Hans Zoch das offenbar ziemlich einseitig verlaufende Gespräch zwischen den beiden von oben beobachten konnte. Es schien, als hätte das junge Paar unter ihm Streit oder zumindest eine Meinungsverschiedenheit. Wiederholt schüttelte die junge Frau trotzig den Kopf und blickte scheinbar gelangweilt aus dem Seitenfenster, während sich ihr Verehrer immer wieder weit zu ihr hinüberbeugte. Dass sich der Cabrio-Fahrer mehr auf die junge Frau neben sich konzentrierte, als auf den fließenden Verkehr, bemerkte er erst, als er um ein Haar auf einen langsam vor ihm herfahrenden Wagen aufgefahren wäre, der einen freien Parkplatz zwischen den Schwebebahnpfeilern suchte. Der BMW geriet ins Schlingern. Zoch vernahm das Kreischen der Reifen bis in den Führerstand der Bahn. »Idiot«, brummte er und lehnte sich in seinem Sitz zurück. Was gingen ihn die Streitigkeiten anderer Leute an?

Die Haltestelle Bruch kam in Sichtweite, und Zoch drosselte das Tempo, als die Bahn in die menschenleere Station einlief. Auch hier konnte sich der Betrunkene von der letzten Bank nicht dazu aufraffen, endlich auszusteigen.

»Also doch ein Taxi an der Endstation«, murmelte Zoch Gott ergeben und rollte mit den Augen. In wenigen Minuten hatte er Dienstschluss, sollten sich doch andere um den Heini kümmern! Seelisch bereitete er sich schon auf einen gemütlichen Feierabend auf der Terrasse seines Häuschens vor, träumte von einem kühlen Bier und einem kleinen Plausch mit seiner Hilda, die ihn sicherlich schon erwartete. Morgen hatte er frei; da würde er nach Dormagen fahren, zum Angeln.

Der Zug rollte in die Endstation Vohwinkel ein. Ein leiser Seufzer der Zufriedenheit kam über Zochs Lippen, als er die weinrote Krawatte über dem hellblauen Diensthemd mit der pedantischen Bügelfalte zurechtrückte. Brav wies er seine letzten Fahrgäste darauf hin, dass hier Endstation sei und jeder die Güte haben möge auszusteigen. Eigentlich überflüssig, da jeder Wuppertaler wusste, dass die Schwebebahn hier den letzten Halt einlegte. Hinter der engen Wendeschleife erkannte er im gleißenden Lichtschein die Wagenhalle. Zoch sah in Reih und Glied aufgereihte Züge, die bereitstanden für den nächsten Tag, frisch gewaschen und gewartet, denn Sicherheit wurde groß geschrieben bei den Stadtwerken. Immerhin galt die Wuppertaler Schwebebahn als das sicherste Verkehrsmittel der Welt, und das sollte auch so bleiben.

Mit einem wehmütigen Stich im Herzen erinnerte er sich an den Absturz einer Bahn im April 1999, bei dem fünf Menschen ums Leben gekommen waren. Fast fünfzig Verletzte waren zu beklagen gewesen. Infolge des Vorfalls wurde die Strategie, das alte Gerüst der Bahn nur am Wochenende auszutauschen – und dann unter immensem Zeitdruck –, von zahlreichen Stellen kritisiert. Hans Zoch bekam eine Gänsehaut, denn eigentlich hätte er an diesem schwarzen Montag die erste Bahn fahren sollen. Er hatte sich am Wochenende den Magen verdorben und war nicht vom stillen Örtchen gekommen. Glück im Unglück, denn den Kollegen, der ihn vertreten hatte, hatte er wahrlich nicht beneidet. Abgesehen davon, dass der Fahrer der Unglücksbahn im Krankenhaus gelandet war, hatte man ihm zunächst vorgeworfen, er hätte die Kralle, welche den Unfall verursacht hatte, sehen müssen. Dieser Vorwurf hatte sich glücklicherweise nicht sehr lange halten lassen, denn immerhin war es zu diesem Zeitpunkt dunkel gewesen. So war die Schwebahn gegen die Kralle gefahren, als wäre sie auf einen Rammbock aufgelaufen. Das erste der vier Leitwerke auf dem Dach war abgerissen worden und hatte dadurch das Unglück besiegelt.

Zoch dachte nicht gern an diese Schicksalsfügung, wehrte sich aber dagegen, dass man das tragischste aller Ereignisse einfach totschwieg und verdrängte. Er schüttelte stumm den Kopf und versuchte in die Gegenwart zurückzukehren.

Ein letztes Mal in dieser Schicht beobachtete Zoch über den kleinen Monitor, wie die Fahrgäste seine Bahn mehr oder weniger eilig, jedenfalls ohne sich noch um weitere Mitfahrende zu kümmern, verließen.

Nur einer stieg nicht aus.

Der Betrunkene.

Hans Zoch zerquetschte einen Fluch auf den Lippen. Ruckartig sprang er vom Fahrerstand auf und öffnete die halbhohe Tür, die seinen Stand vom Fahrgastraum abtrennte. Mit langen Schritten stürmte er nach hinten.

»He Mann, hier ist Endstation!«, rief er schon vom Gelenk des Zuges aus. Er erhielt keine Reaktion. Der Anzugträger schlummerte tief und fest.

»Mein Gott, ist der voll«, murmelte Zoch und beeilte sich, das Heck der Bahn zu erreichen. Ihm blieb nicht viel Zeit, den unliebsamen Fahrgast an die frische Luft zu setzen, denn er blockierte den Bahnsteig. Solange er sich in der Station aufhielt, wurde die Strecke hinter ihm gesperrt, sodass die folgende Bahn vom Leitstand aus gestoppt wurde. Also musste Zoch rasch die Strecke räumen, sonst gab es wegen ihm Verzug im nachfolgenden Verkehr der Schwebebahn. Das war ihm in all den vielen Dienstjahren noch nie passiert, und Zoch wollte sich von einem sternhagelvollen Fahrgast nicht die Statistik versauen lassen.

»Hallo, guter Mann!«, wagte er einen zweiten Versuch. »Hier ist Endstation!« Dann hatte er den scheinbar Saumseligen erreicht. Zoch stutzte. Er kannte den Herrn. Jetzt war er sich ganz sicher. Ein ungutes Gefühl beschlich ihn. Dunkle Erinnerungen wurden lebendig, als er an seine erste Begegnung mit ihm dachte. »Ausgerechnet der«, fluchte er. Erschrocken griff er nach der rechten Hand des Betrunkenen und fühlte den Puls.

Zumindest versuchte er es.

Die Hand war eiskalt. Schockiert ließ Zoch sie los. Sein Herz klopfte bis zum Hals. Entsetzt konstatierte er, dass der Arm des Fahrgastes leblos am Körper herunterhing. »Kein Puls, Mann, das sieht aus, als hätte ich ein Problem«, stellte Zoch fest und blickte sich irritiert um. Noch immer war er alleine mit dem Anzugträger. Es roch penetrant nach Alkohol. Gehetzt ließ er den Blick über den schlaffen Körper des Mannes gleiten. Der Anzug war zerknittert und wirkte, als hätte der Mann ihn seit Tagen nicht mehr ausgezogen. Zoch schätzte den Fahrgast auf Anfang fünfzig. Er hatte ein rundes, volles Gesicht, die Haut war gebräunt, vermutlich von einer Sonnenbank. An den fleischigen Händen erkannte Zoch protzige Siegelringe. Erst jetzt erblickte er die mit zahllosen Diamanten besetzte Uhr am Armgelenk des Mannes. Die Gedanken rasten förmlich durch Zochs Kopf.

Steinreich und dennoch sternhagelvoll. Der Schwebebahnfahrer spürte instinktiv, dass hier etwas nicht stimmte. Wenn jemand so reich war, wie der hier aussah, hatte er es nicht nötig, mit öffentlichen Verkehrsmitteln heimzufahren. Leichte Panik stieg in Hans Zoch hoch. Er warf immer wieder gehetzte Blicke über die Schulter. Dann schlug er dem Mann vorsichtig auf die Wange, er tätschelte ihn; erst sanft, dann energischer. Als der Anzugträger nicht reagierte, beugte Zoch sich weit über den massigen Körper und zog entschlossen ein Augenlid hoch. Der Knabe blickte ihn aus geweiteten, leblosen Pupillen an.

Das war bizarr.

Jetzt hörte der Spaß auf.

Zoch spürte, wie der Boden unter ihm nachzugeben schien. Kalter Schweiß stand auf seiner Stirn, während er gegen die Übelkeit ankämpfte, die von ihm Besitz ergriff. Dann endlich hatte er begriffen: »Ausgerechnet der«, zischte Hans Zoch.

Es sah ganz so aus, als hätte er eine Leiche zur Endstation befördert.

2. Kapitel

Bitte, bring mich nach Hause!«

Die junge Frau warf Klaus Gembowsky einen ernsten, fast beschwörenden Seitenblick zu. Ihr hübsches Gesicht wirkte versteinert, wie eine Maske. Rasch schlug sie das luftige Sommerkleid über die Knie, um einem weiteren tätlichen Annäherungsversuch des dunkelhaarigen Mannes an ihrer Seite zu entgehen. Die Ampel war auf Rot umgesprungen, und er hatte das knallrote BMW-Cabrio mit quietschenden Reifen zum Stillstand gebracht. Dass der schwere Wagen schräg zur Fahrtrichtung stand, empfand er scheinbar als äußerst sportlich. Gembowsky beugte sich weit zu ihr hinüber und bleckte eine Reihe strahlend weißer Zähne.

»Aber Heike, Baby«, seufzte er, »der Abend hat doch eben erst begonnen.«

»Trotzdem«, konterte Heike und zog einen Flunsch. »Ich bin müde.« Sie blickte demonstrativ aus dem Seitenfenster des Cabrios.

»Wir fahren noch auf einen kleinen Absacker zu mir, und dann bringe ich dich wohin du willst, okay?« Er grinste noch eine Spur breiter und brüllte gegen die laute Musik aus den Boxen des Autoradios an. »Von der Terrasse meines Hauses können wir den Sonnenuntergang an der Müngstener Brücke beobachten. So etwas sieht man nicht alle Tage«, gab er sich unbeeindruckt. »Wenn die Lichter in Remscheid angehen ...« Er schnalzte mit der Zunge. »So etwas muss man gesehen haben – mit einem Cocktail in der Hand ...«

»Du bist schwerhörig«, stellte seine hübsche Beifahrerin fest und verschränkte in ablehnender Haltung die Arme vor der Brust. »Ich sagte, dass ich müde bin. Hundemüde, sozusagen. Außerdem wartet Stefan auf mich.«

Klaus Gembowskys Miene verdunkelte sich schlagartig. Das Grinsen gefror. »Wer ist dieser ... dieser Stefan?« Den

Namen hatte er hervorgestoßen, als handele es sich dabei um ein übles Schimpfwort.

Nun war es an Heike zu grinsen. »Mein Freund.« Der Triumph in ihrer Stimme war nicht zu überhören.

Die Ampel sprang auf Grün um. Gembowsky legte den Gang ein, und das Getriebe krachte.

›Nein‹, dachte Heike, ›das Autofahren hat er wahrlich nicht erfunden.‹

Er legte einen Kavalierstart hin. Die Passanten auf den Bürgersteigen der Kaiserstraße quittierten das Quietschen der Pneus mit einem missbilligenden Kopfschütteln, und ein junges Mädchen tippte sich bezeichnend gegen die Stirn.

»Was spricht denn dagegen, wenn ich dir nach einem gelungenen Abend in meiner Bar nun mein bescheidenes Heim zeige?« Erneut beugte er sich weit zu ihr hinüber und grinste anzüglich.

Die junge Frau auf dem Beifahrersitz rollte entnervt mit den Augen. Den Job hatte sie sich etwas leichter vorgestellt. »Ist das denn so schwer, Klaus?«, rief sie gegen die laute Musik an. »Ich habe schon vorhin gesagt, dass ein anstrengender Tag in der Redaktion hinter mir liegt und ich endlich die Füße hochlegen will.«

»Aber Heike, Baby, komm – das kannst du doch auch bei mir.« Er winkte ab und fasste sich an die Stirn. »Ich vergaß«, spottete er. »Dieser Stefan wartet ja auf dich.«

Heike nickte. »Ja, das tut er.«

Er umklammerte das Lenkrad fester. Weiß traten die Knöchel unter der Haut hervor.

»Stefan ist übrigens sehr eifersüchtig«, fügte Heike mit einem feinen Lächeln hinzu und goss damit Benzin in ein loderndes Feuer.

Gembowskys Kopf ruckte zu ihr herum. Er zog eine spöttische Grimasse, dann lachte er höhnisch auf. »Wenn er so eifersüchtig ist«, rief er, »dann weiß er doch sicherlich auch, dass du dir den Abend mit dem *König der Nacht* vertreibst, oder?«

Heike nickte. »Sicher. Aber erstens weiß er, dass unser Treffen rein beruflicher Natur ist, und zweitens habe ich ihm einfach erzählt, dass du schwul bist.«

Die Kinnlade des verkappten Rennfahrers fiel herunter.

Seine blonde Beifahrerin genoss es, wie seine Gesichtszüge sekundenlang entgleisten. Dann hatte er die Fassung zurückerlangt und warf Heike einen weinerlichen Blick zu. »Er denkt also ernsthaft, ich sei ... schwul?«

»Was spricht dagegen?«, fragte Heike kokett. Es gefiel ihr, mit dem großen Klaus Gembowsky zu pokern. Er war Besitzer von drei Nachtbars im Bergischen Land und stand im Ruf, Drahtzieher der örtlichen Prostitution zu sein. Da man ihm in der Vergangenheit Beziehungen zum Milieu und sogar Mädchenhandel vorgeworfen hatte, hatte Heike Göbel ein Treffen mit ihm vereinbart, um die Wahrheit herauszufinden. Sie war Reporterin beim örtlichen Radiosender Wupperwelle und hatte sich freiwillig dazu bereit erklärt, Licht in das Dunkel zu bringen. Er aber hatte von Geschäftsschädigung und Rufmord geredet und immer wieder beteuert, dass seine Animierdamen, wie er sie nannte, freiwillig und sogar gern bei ihm arbeiteten. Jetzt starrte der große Klaus Gembowsky seine Beifahrerin sichtlich erschüttert an. »Ich bin aber nicht schwul, verdammt noch mal!«

Heike schenkte ihm ein bezauberndes Lächeln. »Mach dir nichts daraus. Mein Bruder Peter ist auch schwul. Er ist ein Mensch wie du und ich – nur, dass er mit Frauen nichts anzufangen weiß. Du arbeitest täglich mit schönen Frauen zusammen, und keiner wird es dir verübeln, wenn du dich nach Feierabend ... nun, *anders* orientierst ...«

Betroffen schwieg er. Erst als die Ampel wieder auf Grün schaltete, schüttelte er den Kopf und fuhr an, diesmal etwas moderater. »Das ist unglaublich«, stammelte er.

»Eine hübsche, intelligente Frau und dann ein solches Gerücht ...«

Heike winkte gelangweilt ab. »Hmm. Ehrlich gesagt: Das Interview wäre wohl besser gelaufen, wenn du tatsächlich auf Männer stehen würdest.«

»Das ist ja wohl das Letzte!«, schimpfte Gembowsky nun. Sein Kopf war puterrot geworden. »Erst machst du mich den ganzen Abend lang an, reizt mich mit deinen langen Beinen, und nun wirst du zickig! Du hast ja dein Interview – das ist es doch, oder?«

»Pah«, flötete Heike und blickte betont gelangweilt aus dem Seitenfenster. Die schmucken Häuser der Kaiserstraße flogen an ihnen vorüber. Ein lauer Wind wehte in den offenen Wagen.

Als sie die große Kreuzung erreicht hatten, an der es links nach Solingen-Gräfrath geht, deutete Heike durch die Windschutzscheibe nach vorn. An der Endstation der Schwebebahn standen zwei Taxis am Taxistand. »Ich denke, es ist besser, wenn du mich dort aussteigen lässt. Dann kann ich mir einen Wagen nehmen und mich heimfahren lassen.«

Klaus Gembowsky, der sich bereits auf der Linksabbiegerspur eingeordnet hatte, riss das Sportlenkrad energisch nach rechts.

»Wie du willst«, zischte er mit verbissener Miene. In einem Affenzahn schoss der rote Sportwagen über die Kreuzung, direkt auf die Vohwinkler Straße zu. Die Wagenhalle der Schwebebahn gähnte über der Straße und erinnerte Heike an das weit aufgerissene Maul eines überdimensionalen Krokodils. Als sie an der Endstation vorbeibrausten, erkannte Heike eine Gruppe von Menschen, die sich unter dem eisernen Tor der Wagenhalle versammelt hatte. Heike kam nicht dazu, sich Gedanken über die Leute an der Station zu machen. Sie hatte andere Sorgen.

Die Zornesadern pochten an Gembowskys Schläfen. Es war unvorstellbar für ihn, eine Schlappe hinnehmen zu müssen.

Insgeheim hatte er sich schon auf eine heiße Nacht mit der Blondine von der Wupperwelle gefreut. Sicherlich wäre später, nach dem *offiziellen* Teil des Abends noch etwas mit ihr gelaufen. Sie war ein steiler Feger, hatte eine tolle Figur und einen sinnlichen Schmollmund. Nur selten hatte eine Frau eine Einladung in die luxuriöse Villa am Stadtrand von Solingen abgelehnt.

Nur diese Radiotante machte Zicken.

Der Traum von einer heißen Nacht mit der Journalistin war wie eine Seifenblase geplatzt. Mühsam unterdrückte er einen Seufzer, während er das Cabrio an den Straßenrand lenkte. An der großen Bushaltestelle kam der BMW zum Stillstand. Klaus Gembowsky drehte das Radio leiser. Wütend beugte er sich nach rechts und stieß die Beifahrertür auf. Dabei berührte er Heike, spürte ihre warme Haut unter dem dünnen Stoff des Sommerkleides. Er ermahnte sich, jetzt nur keine Schwäche zu zeigen. ›Es gibt tausend andere Frauen, und sie alle können dir gehören, alter Junge‹, machte er sich selber Mut. Dennoch kochte er vor Wut. Mit einem Klaus Gembowsky legte man sich besser nicht an. Das roch nach Ärger. Er würde eine Niederlage nicht so einfach hinnehmen.

»Bitte«, rief er und machte auf cool, als er nach draußen deutete. »Du hast es selbst so gewollt.«

Heike hatte bereits einen Fuß auf den Bürgersteig gesetzt. Sie warf ihm einen vernichtenden Blick zu und strich sich eine Strähne aus der Stirn.

»Vielen Dank«, erwiderte sie schnippisch und stieg aus. »Auf ein Wiedersehen kann ich wohl verzichten.« Mit einem tausendfach geübten Augenaufschlag warf sie die Wagentür hinter sich zu und wandte sich zum Gehen.

Das Getriebe krachte, als Gembowsky einen Gang einlegte und die Kupplung kommen ließ. »Zicke!«, rief er wütend, bevor er einem Golf die Vorfahrt nahm und sich den Zorn des Fahrers zuzog. Das Hupen des altersschwachen VW überhörte er weltmännisch. In einem beängstigenden Tempo jagte er weiter über die Vohwinkler Straße in Richtung Haan. Es stank nach verbranntem Gummi.

»Wichser!«, rief Heike ihm nach und beobachtete, wie Gembowsky nach rechts über die lange Eisenbahnbrücke verschwand.

* * *

Als sie auf den Taxistand zumarschierte, fiel ihr wieder die Menschenmenge vor der Wagenhalle der Schwebebahn auf. Sie blieb stehen und runzelte die Stirn. Ihre berufliche Neugier war erwacht. Heike schlenderte am Taxistand vorbei und gesellte sich zu der bunt gemischten Gruppe. Der Besitzer des kleinen Kiosk am Fuß der gewaltigen Stahlkonstruktion beugte sich weit aus seinem Büdchen.

»Ist etwas passiert?«, fragte Heike den dunkelhaarigen Mann mit dem imposanten Schnurrbart. Der Kioskbesitzer, augenscheinlich ein Türke, legte den Kopf schräg und kehrte die Handflächen nach oben. »Ein Mann ist gestorben. In der Schwebebahn. Einfach so – tot.«

Damit hatte die Reporterin ihr unerfreuliches Treffen mit Gembowsky schon wieder vergessen. Ihr Jagdinstinkt war erwacht. Eine Leiche im berühmten Wuppertaler Wahrzeichen?

Sie roch eine heiße Story.

Heike strich sich das Kleid glatt und wühlte aufgeregt in ihrer Handtasche herum. Sie kramte ihr Handy hervor und tippte eine Nummer ein. Sie war Radioreporterin und als solche immer *stand by* für den Job. Immer am Ball, wenn etwas in der Stadt geschah, immer auf der Jagd nach einer heißen Sensation. Im Telefon herrschte Stille.

Absolute Stille.

Mit einem Stirnrunzeln blickte Heike auf das Display ihres Handys. Das Ding war aus – hatte sich einfach so abgeschaltet.

»Oh nein«, seufzte sie und ließ es in ihrer Tasche verschwinden. »Der Akku ist leer. Ausgerechnet jetzt. Mist.«

Plötzlich trieb die Menschenmenge auseinander. Heike reckte den Kopf, dann sah sie den Grund für die Unruhe. Ein dunkelblauer Opel Omega rollte auf den kleinen Platz vor dem Tor.

Heike Göbel kannte das unauffällig lackierte Fahrzeug.

»Kripo?«, fragte sie sich selbst und hielt es für richtig, sich zunächst im Hintergrund zu halten. Teilweise reagierte die Kriminalpolizei sehr stur, wenn sie Medienvertreter am Tatort antraf, bevor sie selber eingetroffen war. Rasch duckte sie sich hinter dem Postkartenständer des Kiosk und spähte zwischen den bunten Ansichtskarten hindurch. Zu ihrer Verwunderung stieg nur ein einziger Mann aus dem Dienstwagen aus. Sorgfältig verschloss er den Omega und verschaffte sich zunächst ein Bild von der Gruppe, die sich vor dem eisernen Tor versammelt hatte. Der Beamte war hoch gewachsen, dunkelhaarig, hätte längst zum Frisör gemusst und trug ein zerknittertes Hemd der Marke bügelfrei zu einer hoffnungslos altmodischen Bundfaltenjeans. Unter einem ungepflegten Oberlippenbart kaute er auf einem kalten Zigarettenstummel herum, den er jetzt ausspuckte und mit dem Absatz seiner Hush Puppies endgültig austrat. ›So sieht nur ein typischer Junggeselle aus‹, durchzuckte es die Reporterin der Wupperwelle. Nachdem der Kripomann sich einen kurzen Überblick verschafft hatte, steuerte er zielstrebig auf die hohe, blickdichte Metalltür der Wagenhalle zu.

Jemand aus der versammelten Menge rief: »Was ist denn geschehen?«, doch diese Frage überhörte der Polizeibeamte in Zivil großzügig und schlug mit der flachen Hand gegen das Tor.

Heike hielt die Zeit für gekommen, ihn anzusprechen. Wenn der Kripomann erst mal hinter dem Eisentor verschwunden sein würde, wäre für sie alles zu spät. Rasch verließ sie ihre Deckung und näherte sich ihm. Da er mit dem Rücken zu ihr stand, hatte er sie nicht bemerken können.

»Kommissar Ulbricht«, rief Heike laut und ergriff seinen Unterarm. Wenn sie sich recht erinnerte, war *Verdammt* sein Lieblingswort. In Journalistenkreisen wurde er deshalb nur *Kommissar Verdammt* genannt. Ruckartig fuhr der Angesprochene herum. Zunächst schaute er die Journalistin verwirrt an, über die Störung seiner Amtshandlung verärgert, dann huschte ein überhebliches Lächeln um seine Mundwinkel. Bevor Heike etwas sagen konnte, stöhnte er gequält auf.

»Sie – hier?« Verdammt blickte sich unter den versammelten Menschen um. Erst als er keine weiteren Medienvertreter erkannte, schien er ein wenig erleichtert zu sein.

Heike baute sich grinsend vor ihm auf. »Sie wissen doch: Wupperwelle ist immer dort, wo etwas geschieht.«

Ulbricht musterte sie schweigend und für einen kleinen Augenblick verliebte er sich in die lustigen Grübchen auf ihren Wangen. Doch schon im nächsten Moment hatte ihn die Realität eingeholt.

»Woher wollen Sie wissen, dass überhaupt etwas geschehen ist?«, fragte er emotionslos und ließ die Hände in den ausgebeulten Taschen seines Jacketts verschwinden.

Heike winkte gelangweilt ab. »Wir wissen immer, wo etwas los ist.«

Kommissar Verdammt schien diese Antwort zu reichen, denn er nickte nur knapp. Möglicherweise vermutete er, dass die Radioreporterin den Polizeifunk abgehört habe. Diesen Journalisten traute er alles zu.

»Schön«, log er und zwang sich zu einem verbindlichen Lächeln. »Sie entschuldigen mich bitte. Ich habe zu tun.«

»Moment noch, Kommissar Ulbricht«, rief Heike Göbel.

Ulbricht, der sich bereits abgewandt hatte und mit dem Rücken zu ihr stand, rollte mit den Augen. Dann blickte er sich nach ihr um. »Was – verdammt?«

»Können Sie mir sagen, was genau passiert ist?«

Jetzt grinste er wieder. »Ich dachte, das wüssten Sie schon. Sie haben selbst gesagt, Wupperwelle weiß immer, wo etwas los ist.«

Heike blieb der Spott in seiner Stimme natürlich nicht verborgen: Ulbricht schaltete also auf stur. Nun gut, es gab auch andere Mittel und Wege, um an Informationen zu kommen.

»Wenn Sie mir keine Auskunft geben, werde ich die Schaulustigen befragen.« Demonstrativ zog sie aus der Handtasche das kleine Diktiergerät hervor, das sie stets mitführte, wenn sie für den Sender unterwegs war. Eigentlich hatte sie es im weiteren Verlauf des Abends für den zweiten Teil des Interviews mit Gembowsky benutzen wollen. Aber das stand auf einem anderen Blatt. »Sicherlich«, räumte sie gedehnt ein, »niemand der hier Versammelten weiß genau, was passiert ist. Also werden Sie morgen früh im Wupperwecker die O-Töne der Leute hier hören können. Ich weiß nicht, ob das im Interesse des Polizeisprechers ist. Außerdem könnte es hinderlich für Ihre weiteren Ermittlungen sein.« Heike schenkte ihm einen bezaubernden Augenaufschlag.

Er konnte ihr einfach nicht böse sein. »Das ist verdammte Erpressung«, stellte Ulbricht nüchtern fest und bemühte sich, freundlich zu bleiben.

Heike winkte gleichgültig ab. »Ich nenne so etwas die Aufbereitung von vorhandenen Informationen – nicht mehr und nicht weniger. Also werde ich das Volk fragen, und ich bin sicher, man kann mir eine Menge erzählen.«

Aber ...« Verdammt brach ab. Sein Kopf verfärbte sich dunkelrot.

»Es liegt also in Ihrer Hand, den Bürgern dieser Stadt und den Hörern unseres Senders das Grundrecht auf Information zu gewähren.«

»Das ist verdammte Erpressung«, wiederholte er gefährlich leise und maß sie mit Blicken. Seine Zornesader pochte an der Schläfe, und Heike kannte ihn lange genug, um zu wissen, dass sie mit dem Feuer spielte. Wenn er morgen bei Eckardt, dem Chefredakteur, anrief, um sich über sie zu beschweren, dann sah sie alt aus.

Äußerlich blieb Heike gelassen. »Sie dramatisieren«, erwiderte sie. »Also: Was ist nun?«

Der hoch gewachsene Kripomann legte einen Arm um ihre zierliche Schulter und zog sie durch das eiserne Tor, das in diesem Moment von einem uniformierten Polizisten geöffnet wurde. Nun befanden sie sich in der Vohwinkler Wagenhalle, die sich über drei Stockwerke erstreckte. Dumpf schlug das massive Tor hinter ihnen zu, und der Polizist verriegelte sofort wieder.

»Kommen Sie schon, Frau Göbel«, forderte Ulbricht sie auf. »Ich werde sehen, was ich für Sie tun kann.«

Heike blickte erfreut zu ihm auf und strahlte.

»Mehr wollte ich doch gar nicht ...«

* * *

»Das war *Summer In The City* von Altmeister Joe Cocker – passend zum Wetter im Tal. Es ist einundzwanzig Uhr fünfzig. Ich räume jetzt das Studio für den netten Kollegen von der Nachrichtenredaktion. Bleiben Sie dran – mein Name ist Stefan Seiler.« Er startete das Werbejingle und zog den Regler für das Mikrofon zurück. Mit einem Seufzer auf den Lippen nahm Stefan den Kopfhörer ab und fuhr sich durch das kurze Haar. Wehmütig blickte er aus dem Studiofenster hinaus in die Nacht. Draußen in der Stadt brodelte an diesem Sommerabend das Leben und er hockte hier im Sender und moderierte die Spätsendung. Drei Stunden Sendung an einem Stück – erst gegen Mitternacht würde er an Feierabend denken können.

Während die Hörer an den Radios mit dem Werbeblock vor den Nachrichten berieselt wurden, betrat Roland Kracht, ein untersetzter Nachrichtenredakteur, das Studio und machte es sich an den Reglern bequem. Den Zettel mit den Nachrichten, die er vor wenigen Minuten zusammengestellt und am Computer formuliert hatte, warf er auf das Pult, während er nach dem Kopfhörer angelte, den Stefan gerade noch warm gehalten hatte.

»Toller Abend und wir hängen in diesem Aquarium hier fest, was?«, fragte Roland mit einem gewinnenden Lächeln und überflog den Text, den er gleich verlesen würde.

Stefan winkte ab und freute sich auf die zehnminütige Pause zwischen Werbung, Musiktitel und Nachrichtenblock. »Was soll's. Bedank dich bei Lutz – er hat den Dienstplan erstellt. Ich hatte heute sowieso nichts Wichtiges vor.«

»Ist Heike noch mit diesem Gembowsky unterwegs?« Kracht blickte mit gerunzelter Stirn zu ihm auf. Stefan nickte.

»Wohl ist mir nicht bei dem Gedanken, dass sie in den Fängen dieses Zuhälters ist. Aber sie hat es abgelehnt, sich begleiten zu lassen.«

»Ja ja, unsere Heike. Kann sich zwar nicht zwischen Nachrichtenredaktion und Kultur entscheiden, aber wenn es darum geht, Skandale aufzudecken, ist sie unschlagbar.« Roland Kracht räusperte sich. Eilig ordnete er die Blätter und rückte sich das Mikrofon zurecht.

»Sie wollte sich melden, wenn sie fertig ist«, erwiderte Stefan und verließ das kleine Studio. Der Glaskasten war jetzt Rolands Arbeitsplatz. Stefan verschwand in der winzigen Küche der Redaktion und schüttete sich einen Kaffee in die bereitstehende Tasse ein. Die Zeit lief.

»He«, ertönte hinter ihm eine Stimme. Erschrocken fuhr Stefan herum. Um diese Zeit hielten sich nur noch wenige Mitarbeiter im Sender auf.

»Ist noch ein Kaffee da?« Karin Dahl steckte ihren braunen Wuschelkopf durch die Tür.

Etwas verdattert nickte Seiler und hielt ihr die Warmhaltekanne hin. »Was treibst du noch hier?«, fragte er. »Hast du nicht morgen früh Sendung?«

»Ja, ich mache den Wupperwecker.«

»Und?«

»Was – und?« Karin schenkte sich Kaffee ein und nippte an dem nur noch lauwarmen Getränk. »Ich musste noch einen

Beitrag vorbereiten. Aber jetzt werde ich zusehen, dass ich noch auf einen Sprung im Brauhaus vorbeischaue.« Sie grinste Stefan an. Ihre braunen Augen funkelten lustig. »Bei dir dauert es ja wohl noch etwas. Kannst ja nachkommen, wenn du willst. Aber mach keinen Lärm, wenn du ins Brauhaus kommst, ja?«

Das Wuppertaler Brauhaus im Herzen der Barmer City war so etwas wie der Treffpunkt nach Feierabend für alle Mitarbeiter der Wupperwelle.

»Ich glaube nicht, dass ich nachkommen werde«, murmelte Stefan und warf einen Blick auf die Armbanduhr.

»Du wartest wohl wieder auf deine Heike, was?« Karin zog eine Schnute. »Das ist zum Heulen. Ein netter Kerl wie du, und dann verschenkst du dein Herz an eine ... Blondine!«

Freundschaftlich buffte Stefan der Redakteurin in die Seite. »Jeder ist seines Glückes Schmied«, behauptete er und stellte die leere Kaffeetasse in die Spüle. »Ich muss dann wieder, sonst herrscht gleich Stille im Radio.« Ohne ihre Antwort abzuwarten, verschwand er in Richtung Studio. Wie Stefan aus den Lautsprechern in der Redaktion hören konnte, verlas Roland schon die Verkehrsnachrichten. Im Laufschritt erreichte er das Studio. Sie waren ein eingespieltes Team: Hatte Stefan vor dem Werbeblock noch die CD eingelegt, dessen Titel als erstes nach den Nachrichten laufen sollte, hatte Roland soeben den Player gestartet. Er nahm die Kopfhörer ab, als Stefan sich hinter das Pult fallen ließ und im fliegenden Wechsel übernahm. Der Laufplan, in dem alle CDs der Sendung exakt aufgeführt waren, sah ein so genanntes Ramp vor, ein Musikstück, bei dem der Gesang erst später einsetzte. So hatte der DJ die Zeit, eine kurze Begrüßung über den Äther zu schicken.

»Und da sind wir wieder mit der Sperrstunde – mein Name ist Stefan Seiler, schönen guten Abend.« Dann zog er den Regler des CD-Players weiter auf und schob den des Mikros zu.

3. Kapitel

Schweigend beobachteten sie, wie die dunkel gekleideten Männer den Zinksarg hinaustrugen. Ein Kloß hatte sich in Heike Göbels Kehle gebildet, und sie räusperte sich vernehmlich. Kommissar Verdammt hatte ihr sogar gestattet, einen Blick auf den Toten aus der Schwebebahn zu werfen. Die Bahn war sofort aus dem Verkehr gezogen worden. Um den Todeszug kümmerten sich jetzt Ulbrichts Leute von der Spurensicherung. Heike hatte den Männern mit den weißen Einmalanzügen kurz bei den Arbeiten zusehen dürfen – zumindest durch die Fenster der Bahn, denn das Betreten hatte Norbert Ulbricht ihr streng verboten. Jetzt kreisten ihre Gedanken um den Toten, den sie gesehen hatte, als man ihn in den hässlichen Zinksarg verfrachtet hatte. Irgendwie war der Mann ihr sogar bekannt vorgekommen, und noch immer grübelte sie, wo sie den graumelierten Mann im zerknitterten Sommeranzug gesehen haben könnte. Oder irrte sie sich einfach nur? Möglich, denn seit sie beim Radio arbeitete, lernte sie täglich irgendwelche Leute kennen, die entweder wichtig für das Geschehen der Stadt waren oder sich einfach nur für wichtig hielten und unter einer nahezu krankhaften Profilierungssucht litten. Heike wusste beim besten Willen nicht, zu welcher Kategorie der Tote zählte.

»Herzversagen soll die Todesursache sein?«, fragte sie, an Ulbricht gewandt. Der Kripomann im Schmuddellook nickte.

»Der Arzt schrieb das als vorläufige Todesursache in die Sterbeurkunde.«

Heike runzelte die Stirn. »Vorläufig?« Sie schüttelte den Kopf. »Kann ein Mann denn vorläufig sterben?«

Ulbricht zuckte mit den hageren Schultern und zündete sich eine Zigarette an. Erst als der Qualm des Glimmstängels zur Decke der Wagenhalle aufstieg, redete er: »Offen gestanden, sind wir uns über die Todesursache noch nicht im Klaren. Deshalb habe ich mich für eine Autopsie ausgesprochen.«

»Liegen denn Anhaltspunkte für einen Tod durch Fremdeinwirkung vor?« Heike hatte das kleine Diktiergerät eingeschaltet, und Ulbricht beschwerte sich – sehr zu ihrer Verwunderung – nicht darüber.

Er zuckte mit den Schultern. »Da liegt mein Problem. Wir konnten an der Leiche keine äußeren Zeichen von Gewaltanwendung feststellen. Kein Messerstich, keine Würgemale oder gar eine Schussverletzung – einmal davon abgesehen, dass ein Schuss die anderen Fahrgäste auf den Mörder aufmerksam gemacht hätte.«

Heike stutzte. »Mörder?«

»Wir können nichts ausschließen. Und sobald uns ein auch nur noch so vager Verdacht vorliegt, sind wir gezwungen, Ermittlungen in entsprechendem Umfang einzuleiten.« Er wirkte zerknirscht.

»In welcher Dienstvorschrift steht das?«, fragte Heike, mehr rhetorisch, um Zeit zu gewinnen. Ihre Gedanken rasten.

»Paragraph 159 der Strafprozessordnung«, rasselte der Kommissar unbeeindruckt herunter und schenkte ihr ein entwaffnendes Lächeln.

»Also gibt es jemanden, der bestraft wird?«, spielte Heike das begonnene Spiel weiter und erntete ein Schulterzucken.

»Das wollen wir herausfinden. Seltsam ist nur, dass niemandem der anderen Fahrgäste auffiel, dass der Mann nicht schlief, sondern tot war.«

»Was hat das zu bedeuten?«

»Vermutlich ist er in der fahrenden Schwebebahn verstorben«, überlegte Norbert Ulbricht und massierte sein Kinn. »Der Schwebebahnfahrer sagte aus, dass er angenommen habe, der Mann sei volltrunken gewesen und wäre schlicht eingeschlafen.«

»Und?« Heike wunderte sich insgeheim über die Offenheit des Kripomannes. Ulbricht war eigentlich als stur und eher medienscheu bekannt.

»Der Arzt stellte bei dem Schnelltest kaum Alkohol im Blut fest. Er war zwar angetrunken, aber nicht genug, um einer Alkoholvergiftung zu erliegen.« Verdammt wiegte den Kopf.

»Und das hat uns auf den Plan gerufen.«

»Wo ist der Fahrer der Bahn jetzt?« Heike blickte sich demonstrativ um.

»Er steht unter Schock.« Norbert Ulbricht fand, dass diese Auskunft zu reichen hatte. Vorerst. Vielleicht konnte er die Mitarbeit der Medien zu einem späteren Zeitpunkt noch einmal gebrauchen. Möglicherweise um Zeugen ausfindig zu machen, die sagen konnten, an welcher Station und in welcher Verfassung der Mann in die Schwebebahn eingestiegen war.

»Darf ich mit ihm reden?«

Ulbrichts Miene verdunkelte sich schlagartig. »Auf keinen Fall.«

»Schon gut«, griente Heike. »Einen Versuch war's wert, und mehr als nein sagen können Sie nicht.«

»Es wird morgen Vormittag eine Pressekonferenz geben, zu der ich Sie hiermit herzlich einlade. Herr Zoch, der Fahrer der verdammten Bahn, wird aber nicht da sein.«

Heike nickte nachdenklich und schaltete das Diktiergerät ab. Mehr konnte sie von dem Kommissar wirklich nicht verlangen – er hatte ihr geholfen und sie mit Informationen versorgt. Immerhin würde die Wupperwelle das erste Medium sein, das über den rätselhaften Toten in der Schwebebahn berichten konnte. Brav reichte sie Kommissar Verdammt die Hand und bedankte sich für die Informationen.

»Frau Göbel?«

Sie hatte das schwere Eisentor der Halle erreicht und fuhr herum.

Norbert Ulbricht grinste schief. »Es wäre schön, wenn Sie in Ihrem Radiobeitrag auf jegliche Spekulationen verzichten würden. Senden Sie bitte nichts, solange ich Ihnen nicht mit Fakten dienen kann.« Der schnoddrige Kommissar versenkte die Hände in den Hosentaschen und begann ein wildes

Fummelspiel. Heike beobachtete ihn bei seinem seltsamen Taschenbillard, bevor sie antwortete.

»Aber Herr Kommissar«, rief sie amüsiert. »Sie kennen mich doch!«

Ehe der Kripomann etwas erwidern konnte, war die Reporterin bereits durch die eiserne Tür verschwunden. Norbert Ulbricht zuckte erschrocken zusammen, als die Eisentür mit einem lauten Knall zuschlug.

»Eben«, murmelte er nachdenklich, »eben ...«

* * *

Heike stand im Eingangsbereich der Endstation und hatte den Fahrkartenschalter rechts neben sich. Sie nickte dem jungen Mädchen hinter der gläsernen Wand knapp zu, bevor sie die ausgelatschten Stufen hinabschritt und Sekunden später auf der Vohwinkler Straße stand. Die Sonne stand tief, und so erkannte sie die gedrungene Gestalt nur schemenhaft, die auf sie zugestürmt kam.

»Und?« Sie blieb stehen und formte mit der rechten Hand ein Schild, das sie sich über die Augen hielt. Ihre größte Befürchtung wurde noch bei weitem übertroffen. »Axel Grimm«, stöhnte sie und ließ die Hand sinken. »Wie reizend.« Axel war ein Kollege der schreibenden Zunft. Der Reporter verdiente beim Talexpress sein tägliches Brot, und das, wie es im Kollegenkreis hieß, nicht immer mit reinen Mitteln. Der Talexpress war ein Wuppertaler Tageblatt, das sich mit Klatsch und Tratsch auseinander setzte, als gäbe es keine interessanteren Themen in der Stadt. Zu Recht betitelte man die Zeitung auch als Käseblättchen und sie stand dem Ruf der Bildzeitung in nichts nach. Was Grimm im Besonderen betraf, so vereinigte er alle Seiten, die einen Menschen so richtig unsympathisch machen: Er war hinterlistig, drehte seinen Interviewpartnern das Wort im Munde herum, zerriss sie in der Zeitung, nur um Auflage zu machen, und scherte sich einen Dreck um jeden journalistischen Anstand. Axel Grimm war Ende vierzig, klein, dick, hatte kurze, fettige Haare, stank permanent nach Schweiß und beäugte die Welt aus kleinen, listigen Schweinsaugen. Der Trageriemen seiner Kamera hatte den Kragen seines altmodischen Jacketts schon verschlissen, doch einen Reporter wie Grimm störte sein Erscheinungsbild nicht sonderlich – Hauptsache, er hatte News, über die er sich in seinem Käseblättchen das Maul zerreißen konnte. Die Konkurrenz vom Privatradio war ihm ein Dorn im Auge, und so versuchte er immer wieder, die Schnelligkeit dieses Mediums mit linken Tricks zu unterlaufen. Auch auf Frauen hatte er eine Wahnsinnswirkung: Alle gingen auf Distanz zu ihm, und so war es kaum verwunderlich, dass er eiserner Junggeselle blieb. Seinen Spaß mit dem weiblichen Geschlecht erkaufte er sich in einschlägigen Etablissements – wie etwa Klaus Gembowsky sie unterhielt.

Heike vermutete abschätzend, dass Grimm sicherlich zu Gembowskys besten Kunde zählte.

»Was – und?«, fragte sie jetzt.

Grimm grinste sie feist an. »Darf man erfahren, was die werte Kollegin hier treibt?«

»Nein.« Heike ließ ihn stehen und marschierte schnurstracks zum Taxistand. Im nächsten Augenblick spürte sie seine Hand auf ihrem Arm. Entnervt fuhr sie herum, ihre Augen sprühten Funken. »Würdest du so freundlich sein und mich loslassen?«, keifte sie. »Ich habe zu tun.«

»Ja«, kicherte Grimm. Ein winziger Speichelfaden rann seinen Mundwinkel herab. »Das ist offensichtlich. Komm schon, sei kein Frosch und teile deine Neuigkeiten mit einem Kollegen.«

»Mit einem Aasgeier, wolltest du sagen!«

»Aber Heike, ich bitte dich.« Er zog schmollend die Mundwinkel nach unten. »Wer wird denn so grob über einen Kollegen urteilen?«

»Ich.« Heike ließ ihn ein zweites Mal stehen.

»Schon gut, Frau Kollegin«, rief Grimm ihr nach. »Ich werde es auch ohne deine Hilfe herausfinden. Bleibt nur fraglich, wie du an deine Informationen gekommen bist.«

»Beziehungen«, erwiderte Heike knapp. »Als guter Journalist pflegt man seine Kontakte und sieht zu, dass man sich diese Kontakte nicht mit reißerischen Schlagzeilen versaut.« Damit stieg sie in eines der wartenden Taxis und nannte dem Fahrer das gewünschte Ziel. Mit einem Nicken setzte der Chauffeur seine Dieselkutsche in Bewegung.

»Blödmann, Aasgeier«, zischte Heike, als sie den völlig verdattertern Axel Grimm betrachtete, der ihr mit zusammengekniffenen Augen nachblickte.

»Bitte?«, gluckste der Taxifahrer und betrachtete sie fragend im Rückspiegel.

»Nicht Sie«, beschwichtigte die blonde Reporterin mit rotem Kopf. »Ich meinte meinen Kollegen, sofern man ihn so nennen kann.«

* * *

»So, das war's für heute, liebe Leute. Gleich nach den Nachrichten wird der Kollege Lutz Peters mit der Nachtschicht hier auf Ihrem Lieblingssender, der Wupperwelle, das Ruder übernehmen. Ich darf mich verabschieden, bis bald und gute Nacht, mein Name ist Stefan Seiler, und hier kommt die bezaubernde Mindy McCready mit *If I Dont't Stay The Night*.«

Mikro zu, CD-Regler nach der Ramp hoch und tief Luft holen.

Lutz Peters, der Moderator der nächsten Sendung, stand schon vor dem gläsernen Studio bereit. Nachdem das rote *On Air*-Signal über der Tür verloschen war, betrat er das schalldichte Studio. Lutz war Mitte dreißig, von stämmiger Natur und trug die blonden Haare sportlich kurz. Dennoch waren die ersten lichten Stellen auf seinem kantigen Schädel kaum zu übersehen. Lutz Peters war ein Mann der ersten Stunde des Senders, hatte vom ersten Tag an bei der Wupperwelle moderiert – zunächst als Nachrichtenredakteur, später als Redakteur für aktuelle Themen und Kultur und war inzwischen zum Chef vom Dienst aufgestiegen. Der CvD hatte die ehrenwerte Aufgabe, den Dienstplan zu erstellen, womit er sich nicht selten unbeliebt im Kollegenkreis machte. Während seiner Anwesenheit im Sender war er für den Programminhalt verantwortlich; kein leichter Job unter der strengen Hand von Michael Eckhardt, dem eigentlichen Chefredakteur.

»Hi«, sagte er und klopfte Stefan auf die Schulter. Unter dem Arm hielt er die Playlist, Manuskripte für die Moderationen und einen Stapel CDs, den er sich bereits am Nachmittag beim zuständigen Musikredakteur abgeholt hatte. »Schon was von Heike gehört?«

Freiwillig räumte Stefan den Platz am Mischpult. Unmerklich rollte er mit den Augen und schickte einen Stoßseufzer zum Himmel. Warum fragte heute jeder nach Heike? »Nein«, seufzte er und packte seine sieben Sachen.

Lutz zuckte mit den Schultern, als er sich an den Reglern einrichtete. »Ich an deiner Stelle hätte keine ruhige Minute, wenn ich wüsste, dass sie sich in die Fänge dieses Gembowsky begibt. Der Knabe ist kein unbeschriebenes Blatt im Tal. Mit einem Fuß steht er schon seit Jahren im Knast. Und sie als äußerst hübsche, junge Frau ist doch eine leichte Beute für den Kerl. Sie wird es auch nicht schaffen, ihn in den Bau zu bringen.«

»Das muss sie selber wissen«, knurrte Stefan. »Außerdem ...«

»'n Abend, Lutz. Hallo Stefan. Mach dich schon vom Acker – ich habe nichts mehr für dich.«

Stefan hatte mit dem Rücken zur Studiotür gestanden und fuhr auf dem Absatz der Leinenschuhe herum.

Roland hatte das kleine Studio betreten, mit einem breiten Grinsen auf den Lippen und einem Stapel Papier unterm Arm. Er war als Nächster mit den Nachrichten dran, denn augenblicklich lief schon der Werbebreak.

»Schön.« Stefan grinste. Es war eine Minute vor Mitternacht, und vom Studiofenster aus konnte er die Lichter der Stadt sehen, die bunten Leuchtreklamen, die sogar Wuppertal einen Hauch von Großstadt verliehen – wenn auch nur bei Nacht. Auf der Tal-Achse, der B 7, herrschte noch mäßiger Verkehr. Um diese Uhrzeit waren nur junge Leute unterwegs, um zwischen Kneipe und Disco zu wechseln. Er machte Anstalten, in der benachbarten Redaktion zu verschwinden, als eine zierliche Person im Großraumbüro auftauchte. Sie schien sichtlich aufgebracht, und Stefan wunderte sich, was sie noch hier tat.

»Wenn man vom Teufel spricht«, brummte Roland. Kaum stand Stefan auf dem schmalen Gang, der Studio und Redaktion voneinander trennte, als das rote Licht über der Tür aufleuchtete.

»Es ist null Uhr«, tönte Rolands sonore Stimme über die Lautsprecher der Redaktion. Er verlas routiniert die Nachrichten.

Stefan winkte den Kollegen durch die Glasscheibe zu und machte, dass er zu Heike kam. »Heike«, sagte er erfreut und ließ sich auf einem der zahlreichen, mit grauem Stoff bezogenen Drehstühle nieder. »Was treibst du denn hier?«

Sie wirkte sichtlich aufgeregt und winkte ab. »Ist ein Studio frei?«, beantwortete sie Stefans Frage mit einer Gegenfrage.

»Sicherlich«, sagte er. »Aber mal langsam: Wie war dein Treffen mit Klaus Gembowsky?«

Sie zog sich einen Stuhl heran und blies sich eine Haarsträhne aus der erhitzten Stirn. »Vergiss diesen Grabscher«, sagte sie und rollte mit den großen, blauen Augen. »Er steht auf einem anderen Blatt.« Dann berichtete sie von dem Toten, den man am Abend in der Schwebebahn gefunden hatte.

Stefan war beeindruckt. »Das ist ein Hammer.«

»Allerdings. Deshalb bin ich auch hier.« Sie sprang vom Stuhl auf und trat an ihren Schreibtisch. Ohne ein weiteres Wort warf sie den Computer an. »Wenn ich jetzt noch einen Beitrag spreche, dann kann die Geschichte schon in der nächsten Stunde auf Sendung gehen. Eine Leiche in der Schwebebahn gibt es nicht jeden Tag.«

»Aber die Leute von der Zeitung«, warf ihr Kollege ein. »Sie werden morgen mit Fotos ganz groß aufmachen.«

Zwischen Print- und audiovisuellen Medien herrschte seit Generationen so etwas wie ein Konkurrenzkampf. Jeder wollte schneller sein als das Konkurrenzmedium.

»Vergiss die Presse«, erwiderte Heike und grinste ihn spitzbübisch an. »Ich habe eine Exklusivstory daraus gemacht.«

Stefan war baff. »Du hast – waas?«

»Zufällig war ich die einzige Journalistin vor Ort. Außer Axel Grimm, aber den habe ich dumm sterben lassen.« Ihr Grinsen wurde noch eine Spur breiter. Während sie mit Stefan redete, tippte sie einen Text in den PC ein, korrigierte und setzte die Sätze um.

Es war ihm ein Rätsel, wie Heike sich auf den Text am Bildschirm konzentrieren konnte, während sie mit ihm redete.

Und sie redete wie ein Wasserfall.

Stefan überlegte. »Aber ... wenn die Sache vor mehr als zwei Stunden passiert ist, wo ... ich meine, wo warst du bis jetzt?«

»Nun, man sollte alles aus einer Geschichte rausholen.« Heike stützte das Kinn auf die Hände und zwinkerte ihm vergnügt zu. »Ich habe mich umgehört, um wen es sich bei dem Toten handelt.«

»Seine Identität steht fest?« Aus Erfahrung wusste Stefan, dass die meisten tot aufgefundenen Personen keine Papiere oder Ausweise mit sich führten. Es war kaum anzunehmen, dass es bei einem Toten in der Schwebebahn anders war.

»Ja«, nickte Heike. »Er ist stadtbekannt und das gibt der Geschichte erst Brisanz.

»Spann mich nicht so auf die Folter.«

»Es war ...«

»Darf man mal erfahren, was dich um diese Zeit noch hierher treibt?«

Die beiden fuhren herum. Erst jetzt registrierten sie, dass im Hintergrund bereits wieder das Musikprogramm der Wupperwelle lief. Roland Kracht hatte seinen Job getan und war auf leisen Sohlen hinter sie getreten.

Heike blickte zu dem Nachrichtenredakteur auf. »Schwebebahn – Leiche – bekannter Immobilienmakler.« Sie lächelte so charmant wie möglich. »Reicht das in Stichworten?«

Rolands graue Augen wurden groß wie Untertassen. »Das ist ja heiß.«

»Allerdings.« Sie grinste. »Und wenn ich jetzt mal in Ruhe arbeiten dürfte, dann könntest du die Kiste schon in den nächsten Nachrichten bringen.«

»Bin schon weg.« Ohne ein weiteres Wort verschwand Roland an seinen Arbeitsplatz.

»Äh ... Heike?«

Ihr Kopf ruckte herum, während sie weitertippte. »Stefan?«

»Sag schon: Wer war der Tote?«

»Rolf Spielberg.«

Stefan stutzte. Spielberg, rund fünfzig Jahre alt, ein Immobilienhai, dem halb Wuppertal gehörte, war so bekannt wie der Oberbürgermeister der Stadt. Wenn auch nicht so verbunden mit dem Gesetz.

»Spielberg?«, wiederholte Stefan ungläubig.

Heike nickte. »Es sieht so aus, als hätte der Gute Feinde gehabt.«

4. Kapitel

Als Stefan erwachte, stand die Sonne bereits hoch am Himmel. Durch die Lamellen der herabgelassenen Jalousie drang das Licht in den Raum und überzog das Mobiliar mit breiten, hellen Streifen. Verschlafen räkelte er sich auf dem überbreiten Futon in der kleinen Junggesellenbude in der Elberfelder Marienstraße, als der Radiowecker ansprang. Gähnend blinzelte er auf die roten Ziffern. Halb zehn. Zu jeder halben Stunde gab es Lokalnachrichten, und es war selbstverständlich, dass er auch privat Wupperwelle hörte. Wenn Stefan sich recht entsann, dann hatte Manfred Jordan heute Nachrichtendienst. Im nächsten Augenblick vernahm er die bekannte Stimme des Kollegen im Radiowecker.

»Es ist neun Uhr dreißig.« Das Nachrichtenjingle ertönte. »Ich bin Manfred Jordan, Sie hören Lokal im Tal, guten Morgen.«

Stefan streckte sich wohlig. »Guten Morgan, Kollege Jordan«, reimte er und richtete sich im Bett auf. Dann blickte er über seine Schulter.

Heike schlummerte tief und fest. Im Schlaf wirkte ihr hübsches, ebenes Gesicht wie das Antlitz eines Engels, zugleich aber auch sehr verletzlich. Nachdem sie noch in der Nacht ihren Beitrag im Studio gesprochen hatte, war sie mit zu ihm gekommen. Die Reporterin hatte keinen Hehl daraus gemacht, dass sie daheim einen Besuch von Gembowskys Männern befürchtete. Jener war unberechenbar und ein denkbar schlechter Verlierer, also ein gefährlicher Gegner für Heike.

»Vielleicht hätte ich ihn freundlicher behandeln sollen«, hatte sie eingeräumt. »Er ist ja für seine rauen Methoden stadtbekannt, und einem Klaus Gembowsky erteilt man nicht ungestraft eine Absage.«

Also hatte er sie mit zu sich genommen, wo sie zunächst auf der Couch im Wohnzimmer schlief. Nachdem sie dann aber wie ein Schneider gefroren hatte, war sie zitternd und bibbernd in sein Bett gekrochen, wo er sie nur allzu gern gewärmt hatte. Zu mehr waren sie einfach zu müde gewesen und so blieb ihre Freundschaft nach wie vor platonisch. Sollten die Kollegen in der Redaktion doch denken, was sie wollten ...

Als Stefan jetzt barfuß hinüber ins Wohnzimmer tappte, stellte er fest, warum Heike in der Nacht so gefroren hatte: Das große Fenster im Erker stand offen. Mit einem müden Grinsen auf den Lippen verschwand er im Bad, um zu duschen. Während die heißen Wasserstrahlen auf seinen Körper herabprasselten, überlegte er, wie es weitergehen solle. Er hatte Spätschicht und wollte an seinem Käfer den längst fälligen Ölwechsel erledigen. Doch wie es aussah, musste Clemens mal wieder zurückstecken. Der dreißig Jahre alte Kugelporsche war seine Leidenschaft. In der knappen Freizeit schraubte er an dem von ihm selbst frisierten Käfer. Mit Werkstätten hatte er herzlich wenig am Hut – schließlich hatte er irgendwann einmal eine Ausbildung als Kraftfahrzeugmechaniker absolviert, bevor er sich auf den Journalismus stürzte. Nun, es war mal wieder wie so oft: Im Tal war etwas geschehen, es hatte einen Toten in der Schwebebahn gegeben, und das war nicht das einzige Problem, denn Heike musste fürchten, Besuch von Gembowsky und seinen Leuten zu bekommen. Es gab jetzt einen rachsüchtigen Nachtclubbesitzer, vor dem Heike sich in Acht nehmen musste, und es gab einen Toten, der nichts Besseres zu tun gehabt hatte, als in der weltberühmten Schwebebahn zu sterben. Warum hatte keiner der anderen Fahrgäste bemerkt, dass es dem Immobilienhai Rolf Spielberg an den Kragen ging? Wenn man ihn umgebracht hatte, musste es einen Täter geben. Vermutlich einen Profi, der sein Handwerk routiniert genug beherrschte, um in einer Menschenmenge unbemerkt einen Mann zu töten.

Rasch drehte Stefan das Wasser der Dusche ab und frottierte sich trocken. Auf die Rasur verzichtete er heute. Es gab viel zu tun, also begnügte er sich mit Zähneputzen. Obwohl er auch heute wieder Spätschicht hatte, wollte er noch am Vormittag in der Redaktion vorbeischauen und sehen, ob es eventuell schon Neuigkeiten gab. Möglicherweise würde er sich mit der Pressestelle des Polizeipräsidiums in Verbindung setzen – aus Kommissar Verdammt würde Stefan nichts herausbekommen, der war in der Stadt als äußerst medienscheu bekannt. Auch aus diesem Grunde war es ihm ein Rätsel, dass Heike am gestrigen Abend die Erste gewesen war, die Informationen aus erster Hand von Norbert Ulbricht erhalten hatte. Vermutlich hoffte er, durch eine Zusammenarbeit mit der Wupperwelle Zeugen des Vorfalls zu finden.

Unbekleidet betrat er das Schlafzimmer und hätte beinahe vergessen, dass dort eine werte Kollegin schlummerte. Obwohl noch immer leise Musik aus dem Radiowecker dudelte, war sie nicht aufgewacht.

»Sie schläft wie ein Murmeltier«, stellte Stefan lächelnd fest und schlüpfte in Jeans und T-Shirt. Dann beugte er sich zu Heike hinab, die auf der Seite lag. Ihr Körper hob und senkte sich unter den gleichmäßigen Atembewegungen. Sanft strich Stefan ihr über den Arm und ließ sich auf der Bettkante nieder.

»Heike – aufstehen«, flüsterte er leise.

Sie schüttelte verschlafen den Kopf. »Ich will nicht.«

»Du musst aber. Oder soll es im Radio still werden, weil du nicht aus den Federn kommst?«

Sie gähnte herzhaft und räkelte sich. Dann erst blinzelte sie verschlafen zu Stefan hoch. »Wie spät ist es?«

Er machte eine ernste Miene. »Fast halb zwei.«

In der nächsten Sekunde war Heike hellwach. Sie sprang im Bett auf, stieß die Bettdecke fort und machte Anstalten, sich zu erheben. Energisch stieß sie Stefan zur Seite und stürmte an ihm vorbei aus dem zerwühlten Futon. »Waas?«, rief sie putzmunter. »Warum hast du mich nicht geweckt?« Sie trat an das hohe Fenster und blickte auf die Straße herab. »Ich muss in die Redaktion.«

»Reg dich ab, Heike«, beruhigte er sie lächelnd und trat hinter sie. »Es ist kurz vor zehn.«

Sie fuhr herum und funkelte ihn aus ihren großen, blauen Augen an. »Wie bitte?« Energisch stemmte sie die Hände in die Hüften.

»Kurz vor zehn.« Stefan reckte den Arm in die Höhe und zeigte ihr das Zifferblatt seiner Uhr.

»Du Schuft, du kleiner, elender, mieser Schuft«, rief sie und trommelte ihm mit einer Mischung aus Wut und Erleichterung in die Magengegend. Lachend schloss Stefan sie in seine Arme.

»Komm schon, es gibt viel zu tun.«

Stimmt«, sagte sie. »Du wolltest einen Ölwechsel an deinem Clemens machen, und da bin ich als weibliches Geschöpf nur hinderlich.«

»Der Ölwechsel ist gestorben«, erwiderte der Kollege.

»Warum?«

»Nun, immerhin warst du es, die mich gestern um persönlichen Geleitschutz gebeten hat. Wer sagt denn, dass dieser Schutz mit dem heutigen Tage beendet ist?«

»Dass Männer immer die Beschützer spielen müssen«, maulte sie und löste sich aus der Umarmung. Leichten Fußes verschwand sie in Richtung Badezimmer.

Bewusst hatte Stefan nicht erwähnt, dass er Heike bei ihren Recherchen nach dem Toten in der Schwebebahn unterstützen wollte. Sicherlich hätte sie abwehrend reagiert und behauptet, alleine klarzukommen. Und das nur, weil sie eine schrecklich ehrgeizige Journalistin war und sie es gewesen war, die die Story angegraben hatte. Natürlich wollte sie sie auch alleine beenden. Wie immer. Der Morgen war aber viel zu schön, um zu streiten. Sie würde schon früh genug bemerken, dass er sich ihrer annahm.

Frauen konnten unberechenbar sein.

* * *

In der Redaktion herrschte die übliche Hektik. Mitarbeiter wirbelten zwischen den Schreibtischen umher, Telefone klingelten und PC-Tastaturen klapperten monoton, unterbrochen nur vom Stimmengewirr der Redakteure. Seite an Seite betraten Heike und Stefan das vom Sonnenlicht durchflutete Großraumbüro.

»Da seid ihr ja endlich«, ertönte eine Stimme vom Chefbüro aus. Stefan und Heike tauschten einen viel sagenden Blick und zuckten mit den Schultern. Der Chef winkte sie heran.

»Bevor ich einen Anschiss kriege: Darf ich darauf aufmerksam machen, dass ich eigentlich noch gar nicht da bin?«, erinnerte Stefan Michael Eckhardt, der aus seinem Büro gestürmt kam, als sie auf der Bildfläche aufgetaucht waren.

Dieser musterte ihn sichtlich verwirrt und nickte schließlich: »Was treiben Sie dann schon hier?« Eckhardt war unverbesserlich. Ein Vollblutjournalist, der seine eigene Meinung vom Radiomachen hatte; ein sturer Idealist, doch ein korrekter und fairer Chef, der von allen Mitarbeitern des Senders respektiert wurde. Wie immer standen seine dunklen Haare zu Berge, so, als hätte er sich bis soeben die Haare gerauft, weil er die neuesten Einschaltquoten auf dem Schreibtisch liegen hatte. Die modische Krawatte hing wie üblich auf halb acht, während er die obersten Knöpfe seines Hemdes geöffnet hatte. Alles schien, als stünde Eckhardt mal wieder unter Stress. Entsprechend schlecht war seine Laune. Jetzt blickte er erst Stefan an, dann blieb sein Blick an Heike haften.

Michael Eckhardt war Anfang vierzig und eigentlich gut aussehend. Nur mit Frauen wusste er nichts anzufangen –

obwohl sie ihn faszinierten, waren sie ihm ein Rätsel. Dennoch nickte er verstehend, als er die beiden sah.

»Ah, ja«, machte er gedehnt. »Ich verstehe.«

Das wagte Stefan zu bezweifeln, sprach es aber nicht aus.

Der Chef blickte Heike an. »Was ist mit der Gembowsky-Story?«

»Ich bleibe dran, habe auch schon ein kurzes Interview.«

»Gut.« Eckhardt nickte und zog die beiden in sein Büro. Er schloss die Tür. Die Geräusche aus dem angrenzenden Großraumbüro drangen nur noch gedämpft an ihre Ohren. Höflich rückte er ihnen zwei lederbezogene Schwingstühle vor seinem Schreibtisch zurecht, dann umrundete er diesen und ließ sich nachdenklich auf den Chefsessel sinken. Er bot Kaffee an und beschwerte sich im nächsten Atemzug über den schlechtesten Kaffee seit Generationen, den ihm die Sekretärin jeden Morgen vorsetze. Schweigen breitete sich aus, und Stefan und Heike sahen förmlich, wie es hinter der hohen Stirn arbeitete. Eckhardt ließ sie keine Sekunde aus den Augen, als er die Fingerspitzen beider Hände aneinander legte und sich weit zurücklehnte.

»Hier ist der Teufel los«, eröffnete er nach einer kleinen Ewigkeit das Gespräch.

Stefan Seiler grinste breit und ahmte Tom Gerhardt nach. »Voll normaal.« Nur die Pudelmütze des Komikers fehlte.

Eckhardt überhörte seine ironische Spitze und wandte sich an Heike. »Die Sache mit dem Toten in der Schwebebahn war ein echter Knüller.«

Sie nickte und schwieg.

»Allerdings sind wir durch diese Exklusivstory auch in das öffentliche Interesse gerückt. Die Kollegen von der schreibenden Zunft sind schon neidisch.«

»Ist das ein Nachteil?« Sie lächelte charmant und schlug die Beine übereinander. »Hat Grimm etwas im Talexpress gebracht?«

»Einige Zeilen, die eigentlich nur Luft enthalten. Allerdings war er dumm genug, sich als schlechter Verlierer zu outen: Er erwähnte, dass das Radio mal wieder von den öffentlichen Stellen bevorzugt behandelt werde.«

»Ist das schlecht für unser Image?«, konterte Heike feixend und warf Stefan einen viel sagenden Blick zu.

»Natürlich nicht.« Eckhardt machte eine beschwichtigende Geste und wandte sich Stefan zu.

»Herr Seiler, ich gehe davon aus, dass Sie schon wissen, was Frau Göbel am gestrigen Abend erlebt hat.«

»Ich war noch in der Redaktion, als sie hereinkam und einen Beitrag vorbereitete.« Das war nicht einmal gelogen.

»Schön.« Eckhard beugte sich weit über die Schreibtischplatte. »Das macht Sie zum Mitwisser.«

»Zum Mitwisser?« Er stutzte. »Aber worum ...«

»Nun«, unterbrach ihn der dunkelhaarige Chef der Wupperwelle. »Am Morgen befand sich ein unfrankierter Brief in der Post, der im Zusammenhang mit dem Toten in der Bahn steht.«

»Ach.« Heikes Neugier erwachte. Sie schürzte die Lippen und beobachtete, wie Eckardt eine Schreibtischschublade öffnete und nach dem entsprechenden Schrieb zu suchen schien. Im nächsten Augenblick schlug das Telefon an. Er ergriff den Hörer, murmelte ein kurzes »Jetzt nicht« und legte wieder auf.

Was immer in der Nacht noch geschehen war, es schien tatsächlich wichtig zu sein.

Dann erhellte sich Michael Eckhardts Miene. Er wedelte mit einem maschinegeschriebenen DIN A 4-Blatt in der Luft herum. »Streng geheim«, murmelte er und reichte es seinen Mitarbeitern. Stefan beugte sich weit zu Heike hinüber und versuchte, den Inhalt zu entziffern. Heikes Augen wurden groß wie Untertassen, als sie den Text überflog.

An das Team der Wupperwelle

Wenn Sie verhindern wollen, dass sich in der nächsten Zeit mehrere tragische Unfälle im Schwebebahnbetrieb ereignen, dann sollten Sie unser Anliegen ernst nehmen. Sehr ernst.

Spielberg hatte nichts anderes als den Tod verdient. Betrachten Sie seinen Tod als Warnsignal. Er war Abschaum, gerade gut genug, um noch als schlechtes Beispiel zu dienen. Wenn Sie die Sicherheit der berühmten Wuppertaler Schwebebahn nicht unnötig gefährden wollen, dann sorgen Sie dafür, dass Sie innerhalb der nächsten zwei Tage fünfhunderttausend Euro auftreiben. Wie wir an das Geld gelangen werden, erfahren Sie rechtzeitig telefonisch.

Gezeichnet: Bewegung 12. April

»Das ist unglaublich«, entfuhr es Heike, als sie den Brief an Eckhardt zurückreichte. Der Name der Unterzeichner stellte einen Zusammenhang zum tragischsten Schwebebahnunglück aller Zeiten her! Am 12. April 1999 war die Schwebebahn abgestürzt – hatten sie jetzt weitere Schicksalsschläge zu erwarten?

Der Chefredakteur nestelte an seiner Krawatte herum und nickte. »Allerdings.«

»Sie glauben also an den direkten Zusammenhang mit dem ermordeten Rolf Spielberg?«, fragte Stefan und verschränkte die Arme vor der Brust.

Michael Eckhardt zuckte mit den Schultern. »Möglicherweise handelt es sich nur um einen Trittbrettfahrer, dem der Tod Spielbergs sehr gelegen kam, um seiner Forderung Nachdruck zu verleihen, ohne sich selber die Finger schmutzig zu machen.«

»Wer sagt denn, dass es definitiv ein Mord war?, mischte sich Stefan ein. Er musterte erst den Chef, dann Heike. Eckhardt zuckte die Schultern und warf Heike den Ball zu.

»Der Schuss könnte auch nach hinten losgehen«, meinte diese. »Wenn man den Erpresser stellt, wird die Polizei ihn gleichzeitig mit dem Mord in Verbindung bringen.«

»Es sei denn«, überlegte Stefan, »es sei denn, man überführt den Mörder, *bevor* man den Erpresser stellt.«

»Die Chancen stehen denkbar schlecht«, erwiderte Eckhardt kopfschüttelnd und sprang auf. Er wanderte durch das modern eingerichtete Büro und trat an das große Fenster. Scheinbar gedankenverloren starrte er auf die B 7 herab. Weiter hinten schimmerte das lindgrüne Stahlgerüst der Schwebebahn im Licht der Sonne. Soeben setzte einer der zahlreichen Fischreiher zum Landeanflug auf eine Stütze an. Der stolze Vogel hatte in Wuppertal Einzug gehalten, nachdem der Fischbestand in der Wupper wieder angestiegen und die Nahrung für die Reiher gesichert war. Als ein Schwebebahnzug heranrollte, erhob sich der weißgraue Vogel mit ausladenden Flügelschlägen in die Luft.

Sie hatten Eckhardt beobachtet und ahnten, was in ihm vorging. »Wissen die Fahrgäste, dass die Bahn erpresst wird?«, fragte Heike.

Eckhardt fuhr herum. »Natürlich nicht. Und so soll es auch bleiben, um eine Massenhysterie zu vermeiden. Noch ist niemand in Gefahr, und die Ermittlungen der Polizei laufen auf Hochtouren.«

»Ist das nicht unverantwortlich?«, fragte Stefan. »Man sollte den Bahnbetrieb vorübergehend einstellen.«

Eckhardt musterte ihn lange. »Damit hätte der Erpresser das erreicht, was er will: Die Stadtwerke als Betreibergesellschaft der Bahn in die Knie zu zwingen, um die Eintreibung des Lösegeldes möglichst schnell durchzuboxen.«

»Aber das Leben der Menschen, die tagtäglich mit der Schwebebahn fahren ...«

»... ist definitiv nicht in Gefahr«, nahm der Chefredakteur ihm den Wind aus den Segeln. »Natürlich habe ich sofort Kontakt mit der Polizei aufgenommen.« Ein Lächeln huschte um seine Lippen, bevor er fortfuhr. »Wie Sie wissen, verbindet mich eine langjährige Freundschaft mit dem Polizeisprecher Jürgen Küppers. Er hat dafür Sorge getragen, dass eine Großfahndung nach dem beziehungsweise den Erpressern eingeleitet wurde. Um Sie zu beruhigen, Frau Göbel: Seit heute Morgen neun Uhr begleitet mindestens ein in Zivil gekleideter Polizeibeamte jede Bahn. Sollte etwas Außergewöhnliches vorfallen, wird sofort Verstärkung angefordert, um den oder die Täter festzusetzen. Niemand wird so leichtsinnig sein und sich in die sprichwörtliche Höhle des Löwen begeben.«

»Wie soll man da erfahren, wer hinter der Erpressung steckt?«, warf Stefan ein.

»Das ist Sache der Polizei«, wich der Chef der Wupperwelle aus. »Übrigens möchte ich nicht, dass etwas von der Erpressung durchsickert. Absolutes Stillschweigen setze ich voraus. Sie beide«, er deutete erst auf Heike, dann auf Stefan, »Sie sind ab sofort zu Geheimnisträgern für den Sender geworden.«

Er marschierte zu seinem Schreibtisch und ließ sich in den Sessel sinken. »Dass vorläufig eine strikte Nachrichtensperre besteht, muss ich wohl nicht gesondert erwähnen.«

Stefan Seiler tauschte einen raschen Blick mit Heike, welche mit den Augen rollte. »Klar, was auch sonst. Aber im Hintergrund werden wir wohl ermitteln dürfen?«, wagte sie einen zaghaften Versuch, sich die Story nicht gänzlich entreißen zu lassen.

»Natürlich werden wir die Ersten sein, die nach Klärung des Falles über die Geschichte berichten, aber bis dahin ...« Eckhardt schüttelte den Kopf. »Niente. Das Einzige, was ich anbieten kann, wäre, den Fall des ermordeten Spielberg weiter zu verfolgen. Von mir aus können Sie das übernehmen, Herr Seiler.«

Das war's also. Um ein Haar hätte er einen wilden Fluch ausgestoßen, und auch Heike stand kurz vor einem Vulkanausbruch. Ihr nettes Gesicht hatte eine puterrote Färbung angenommen, kein gutes Zeichen ...

5. Kapitel

Das ist doch zum Mäusemelken!«
Heike hatte die kleinen Hände zu Fäusten geballt. Wie eine Furie durchquerte sie die Redaktion und scherte sich einen Teufel um die zweifelnden Blicke der Kollegen. Wütend ließ sie sich an ihrem Schreibtisch nieder und schaltete den Computer ein.

Stefan war ihr schweigend gefolgt und hockte sich jetzt auf die Schreibtischkante. Er bedachte sie mit einem mitfühlenden Blick. Es war nicht leicht für einen Journalisten, eine wirklich heiße Story einfach so unter den Tisch fallen zu lassen – nur weil die Polizei eine Nachrichtensperre verhängt hatte.

»Das Problem ist die Zeit nach der Klärung des Falles«, überlegte Stefan laut und nagte auf der Unterlippe. Heike blickte verwirrt zu ihm auf und zog die Stirn in Falten.

»Nun, du glaubst doch nicht, dass wir die Einzigen sein werden, die zu der Pressekonferenz erscheinen, die es geben wird, wenn man den Erpresser verhaftet hat, oder?« Stefan machte eine wegwerfende Handbewegung.

»Es ist unsere Story«, wetterte Heike mit zornesrotem Kopf.

»Eben«, stimmte er zu. »Sobald etwas von der Geschichte nach draußen sickert, werden sich die Pressefritzen wie die Aasgeier darauf stürzen, nur, um uns eins auszuwischen.«

»Oh Scheiße.« Heikes Augen wurden groß, als sie zu ihrem Freund und Kollegen aufblickte.

Stefan musterte sie mit fragender Miene. »Ist was?«

»Ja – die Pressekonferenz.«

»Die Erpresser sind noch lange nicht gefasst«, beruhigte er sie und klopfte ihr auf die Schulter.

»Sagtest du Erpresser?«

Sie fuhren herum.

Manfred Jordan, der schlaksige Nachrichtenredakteur mit den verwaschenen Jeans war unbemerkt an Heikes Schreibtisch getreten. Er grinste die beiden breit über den Rand seiner Nickelbrille an und zupfte sich den Vollbart.

»Sagte ich Erpressung?« Stefan tauschte einen raschen Blick mit Heike, die theatralisch die Schultern zuckte.

»Er muss sich verhört haben«, stellte sie fest. »Pressekonferenz. P R E S S E - Konferenz«, buchstabierte sie und kicherte. »Wer weiß, was du schon wieder verstanden hast.«

»Als Nachrichtenonkel dieses wunderschönen, sonnigen Morgens bin ich natürlich für heiße Stories dankbar«, versuchte Manfred es noch mal.

»Du bist ein lieber Kerl«, murmelte Heike. »Und trotzdem solltest du dir die Ohren waschen.«

»Schade.« Jordan wandte sich zum Gehen. Er schmollte, dann deutete er auf Heikes Monitor. »Gibt es Neuigkeiten im Fall des Toten?«

Die blonde Redakteurin schüttelte den Kopf. »Leider nein.«

»Dann muss es vorerst genügen, wenn du den Beitrag neu formulierst und einige rhetorische Änderungen einbaust. Es ist nicht gut, wenn die Leute jede Stunde denselben Beitrag in den Nachrichten hören.«

»Aber die PK«, wehrte sie sich. »Ich muss weg.«

»Das kann ich doch erledigen«, schlug Stefan vor.

Jordan blickte ihn überrascht an. »Du?«

Warum nicht?« Stefan grinste. »Bin ich so hässlich, dass ich die Redaktion nur nach Einbruch der Dunkelheit verlassen darf?«

Der Nachrichtenredakteur winkte ab. »Anstatt hier rumzuhängen, solltest du längst in deinem Kugelporsche sitzen und zum Präsidium knattern. Falls die Karre anspringt. Wenn alles klappt, fahren wir eine Live-Reportage per Handy direkt von der Konferenz.«

»Manchmal überschlägst du dich, was deinen Arbeitseifer angeht«, murmelte Stefan und glitt von Heikes Schreibtischkante.

»Aber ich kann doch ...«, sagte sie.

»Schon gut, bleib hier und konzentriere dich auf das Wesentliche, während ich mir das Gesülze im Präsidium reinziehen werde.« Dann wandte Stefan sich an Manfred Jordan, der Anstalten machte, an seinen Arbeitsplatz zu verschwinden. »Und du komischer Vogel, nenn meinen Käfer nie wieder alte Karre. Damals baute man noch richtige Autos, auf die man sich auch heute noch verlassen kann.« Er winkte ab. »Wenn ich an den neumodischen Elektrokram in den Autos heutzutage denke, wird mir übel. Anfälligere Kisten gibt's doch gar nicht.«

Jordan zog einen Flunsch und trollte sich.

»So«, sagte Stefan dann zu Heike gewandt. Sie hatte sich ein wenig beruhigt. »Ich werde mal sehen, ob ich ein Fass aufmachen kann.«

Sie nickte. »Du bist ein Schatz.«

»Ich weiß.«

* * *

Als er Minuten später, bewaffnet mit Notizblock, Diktiergerät und Handy, in seinem Clemens saß und über die Bundesallee tuckerte, bemerkte er ein eigenartiges Geräusch aus dem Heck des Käfers. Zähneknirschend dachte Stefan an das Gespräch mit Manfred Jordan. Der hatte seinen Käfer beleidigt! Stefan Seiler identifizierte das Geräusch aus dem Motorraum als klapperndes Ventil. Bei nächster Gelegenheit musste er sich mit dem Wagen befassen. Es wurde höchste Zeit; der Käfer brauchte wohl etwas Liebe – in Form von frischem Öl, Zündkerzen und einer Schieblehre, mit der man die Ventile justieren konnte. Mit Ach und Krach schaffte er es bis zum Präsidium.

Natürlich war er nicht der Erste, der sich zur Pressekonferenz eingefunden hatte. Stefan erkannte zahlreiche

Vertreter der schreibenden Zunft, traf auch einen Kollegen der Westdeutschen Zeitung. Von Grimm keine Spur. Vermutlich hatte ihn sein Chefredakteur in den Innendienst strafversetzt. Sogar ein Kamerateam der WDR-Lokalzeit war angereist, um über den Toten in der Schwebebahn zu berichten. Eine solche Sensation ließ sich keiner entgehen, und unwillkürlich dachte Stefan an den Vergleich zwischen Journalisten und Aasgeiern. Doch das gehörte zum Geschäft. Nur schlechte Nachrichten waren gute Nachrichten. Dass es sich um vom Polizeisprecher möglichst mediengerecht aufbereitete Informationen handelte, schien keinen der Kollegen sonderlich zu stören. Stefan wusste mehr, immerhin war die Wupperwelle das erste Medium gewesen, das sozusagen live vom Tatort über den toten Spielberg berichtet hatte. Heikes in der Nacht gesprochener Beitrag war bereits am frühen Morgen über den Äther gekommen und hatte eine Welle der Erschütterung ausgelöst – war die Schwebebahn doch so etwas wie ein Heiligtum für alle Wuppertaler. Eine ähnliche Stimmung hatte Stefan am 12. April 1999 erlebt, als das Wahrzeichen in die Wupper gestürzt war.

Was Stefan nicht verwunderte, war die Tatsache, dass keiner um Rolf Spielberg zu trauern schien. Sehr beliebt war er offenbar nicht gewesen.

Im Presseraum des Präsidiums an der Friedrich-Engels-Allee hatten sich alle Beamten versammelt, die mehr oder weniger direkt mit dem Fall zu tun hatten. Stefan erkannte neben Jürgen Küppers, dem muskulösen Polizeisprecher, auch Kommissar Verdammt, der neben dem durchtrainierten Küppers wie eine verarmte Witzfigur wirkte. Der Leiter der Wuppertaler Mordkommission wirkte nervös und übernächtigt. Vermutlich hatte Ulbricht die Nacht im Büro verbracht. Etwas im Hintergrund hielt sich Erika Meister, die Pressesprecherin der Stadtwerke. Stefan war gespannt, ob sie den Erpressungsversuch auch nur andeutungsweise erwähnen würde.

Keine zehn Minuten später nahmen die Vertreter der Polizei hinter dem erhöhten Pult mit den Mikrofonen Platz. Es folgte eine fast fünfminütige Begrüßungsansprache, bei der Stefan die Ohren auf Durchzug schaltete. Dann kam man endlich auf den toten Immobilienmakler zu sprechen. Nun spitzte er die Ohren, ohne aber etwas Neues zu erfahren. Sogar Norbert Ulbricht hatte sich zwischenzeitlich an die leise surrenden Fernsehkameras gewöhnt. Man berichtete im Grunde das, was Stefan in der Nacht schon von Heike erfahren hatte, ohne zu genau ins Detail zu gehen. Hans Zoch, der Fahrer der betroffenen Schwebebahn, war, wie man bekannt gab, beurlaubt. Der durchaus zuverlässige und diensterfahrene Schwebebahnfahrer stehe nach wie vor unter Schock und habe sich in ärztliche Behandlung begeben müssen. Sülz, sülz.

»Anzumerken ist, dass die Sicherheit der Wuppertaler Schwebebahn nie gelitten hat und auch künftig nicht unter kriminellen Machenschaften leiden wird«, bemerkte Erika Meister und verteidigte einmal mehr den guten Ruf des Wuppertaler Wahrzeichens.

Stefan blickte sich rasch unter den Kollegen um. Niemand reagierte auf die Worte der Pressereferentin. Diese war Mitte fünfzig, trug das gefärbte Haar streng zurückgekämmt und hatte sich für die Konferenz in ein etwas zu konservatives Kostüm gewickelt, um den seriösen Eindruck ihrer Person zu unterstreichen. Die Perlenkette in ihrem Dekolleté stammte sicherlich aus den sechziger Jahren.

»Glauben Sie denn an einen Zusammenhang zwischen dem toten Rolf Spielberg und der Schwebebahn?«, fragte Stefan laut an sie gewandt. Sekundenlang herrschte Stille im Saal des Polizeipräsidiums. Das Diktiergerät lief mit. Alle Blicke waren auf den Wupperwelle-Reporter gerichtet. Man hörte nur das Summen der Kameras und das Kratzen von Stiften auf Papier.

Erika Meister blickte ihn unverwandt an, schien mit sich zu ringen, dann hatte sie ihre Fassung zurückerlangt. »Nein«, erwiderte sie schließlich und spielte nervös mit ihrer Perlenkette.

Stefan wusste von dem Erpresserschreiben – genau wie sie. Sie maßen sich mit Blicken.

»Natürlich nicht«, mischte sich jetzt Jürgen Küppers, der Polizeisprecher, ein. »Warum auch?« Er lachte herzerfrischend und versuchte, die angespannte Stimmung im Saal zu lockern. »Das Opfer ist tot und niemand hätte einen Grund, Spielberg ein zweites Mal zu ermorden.«

Alles lachte. Stefan nickte stumm. So viel also zur Nachrichtensperre. Er hoffte, nicht schon einen Schritt zu weit gegangen zu sein. Hoffentlich würde Küppers sich nicht bei seinem alten Freund Eckhardt über den vorlauten Radioreporter Seiler beschweren, denn dann hatte er verloren ...

»Ist es denn sicher, dass es überhaupt ein Mord war?«, mischte sich jetzt ein älterer Kollege ein, der als freier Journalist in der Stadt für sämtliche Zeitschriften arbeitete. Sein graues Haar war wellig und hing ihm strähnig in die hohe Stirn. Stefan kannte den Mann nur als Maier. Der Mief seiner Pfeife verpestete die Luft im Raum.

»Das genaue Resultat liegt zwar noch nicht vor, aber das anfänglich als Todesursache diagnostizierte Herzversagen gilt inzwischen als äußerst unwahrscheinlich.« Küppers blickte in die Runde.

»Wie kommt man denn dann auf einen Mord?«, rief ein anderer Reporter in den Raum.

»Der Hergang ist durch Dienstvorschriften geregelt«, erklärte Jürgen Küppers geduldig. Er stieß Kommissar Ulbricht an.

Dieser sah den Zeitpunkt für gekommen, auch etwas zu sagen. Umständlich rückte er sich die Mikrofone zurecht und räusperte sich: »Nach dem Fund des Verstorbenen alarmierte der Fahrdienstleiter der Schwebebahn die Kriminalpolizei. Ein völlig normaler Vorgang. Der ebenfalls herbeigerufene Notarzt konnte nur noch den Tod von Herrn S. feststellen. Der Arzt bescheinigte durch ein kleines Kreuz in der Sterbeurkunde, dass die Todesursache ungeklärt ist.« Ulbricht ließ seinen Blick über die Gruppe der versammelten Pressevertreter schweifen, bevor er fortfuhr. »Sobald dergleichen geschieht, schaltet sich automatisch die Staatsanwaltschaft ein. Der Staatsanwalt kann eine Obduktion anordnen, um die genaue Todesursache zu ermitteln. Und diese Anordnung ist noch in derselben Nacht erfolgt.« Der Kommissar atmete tief durch und lehnte sich zurück.

Küppers hielt die Zeit für gekommen, wieder das Wort zu ergreifen. »Die Leiche des Verstorbenen befindet sich inzwischen in der Gerichtsmedizin Düsseldorf. Dort haben sich Gerichtsmediziner mit der Sektion des Toten befasst.«

Liegt schon ein erstes Ergebnis vor?«, rief jemand.

»Nein«, erwiderte Küppers. »Sobald wir darüber verfügen, werden wir Sie über den Tod des Herrn Spielberg genauer informieren.« Der breitschultrige Pressesprecher gab seinen Kollegen ein unauffälliges Zeichen. Man erhob sich fast zeitgleich. »Zunächst danken wir Ihnen für das Interesse.«

Stefan seufzte. Das war's also. Eine halbe Stunde oberflächliches Geplänkel, ohne Herausgabe von Einzelheiten, die den Fall interessant machten. Die wertvolle Zeit hätte er sich sparen können. Enttäuscht stapfte er auf den Ausgang zu.

Sein Käfer parkte in der nahe gelegenen Druckerstraße. Die Sonne wärmte Stefans Haut, als er vor das mächtige Portal des Präsidiums trat. Er nickte dem Pförtner hinter seiner Panzerglasscheibe zu und ging die breiten Stufen hinab. Etwas unschlüssig blieb er auf der Straße stehen, als zwei uniformierte Polizisten an ihm vorbeieilten. Die Dienstmützen hatten sie unter den Arm geklemmt. Beinahe hätten sie Stefan über den Haufen gerannt. Scheinbar handelte es sich um einen dringenden Einsatz. Kopfschüttelnd hielt er inne und beobachtete, wie sie den Streifenwagen bestiegen, der vor dem altehrwürdigen Polizeigebäude bereitstand. Während der Streifenführer den Motor des Vectra startete, ergriff sein Kollege auf dem Beifahrersitz das Mikrofon des Funkgerätes: »Starten jetzt zur Schwebebahnstation Loher Brücke. Schickt uns schon mal Notarzt und Feuerwehr vor.«

Der Beamte hatte laut und deutlich in das Mikro gesprochen; Stefan, der nur wenige Meter abseits stand, konnte die Worte mühelos verstehen. Er blickte wie gebannt dem Streifenwagen nach, der sich mit Blaulicht freie Bahn auf der Friedrich-Engels-Allee verschaffte. Dann war der Polizeiwagen mit quietschenden Reifen in Richtung Loh verschwunden.

»Loher Brücke«, murmelte Stefan fassungslos. »Feuerwehr und Notarzt. Das sieht nach einem dicken Hund aus.« Prompt dachte er an das Erpresserschreiben, das am Morgen in der Redaktion eingegangen war. Hatte die Erpresserbande etwa schon zugeschlagen? Stefan rannte zu seinem Käfer, der in der ruhigen Seitenstraße geduldig auf ihn wartete. Es galt, keine Zeit zu verlieren, und es wäre eine Schande, wenn die Wupperwelle nicht aus erster Hand berichten würde.

6. Kapitel

Der Motor sprang krachend mit einer ohrenbetäubenden Fehlzündung an. Stefan war es erst eiskalt, dann siedend heiß geworden.

»Komm schon«, zischte er. Dann endlich lief der Käfer – wenn auch mehr schlecht als recht. Clemens schüttelte sich. Stefan vermutete, dass der Motor nur noch auf drei Zylindern lief. Höchstens. Als er rückwärts aus der schräg angelegten Parkbucht rangierte, sah er im Rückspiegel eine blaue Rauchwolke. Unheilvoll waberte der Dunst zur Friedrich-Engels-Allee hinüber. »Lass mich jetzt nicht im Stich, alter Junge«, flehte Stefan den Käfer an und drückte den Gang rein. Die Kiste machte einen Hopser, bevor sie sich in Bewegung setzte. Dann stand der Wagen an der Einmündung der viel befahrenen Allee. Das Licht der Sonne drang schemenhaft durch die dichten Bäume, die die Straße säumten.

Während Stefan Vorfahrt achtete, erstarb der Motor. Wütend hieb er auf den Lenkradkranz und schluckte mühsam einen Fluch hinunter. Noch immer hing die blaue Qualmwolke über dem brüchigen Asphalt. Er drehte erneut am Zündschlüssel. Ein LKW rollte auf der Friedrich-Engels-Allee heran und bremste ab. Der Fahrer stoppte sein schweres Gefährt und bedeutete Stefan mit der Lichthupe, vorzufahren.

»Würde ich gerne, wenn die Kiste anspringen würde.« Mit hochrotem Kopf winkte er ab. Der LKW-Fahrer zuckte mit den Schultern, schenkte ihm ein schadenfrohes Grinsen und rollte von dannen. Stefan konnte machen, was er wollte – der Käfer hatte seinen eigenen Kopf und sprang nicht mehr an. Ausgerechnet jetzt! Eilig stieg er aus und umrundete den Wagen. Auch ein Blick unter die kleine Motorhaube brachte relativ wenig, nur ein beißender Gestank lähmte seine

Atemwege. Stefan gab es nicht gerne zu: Das sah nach einer größeren Reparatur aus.

Und wie kam er jetzt zum Loh?

* * *

Karin Dahls Gesichtszüge entgleisten sekundenlang. Dann hatte sie sich wieder unter Kontrolle. »Heißt das ... ich meine ... du und Stefan ...« Ihre Hoffnungen, dass die Kollegin ihr den gemeinsamen Freund Stefan Seiler einen Abend lang abtrat, schwanden urplötzlich. »Ich meine, was ist denn nun? Seid ihr ein Paar oder nicht?«

Heike legte den Kopf schräg und spielte verträumt mit einem Kugelschreiber, während ihr Blick in die Ferne glitt. »Nun«, murmelte sie, »er ist großartig, wenn du verstehst.« Um ihre Worte zu untermalen, seufzte sie genießerisch.

»Wie muss ich mir das vorstell ...« Karin brach jäh ab, als das Telefon auf Heikes Schreibtisch anschlug. Diese murmelte eine Entschuldigung und ergriff den Hörer.

»Stefan!«, rief sie erfreut und warf Karin einen Blick zu.

Karin Dahls Gesicht verdunkelte sich, als sie den verzückten Gesichtsausdruck der Kollegin sah. Sie lauschte der Unterhaltung, doch irgendwie wurde sie den Eindruck nicht los, dass es sich nicht um einen netten Anruf aus purer Sehnsucht handelte. Es schien etwas passiert zu sein.

»Was?«, rief Heike entsetzt. »Ein Feuer? Das ist ja furchtbar.« Sie blickte zu Karin auf und rollte mit den Augen. »Ausgerechnet jetzt. Scheißkarre«, sprach sie in den Hörer und nickte. »Mist. Ja, sicher. Ich komme sofort.« Damit hängte sie ein.

Bevor Karin Fragen stellen konnte, sprang Heike auf und griff nach ihrer Handtasche. »Es ist etwas Furchtbares geschehen. Ich muss sofort los.« Damit ließ sie die Kollegin achtlos zurück.

»Uuups«, machte Karin, als sie zu ihrem Schreibtisch in der Nachrichtenredaktion zurückging. »Da muss aber wirklich der Teufel los sein.«

* * *

Mit ihrem Twingo hatte sie die Loher Straße kaum zehn Minuten später erreicht. Das Erste, was sie sah, als sie von der Friedrich-Engels-Allee nach rechts abbog, war dichter Rauch und zuckendes Blaulicht. »Da ist ja richtig was los«, murmelte sie und brachte den kleinen Wagen neben einem uniformierten Polizisten zum Stehen, der sie angehalten hatte.

»Die Straße ist kurzfristig gesperrt«, erklärte der ihr mit äußerst wichtiger Miene. »Es ist besser, wenn Sie einen Umweg fahren – das hier kann dauern.«

Heike machte auf dumm. »Was ist denn los?«

»Ein Feuer«, verriet der Polizist ihr. »Es brennt in der Schwebebahnstation.«

Jetzt grinste die Reporterin und wühlte in ihrer Handtasche, die sie auf den Beifahrersitz geworfen hatte, nach dem Presseausweis.

»Ich komme von der Wupperwelle«, sagte sie dann. »Dürfte ich mir einen Überblick über das Geschehen verschaffen?« Sie präsentierte ihm das eingeschweißte Kärtchen.

Der junge Polizist, sie schätzte ihn auf Anfang zwanzig, studierte den Ausweis aufmerksam, als hänge von der Lektüre der Rest seiner beruflichen Laufbahn ab. Dann nickte er. »Natürlich. Nur der Wagen«, er schüttelte den Kopf, »der muss zur Seite.«

»Ist gebongt.« Heike bejahte und schenkte ihm einen Augenaufschlag, der den jungen Knaben glatt erröten ließ. Dann legte sie den Gang ein und fuhr den Twingo vor die kleine Kebabbude am Fuße der Schwebebahnstation. Als sie ausstieg, lähmte der beißende Brandgeruch ihre Atemwege.

Feuerwehrwagen standen mitten auf der Straße; ein Leiterwagen parkte vor einer Fußgängerinsel und hatte die Leiter zur Schwebebahnstation ausgefahren. Die Pumpen liefen mit voller Kraft, und überall rannten Feuerwehrleute wie aufgescheuchte Hühner herum.

Plötzlich tauchte eine Vision, eine traumatische Kindheitserinnerung auf: Vor Jahren hatte es in der Wohnung ihrer Eltern gebrannt, und seitdem hatte Heike eine panische Angst vor Feuer. Die Härchen auf ihren Unterarmen richteten sich auf. Ihre Kopfhaut zog sich zusammen, als sie den beißenden Brandgeruch wahrnahm. Alles war wie früher. Nie würde sie den schrecklichen Brand im Elternhaus vergessen, bei dem sie nur knapp dem Tode entkommen war.

Es nutzte nichts: Augen zu und durch, Gefühle abschalten und ganz Journalistin sein. Sie schritt weiter vor. Was für Heike wie ein heilloses Chaos aussah, war das Resultat einer durchorganisierten Truppe. Wie sie von einem Feuerwehrmann erfuhr, hatte man den Brand unter Kontrolle, und es konnte nicht mehr lange dauern, bis der Bahnverkehr wieder aufgenommen wurde. Der Mann schickte sie zum Einsatzleiter; Brandmeister Schulze. Dieser war so groß und breit, dass Heike sich fragte, ob seine Feuerwehrmontur eine Sonderanfertigung sei. Die Stirn war fliehend, das Kinn kantig, und die blauen Augen unter den buschigen Augenbrauen musterten die blonde Reporterin aufmerksam.

»Die Bahn fährt nicht?«, fragte sie den Brandmeister.

Der lachte. »Sie sind gut. Glauben Sie ernsthaft, wir lassen Schwebahnzüge durch einen brennenden Bahnhof rollen?«

»Nein, das leuchtet ein.« Heike nagte auf der Unterlippe. Die Bahn stand still. War es nicht gerade das, was die Erpresser erreichen wollten? Sie wollten den Bahnverkehr behindern und den Schwebebahnbetrieb zum Erliegen bringen. Nun: Steckte die *Bewegung 12. April* tatsächlich hinter dem Brand, dann hatte sie Erfolg gehabt.

»Gibt es Verletzte?«, fragte sie Schulze, der an einem Gerätewagen herumhantierte. Er blickte sich kurz um und schüttelte den Kopf. »Nur zwei meiner Leute. Leichte Rauchvergiftung, wissen Sie? Nichts Besonderes, sie sind schon im Klinikum. Der Bahnsteig war ja menschenleer, als es losging.«

Überall standen Schaulustige herum und waren in aufgeregte Gespräche verwickelt. Die Autos standen kreuz und quer auf der Loher Straße.

»Wer sind Sie überhaupt?«, fragte der Brandmeister nun.

»Göbel, von der Wupperwelle.« Heike reichte ihm die Hand, doch der Feuerwehrmann übersah die Geste großzügig.

Er nickte verstehend. »Ah, Presse.«

Heike schüttelte den blonden Bubikopf. »Radio«, verbesserte sie energisch. »Was ist genau geschehen?«

Er zuckte mit den Schultern. »Wenn ich das wüsste, wüsste ich mehr, gute Frau. Laut Augenzeugenberichten brannte die Station schon lichterloh, als Fahrgäste den Bahnsteig betreten wollten.«

»Befand sich zum Zeitpunkt des Brandausbruchs wirklich niemand im Bahnhof?« Das klang unwahrscheinlich.

»Nein«, bestätigte der Feuerwehrmann. »Die Bahn war soeben abgefahren. Die hatten freie Bahn, wenn Sie verstehen. Keine Zeugen, nichts.« Er kicherte und zwinkerte Heike zu.

»Ehrlich gesagt, verstehe ich nichts ...«

»Ist doch klar«, half der Brandmeister ihr auf die Sprünge. »Die Züge waren abgefahren, und zwar fast zeitgleich in beide Richtungen. Wenn ich da oben«, er deutete zur Station hinauf, »ein Feuer machen will, dann warte ich, bis die Luft rein ist. Und das ist sie, wenn die Bahn gerade abgefahren ist.«

»Das heißt, es handelt sich um Brandstiftung?«

Er zuckte mit den Schultern. »Wahrscheinlich. Wie es aussieht, ist das Feuer in einem der Papierkörbe auf dem Bahnsteig ausgebrochen, um sich dann an einer Reklametafel und den Verkleidungen weiter zu nähren. Kann natürlich auch sein, dass ein Irrer eine brennende Kippe in den Papierkorb geschmissen hat. Was weiß ich? Den Rest sehen Sie ja.« Schulze deutete wieder hoch zur Haltestelle, aus der noch immer dichter Rauch quoll. Heike erkannte im gespenstischen Licht der leistungsstarken Scheinwerfer Feuerwehrleute mit Atemschutzgeräten, die sich dem Brandherd näherten. Die Rufe der Männer drangen bis zur Straße herab.

»Aber die Überwachungskameras«, warf die Reporterin ein. »Die Bahnhöfe werden doch im Leitstand per Monitor überwacht, oder nicht?«

»Was weiß ich, wie die das handhaben«, erwiderte Schulze. »Aber wenn Sie mich fragen, dann haben die Männer im Leitstand Döppersberg andere Dinge zu tun, als sich vor sämtliche Fernseher zu setzen, um auf böse Jungs zu warten.«

»Böse Jungs? Also doch Brandstiftung«, resümierte Heike.

Schulze legte den Kopf schräg: »Weiß der Geier.«

»Hmm.« Heike nickte. »Wie ist es, wenn ...« Das Handy in ihrer Tasche schlug an. Sie murmelte eine Entschuldigung und angelte nach dem Telefon.

»Wo steckst du denn, verdammt noch mal?« Jordan klang sauer. Er wartete noch auf ihren Beitrag. Jetzt hatte Heike etwas Besseres auf Lager. In fünf Minuten liefen die Lokalnachrichten. Es wurde höchste Zeit. »Okay, wir machen einen Mitschnitt live vom Ort des Geschehens«, freute sich Manfred Jordan. »Aktueller geht es nicht.«

Heike legte sich in Gedanken einen Text zurecht und kritzelte einige Worte auf ein Blatt Papier. In wenigen Minuten schon würde sie auf Sendung sein. Ihr Herz schlug einige Takte schneller.

7. Kapitel

Dreihundertzehn.

Mit ölverschmierten Händen hockte Stefan vornüber gebeugt hinter dem Lenkrad des Käfers und philosophierte über den Sinn des Lebens. Immer wieder blickte er auf die Armbanduhr. Dreihundertelf.

Die Zeit schien nicht zu vergehen. Stefan überlegte, ob er die Strecke zum Loh nicht besser zu Fuß zurücklegen sollte, entschied sich aber dagegen. Heike war sicherlich längst dort und fragte den Leuten Löcher in den Bauch. Das konnte sie gut, und immerhin war das ihr Job. Wenn er jetzt aufkreuzte, würde sie denken, er wolle ihr die Butter vom Brot stehlen.

Inzwischen glaubte der Reporter, einen feinen Brandruch in der Nase zu spüren, den der Wind herüberfegte. Wieder ein Blick auf die Armbanduhr. Der Mann vom ADAC ließ sich verdammt viel Zeit.

Mit einem Stöhnen auf den Lippen schaltete er das Autoradio ein. Wenigstens das funktionierte noch. Es war halb: Zeit für die Lokalnachrichten.

»... dass der Schwebebahnverkehr ruht«, klang Jordans sachliche Stimme aus den Lautsprechern. »Vor Ort befindet sich meine Kollegin Heike Göbel. Heike, wie ist die derzeitige Lage?«

»Hier am Loh bietet sich den Passanten ein chaotisches Bild«, hörte Stefan ihre durch das Telefon verzerrte Stimme. »Die Straße ist wegen der Löschfahrzeuge gesperrt, doch die Feuerwehrleute haben den Brand bereits unter Kontrolle. Es gab nach Auskunft des Einsatzleiters, Brandmeister Hartmut Schulze, zwei leicht Verletzte, die mit Rauchvergiftungen ins Klinikum Barmen gebracht werden mussten. Die Station Loh wird wahrscheinlich für einige Zeit nicht angefahren werden können, da die Aufräum- und Reparaturarbeiten mehrere Tage in Anspruch nehmen werden. Die Polizei schließt

Brandstiftung nicht aus. Das war Heike Göbel live vom Loh für Lokal im Tal.«

»Wir werden Sie natürlich unterrichten, sobald die Loher Straße wieder passierbar ist und die Schwebebahn den Dienst aufnehmen wird«, schloss der Nachrichtensprecher. »Der Verkehrsausschuss unserer Stadt wird sich heute zu einer Sitzung im Barmer Rathaus ...«

Stefan schaltete das Radio ab, er hatte genug gehört. ›Die Polizei schließt Brandstiftung nicht aus‹, hallte es in ihm nach. Es wurde Zeit, dass der Mann vom ADAC auftauchte!

* * *

Heike zuckte zusammen, als hinter ihr Reifen quietschten. Das Motorengeräusch kam ihr bekannt vor. Unverwechselbar handelte es sich um einen Käfer. Stefan war ihr also nachgekommen. Wann begriff er endlich, dass sie selbstständig arbeiten konnte? Einmal mehr verfluchte sie den Beschützerinstinkt, den offensichtlich alle Männer mit sich herumtrugen.

Mit einem beherzten Sprung auf den Bürgersteig brachte sie sich in Sicherheit. Hinter ihrem roten Twingo fand sie Deckung. Sie fuhr auf dem Absatz herum und hob den Finger, um ihrem Kollegen einen Vogel zu zeigen und ihn für seinen rüpelhaften Fahrstil zu rügen. Sie setzte zu einer Schimpfkanonade an, als sie bemerkte, dass es sich gar nicht um Stefan Seilers Käfer handelte, der da angerauscht kam. Verwundert ließ sie die bereits erhobene Hand sinken.

Der Kamikazefahrer stieg aus seinem Käfer aus und blickte verwirrt zur Schwebebahnstation Loher Brücke hinüber. Die Feuerwehrleute hatten ihre Gerätschaften bereits in den Fahrzeugen verstaut. Der Brand war gelöscht, und nur eine Brandwache würde in den nächsten Stunden zurückbleiben, um mögliche Schwelbrände sofort zu bekämpfen. Schon jetzt tummelten sich Sachverständige, Bedienstete der Stadtwerke und Polizisten am Schauplatz. Heike hatte kurz mit Brandmeister Schulze gesprochen, doch dieser konnte nicht mehr sagen als vor einer guten Stunde. Brandstiftung wurde nicht ausgeschlossen. Alles andere würden die Ermittlungen ergeben. Für eine Reporterin gab es hier nichts mehr zu tun, und so hatte sie in die Redaktion der Wupperwelle zurückfahren wollen, als sie um ein Haar von diesem wahnsinnigen Käferpiloten überrollt worden war. Es war ihr ein Rätsel, wie er die Sperrung der Polizei überwunden haben mochte. Noch immer stand ein Polizist an der großen Kreuzung zur Wartburgstraße und regelte den Verkehr.

»Was ist denn hier los?« Ein Bär von Mann mit einem dichten Vollbart stieg aus dem Käfer und gestikulierte wild herum.

Heike bedachte den Fahrer mit einem vernichtenden Blick. »Nur ein Brand, guter Mann, nur ein kleines Feuer. Wenn ich nicht eine hervorragende Reaktion gehabt hätte, wäre noch ein Verkehrsunfall wegen rowdyhafter Fahrweise hinzugekommen. Ich könnte jetzt unter ihrer Karre liegen, Mann!« Heikes Stimme überschlug sich.

»Nix für ungut, liebe Frau«, entschuldigte der Bär sich. »Ich bin etwas in Eile, muss zur Arbeit. Und da sehe ich die ganzen Feuerwehrwagen auf der Straße querstehen.« Er grinste unter seinem Vollbart. »Zwischen dem ganzen Tohuwabohu habe ich Sie wohl übersehen. Können Sie mir noch mal verzeihen?« Er umrundete seinen Käfer und näherte sich Heike.

Ihr erster Zorn war verflogen, und auch ihr Herzschlag normalisierte sich. »Dann haben Sie wohl auch die Straßensperre übersehen, was?«

Er blickte sich um und runzelte die hohe Stirn. »Tatsächlich. Shit happens. Soll vorkommen.«

»Blödmann«, murmelte Heike, während sie in ihren Twingo stieg und den Motor startete.

8. Kapitel

Kann ich das Erpresserschreiben noch mal sehen?«

Michael Eckhardt blickte ihn an, als zweifle er an seinem Verstand. Nachdem der gelbe Engel den Käfer innerhalb von fünf Minuten wiederbelebt hatte, war Stefan eilig zur Redaktion zurückgefahren. Als er auf dem Weg zum Sender an der Loher Straße vorübergerollt war, hatte er Heikes Twingo dort stehen sehen. Zuerst wollte Stefan nach dem Rechten schauen, verwarf den Gedanken aber rasch wieder, da er wusste, wie ungemütlich seine Kollegin werden konnte, wenn man ihr bei der Arbeit helfen wollte. Sie verfügte über einen krankhaften Ehrgeiz und war mehr als starrsinnig, wenn sie an einer heißen Story arbeitete. So hatte Stefan es vorgezogen, den direkten Weg zur Wupperwelle anzutreten. Schon auf der Fahrt hatte er versucht, eine Verbindung zwischen dem toten Spielberg und dem Brief des Erpressers herzustellen, ohne aber zu einem logischen Schluss zu kommen. Möglicherweise steckten die Erpresser ja hinter der Brandstiftung in der Loher Straße, aber ein Mord entsprach einer ganz anderen Kategorie. Das war einfach eine Nummer zu groß.

Es sei denn, man hätte mit dem Tod zwei Fliegen mit einer Klappe schlagen können.

Nachdem Stefan die Redaktion betreten hatte, führte ihn sein erster Weg in das modern eingerichtete Büro des Chefredakteurs. Automatisch schloss er die Tür hinter sich.

Eckhardt beugte sich vor und musterte seinen Gegenüber aus verengten Augen. »Das Erpresserschreiben?«

»Ja. Vielleicht hilft es, meine grauen Gehirnzellen auf Trab zu bringen.«

»Wenn es der Sache dienlich ist, dann will ich nicht so sein«, griente Eckhardt und wühlte in der Schublade seines Arbeitstisches herum. Dann zog er einen Bogen hervor und überreichte ihn seinem Mitarbeiter.

Stefan bemerkte auf den ersten Blick, dass es sich um ein neues, hellweißes Blatt ohne Falten handelte. Seine Fingerkuppen glitten über die Schrift. »Das ist eine Kopie«, stellte er enttäuscht fest.

»Natürlich«, stimmte der Chefredakteur zu und lehnte sich in seinem Sessel zurück.

Unruhig wanderte Stefan im Büro herum, blickte immer wieder auf das Schreiben.

»Vor einer Stunde war die Kripo hier und nahm das Original an sich. Immerhin handelt es sich um ein aussagefähiges Beweisstück.«

»Scheiße.« Seufzend ließ der Reporter sich auf einen der beiden Stühle vor dem Schreibtisch sinken.

»Warum?«

Stefan Seiler blickte seinen Chef lange an. »Eigentlich hatte ich gehofft, irgendwelche Auffälligkeiten an der Schrift feststellen zu können.«

»Nun, das sieht doch ein Blinder mit einem Krückstock. – Sogar auf der Kopie, Seiler.« Eckhardt beugte sich zu ihm hinüber und deutete auf die Zeilen der Kopie. »Hier«, sagte er. »Es handelt sich eindeutig um eine alte mechanische Schreibmaschine, mit der der Brief verfasst wurde. Das Schriftbild ist unsauber, wie man es bei einem Computer nicht kennt. Die einzelnen Typen sind verwaschen. – Hier«, er zeigte nacheinander auf sämtliche E im Text, »das E zum Beispiel ist komplett zugeschmiert. Und hier«, er zeigte auf eine andere Stelle, »hier sieht man ganz deutlich, dass das H höher steht als die anderen Buchstaben.«

»Tatsächlich«, nickte Stefan. »Das könnte doch ein Hinweis sein. Die Polizei muss nur noch die passende Maschine finden, und schon hat sie die Erpresser.«

»Ja«, nickte Eckhardt. »Und schätzungsweise gibt es noch zweiunddreißigtausend alte Schreibmaschinen in Wuppertal, verstreut über zweiunddreißigtausend Haushalte.« Er tippte sich an die Stirn. »Woher soll die Kripo wissen, wer alles noch so einen alten Hackkasten hat?«

Stefan zuckte unbeholfen mit den Schultern. Wo er Recht hat, hat er Recht. »Scheißspiel«, murmelte er und reichte ihm den Wisch zurück, nachdem er den Text noch einmal überflogen hatte. Es war wie die Suche nach der berühmten Stecknadel im Heuhaufen.

* * *

»Fertig?«

Stefan blickte auf. Heike war aufgeregt in das kleine Studio gestürmt, in dem die Mitarbeiter des Senders die einzelnen Nachrichtenbeiträge aufnahmen.

»Ja«, sagte er. In aller Eile hatte Stefan einen halbminütigen Beitrag gesprochen, der die Pressekonferenz im Polizeipräsidium abhandelte. Jordan wollte die Story in den nächsten Lokalnachrichten bringen, um dann direkt mit dem Brand in der Loher Brücke noch eins draufzulegen.

»Endlich.« Heike seufzte und blies sich eine widerspenstige Haarsträhne aus der Stirn. Sie nahm den Platz hinter den Reglern ein. Mit wenigen Worten berichtete sie ihrem Freund, was sie am Ort des Geschehens erfahren hatte.

»Es sieht so aus, als meinten die Erpresser es verdammt ernst«, murmelte Stefan und nagte an der Unterlippe.

»Dann wird es Zeit, dass die Polizei einen Ansatz findet. Es muss doch möglich sein, anhand des Erpresserschreibens festzustellen, wer den Brief geschrieben hat. Anhand der Typographie.«

»So schlau war ich auch.« Stefan winkte ab und berichtete ihr von seinem Gespräch mit Eckhardt. »Vorläufig müssen wir doch wohl eher in Richtung Spielberg forschen.«

»Inwiefern?«

»Nun, ich werde wohl mal nachhören, in welchen Kreisen der Gute unterwegs war.«

»In den oberen Zehntausend«, stellte Heike nüchtern fest.

»Klar«, sagte Stefan. »Aber, dass er Feinde hatte, weiß jedes kleine Kind in der Stadt. Deshalb könnte es interessant werden, den Feinden mal auf den Busch zu klopfen.«

»Das klingt logisch«, musste sie zugeben.

»Sag ich doch.« Mit einem triumphierenden Grinsen ließ er sie alleine. ›Eins zu null‹, dachte er euphorisch. Dann kehrte er an sein Pult zurück. Dass ein reicher Geschäftsmann zahlreiche Bekannte hatte, war nicht von der Hand zu weisen. Sicherlich gab es unter diesen Bekannten nicht nur Freunde. Aber wer war Feind, wer Freund Spielsbergs gewesen? Wo konnte man mehr über Spielberg erfahren? Zunächst in seinem Büro.

In der Schublade des Schreibtisches wühlte Stefan nach dem Telefonbuch und suchte den Namen. Einen Augenblick später hatte er den Anrufbeantworter des Büros an der Strippe. Eine weibliche Stimme erklärte, dass das Büro zur Zeit nicht besetzt sei und man gerne eine Nachricht auf Band hinterlassen könne. Man würde bei nächster Gelegenheit zurückrufen.

Darauf konnte Stefan verzichten.

Also musste er wieder los.

* * *

Briller Viertel, beste Wohnlage. Er parkte den Käfer unter einem der weit ausladenden Bäume. Wie er aus dem Telefonbuch erfahren hatte, wohnte Spielberg am Dr. Tigges-Weg in Elberfeld.

Als Stefan ausstieg und sich einen Weg durch die hier geparkten Nobelkarossen bahnte, registrierte er die himmlische Ruhe des Villenviertels. Nur wenn der Wind ungünstig stand, konnte man das entfernte Rauschen der Autobahn hören. Dazu musste man allerdings den Atem anhalten. Naserümpfend betrachtete er die dunklen Limousinen, vornehmlich die mit der bayerischen Niere im Kühlergrill und die mit dem schwäbischen Protzstern auf dem wuchtigen Kühler. Einmal mehr wunderte sich Stefan über die prunkvolle architektonische Vielfalt der Häuser. Es gab keinen Stil, den es zum Ende des neunzehnten Jahrhunderts nicht im Briller Viertel gegeben hatte. Seltsamerweise war ein Großteil der Gebäude vom Krieg verschont geblieben und bis zum heutigen Tage erhalten. So auch die Villa von Rolf Spielberg, auf die Stefan jetzt zielstrebig zumarschierte. Es war ein imposantes Domizil mit zahlreichen, dunkelrot verklinkerten Giebeln und einem hoch aufragenden Satteldach, in das mehrere Gauben eingelassen worden waren. Die Sprossenfenster und der Natursteinsockel erinnerten eher an ein altes, englisches Landhaus als an eine Fabrikantenvilla mitten im Bergischen Land. Die dreigeschossige Pracht lag inmitten eines parkähnlichen Gartens, der von einer halbhohen Sandsteinmauer eingeschlossen wurde. Ein breiter Kiesweg führte auf das Portal zu, das von zwei Marmorlöwen bewacht wurde, die die breiten Stufen flankierten.

Die Vögel zwitscherten, als Stefan die Treppe betrat und den goldenen Klingelknopf drückte. Neben der Eingangstür erkannte er ein ebenfalls vergoldetes Täfelchen mit der Aufschrift *Rolf Spielberg, Immobilienmakler*. Wie Stefan vermutete, diente die Villa Spielberg sowohl als Wohnhaus wie als Arbeitsplatz. Wahrscheinlich hatte er sich im Erdgeschoss ein geräumiges Büro eingerichtet, in dem er seine Klientel empfangen hatte.

Als sich im Haus nichts rührte, betätigte der Reporter die Klingel noch einmal. Wieder ertönte im Innern der Villa ein dezenter Gong. Stefan lauschte. Nichts, keine Schritte, die heranschlurften, kein Hundegebell, kein verhaltenes Flüstern. Stille.

Mit einem enttäuschten Seufzer auf den Lippen wandte Stefan sich um und schaute in den Garten. Wie nicht anders erwartet, war der Rasen pedantisch kurz geschnitten – vermutlich mit einer Nagelschere.

Sein Blick glitt an der Fassade der Villa hoch. Dabei berührte er mit dem Arm leicht die Tür und stellte überrascht fest, dass sie lediglich angelehnt war. Sein Herz schlug einige Takte schneller. Was hatte das nun wieder zu bedeuten? Er spähte durch den Türspalt. Abgestandene Luft wehte ihm entgegen, ansonsten erkannte er nicht viel, da die Halle in völliger Dunkelheit vor ihm lag. Noch immer lauschte er angestrengt in die herrschende Stille im Inneren des luxuriösen Hauses. Seine berufliche Neugier war erwacht.

Sollte er es riskieren?

Sekundenlang haderte Stefan mit sich, bevor er einen letzten Blick über die Schulter warf. Was sollte schon geschehen? Er war ja nicht eingebrochen, hatte dem Sekretariat des Maklers einen ganz offiziellen Besuch abstatten wollen. Die Luft war rein. Ein Schritt über die Schwelle und Stefan würde mehr wissen. Hoffte er jedenfalls. Ein letztes Mal atmete er tief durch, dann war er in der Villa verschwunden. Also, auf ins Abenteuer.

* * *

Hans Zoch war *ihr* Mann. Zwar kam es ihr selbst völlig unwahrscheinlich vor, aber dennoch war es wie ein Strohhalm, an den sie sich klammern konnte.

Heike hatte zwei Stunden vor Beginn ihrer Sendung die Redaktion verlassen und sich den Zorn von Eckhardt zugezogen, der es lieber sah, wenn sich seine Moderatoren in aller Ruhe auf ihre Sendungen vorbereiteten.

Trotzdem – es gab Wichtigeres als das Tagesgeschäft. Manchmal.

Diesem Hans Zoch, dem Schwebebahnfahrer, wollte sie einen Besuch abstatten. Vielleicht erinnerte er sich inzwischen an ein wichtiges Detail. Ernsthaft glaubte sie auch nicht daran, aber es war zumindest eine kleine Hoffnung. Seine Adresse hatte sie sich aus dem örtlichen Telefonbuch notiert. Jetzt bog sie mit ihrem Twingo in den Hammesberger Weg ein, der sich in engen Kurven an den Hügel schmiegte und der gesamten Umgebung den Namen verliehen hatte. Die Häuser hier zeugten nicht gerade von unendlichem Reichtum, doch die Besitzer der kleinen Anwesen hatten sich ein eigenes, wenn auch bescheidenes Domizil geschaffen und wohnten nicht zur Miete. Vom Blick auf das Akzo-Industriegebäude und die nahe Autobahn einmal abgesehen, war der Hammesberg doch ein fast ländliches Fleckchen am Rande von Wuppertal.

Endlich hatte sie die gesuchte Hausnummer gefunden. Ein erleichtertes Lächeln huschte um Heikes Lippen, als sie den kleinen Wagen in der Einfahrt parkte und ausstieg. Die Sonne hatte ihren höchsten Stand erreicht, als sie auf das Gittertor zuging. Ein kleiner Garten umgab das Häuschen, unter einer alten Eiche stand eine Hollywoodschaukel. Die kleine Terrasse bestand aus Betonplatten, in deren Fugen Moos wucherte. In der Hollywoodschaukel sah Heike einen grauhaarigen Mann in offenem Hemd und altmodischen Shorts. An den Füßen trug er Socken und Badelatschen.

›Wie auf Mallorca‹, durchzuckte es die Reporterin, als sie sich dem hochgewachsenen Mann näherte, der eine Bierflasche ansetzte und einen tiefen Schluck nahm, bevor er sich ihr widmete.

»Herr Zoch?«, fragte Heike. Als sie keine Antwort erhielt, lächelte sie brav. »Schön haben Sie's hier.«

Ihr Gegenüber setzte die Flasche auf dem Klapptisch ab und starrte sie an wie einen Geist. Seine Miene war versteinert. »Sind Sie von der Polizei oder von der Presse?«, fragte er tonlos und bedeutete ihr, auf einem der bereitstehenden Stühle Platz zu nehmen.

›Monoblock-Hochlehner, stapelbar‹, durchfuhr es Heike, als sie in die geblümten Polster sank, mit denen die Stühle belegt waren. Vier Euro im Baumarkt, vielleicht drei Euro im Angebot. Brav bedankte sie sich. »Weder noch«, nahm sie den Faden auf und beobachtete Zoch, wie er einen weiteren

Zug aus der Bierflasche nahm. Dann wischte er den Beschlag mit Daumen und Zeigefinger fort und nickte, ohne sie anzublicken. Fasziniert betrachtete er seine Badelatschen, – fast so, als sehe er sie heute zum ersten Mal. Ein Marienkäfer krabbelte am Gestänge der Schaukel hoch.

Plötzlich ruckte Zochs Kopf hoch. Er blickte Heike unverwandt an. »Sie machen es spannend.«

Sie schenkte ihm ein diplomatisches Lächeln. »So spannend ist das gar nicht. Ich arbeite für das Radio.«

»WDR?«

»Nein, Wupperwelle. Warum fragen Sie?«

»Der Dudelsender, was? Nur Negermusik. Ist auch egal.« Er winkte ab. »Nun: Fragen Sie.«

»Sie kommen schnell zur Sache.«

»Das gehört doch zu Ihrem Job, gute Frau, oder?« Er musterte sie nachdenklich und spielte mit dem Kettchen herum, das an seinem Hals baumelte.

»Tschuldigung«, sagte Heike jetzt und stellte sich vor. »Ich war zufällig in Vohwinkel, als die Kripo an der Wagenhalle auftauchte. Aus diesem Grunde hatte ich die Gelegenheit, mit der Polizei die erste Bestandsaufnahme vor Ort durchzuführen.«

»Wie kann ich Ihnen helfen?«

»Das wüsste ich selber gern«, gab Heike zu. »Vermutlich liegt der Teufel im Detail. Möglicherweise ist etwas in der fahrenden Bahn vorgefallen, was gar nicht außergewöhnlich schien, aber im Nachhinein von Bedeutung für die Klärung des Todes von Spielberg sein könnte.«

»Sie reden wie ein Bulle.«

»Das liegt daran, dass ich an der Klärung des Falles ebenso interessiert bin wie die Polizei.« Heike nagte auf der Unterlippe herum und war versucht, dem Schwebebahnfahrer von der Erpressung der Bahn zu berichten. Schließlich entschied sie sich aber dagegen. Sie kannte Zoch nicht. Er schien clever genug, sich nicht in die Karten schauen zu lassen.

»Heute hat es einen Brand in der Loher Brücke gegeben.«

Er kicherte und leerte seine Flasche. »Ja«, nickte er. »Ich fand die neue Station potthässlich, wenn Sie mich fragen. Der Charme der alten Haltestellen ist verschwunden. Und nur wegen dem Umbau.« Zoch winkte ab. »Design nennt man das wohl. Behindertengerecht.« Er tippte sich gegen die Stirn.

Heike wunderte sich über den Galgenhumor des Schwebebahnfahrers.

»Hören Sie«, sagte er und betrachtete sie eindringlich. »Ich weiß nichts. Das habe ich auch schon der Polizei gesagt, und nun möchte ich endlich in Ruhe gelassen werden.«

»Es heißt, Sie kannten den Toten?«

Er zuckte unmerklich zusammen, dann schüttelte er energisch den Kopf. »Ich kenne viele Leute. Warum ist das so wichtig?«

Heike sah ein, dass es keinen Zweck hatte, Zoch weiter zu bekneten. Sie erhob sich. Bevor sie sich zum Gehen wandte, zog sie eine Visitenkarte mit dem Radio-Logo der Wupperwelle hervor.

»Hier«, sagte sie und überreichte ihm das Kärtchen. »Rufen Sie mich an, wenn Sie ein wenig zur Ruhe gekommen sind. Ich verstehe natürlich, dass Sie unter Schock stehen.«

»Unsinn«, wetterte Zoch und winkte ab.

Heike spürte, dass er nicht gerne zugab, wie nahe ihm der ermordete Fahrgast ging.

»Es ist mir scheißegal, wer in meiner Bahn krepiert. Ich habe nur meine Arbeit getan, und das tu' ich schon seit fast fünfzehn Jahren, junge Frau. Nie ist etwas passiert. Und jetzt lassen Sie mich alleine.«

»Natürlich.« Heike nickte ihm ein letztes Mal zu. »Entschuldigen Sie bitte die Störung.« Die Reporterin spürte förmlich, dass Hans Zoch mehr wusste, als er zugab. Aber sie konnte ihn nicht zwingen zu reden. Er musste von alleine auf sie zukommen. Eigentlich tat Zoch ihr sogar Leid. Als sie das grüngestrichene Gartentor erreicht hatte, fiel ihr Blick auf die verwaschenen Gartenzwerge im Rosenbeet. Die Reporterin fuhr herum.

»Sagen Sie«, rief sie Zoch zu, »das Häuschen hier ist traumhaft.«

»Und?«

»Verzeihen Sie mir die Frage: Ist es abbezahlt?«

Der Mann sprang wütend auf, warf dabei die leere Bierflasche um, die neben der Schaukel stand, und wollte ihr etwas zurufen. Sein Gesicht hatte eine tiefrote Färbung angenommen, und Heike fürchtete, dass Hans Zoch kurz vor einem Herzinfarkt stand. Plötzlich wurde die idyllische Stille am Hammesberg von einem peitschenden Knall durchschnitten.

›Ein Schuss‹, durchzuckte es die Reporterin, während sie sich instinktiv auf den Boden warf. Mit schreckgeweiteten Augen sah sie, wie Zoch mit einem kehligen Schmerzensschrei auf den Lippen zu Boden ging. Im Zeitlupentempo sackte er in sich zusammen, die Augen weit aufgerissen. Zochs Arme zuckten, er fasste sich an den Oberkörper, und im nächsten Moment erkannte Heike einen tiefroten Blutfleck an seiner Schulter. »Oh nein«, entfuhr es ihr, während sie zur Seite rollte. Der Schütze hatte Zoch von hinten getroffen. Erst jetzt bemerkte sie, dass das Gelände der Familie Zoch an einen nahen Wald grenzte. Der Maschendrahtzaun stellte kein ernsthaftes Hindernis dar – ebenso gut konnte der versierte Schütze durch das Drahtnetz auf Hans Zoch gezielt haben. Jetzt erblickte sie eine dunkel gekleidete Gestalt, die sich in einem halsbrecherischen Tempo in die Büsche schlug. Äste knackten, jemand brüllte etwas, dann kehrte Ruhe ein. Selbst wenn sie hinterher rannte – der Kerl hatte einen riesigen Vorsprung. Heike hatte keine Chance. Also galt es, sich um Zoch zu kümmern.

Sie drückte den Kopf in den Nacken.

Der Schwebebahnfahrer lag leblos auf der Seite. Heikes Herz pochte bis zum Hals.

War er – tot?

»Oh nein«, stöhnte Heike.

9. Kapitel

Hallo?« Stefan hielt die Luft an. »Ist hier jemand?«

In der Halle erkannte er die luxuriöse Einrichtung nur schemenhaft. Neben der steilen Treppe, die in die oberen Stockwerke führte, befand sich eine Ledercouch mit einem kleinen Beistelltisch. An den hohen Wänden Textiltapeten und wuchtige Ölgemälde in ebenso wuchtigen Rahmen.

Stefan atmete tief durch. »Hallo?« Nichts. Mit einem entschiedenen Ruck schloss er die Haustür und wanderte durch die Halle der verlassenen Villa. Tappte er in eine Falle?

Er war auf alles vorbereitet.

Von der Halle aus zweigten fünf oder sechs angrenzende Räume ab. So hatte er die Qual der Wahl. Kurz entschlossen entschied Stefan sich für die Tür, die ihm am nächsten lag. Als er deren Klinke niederdrückte, sprang sie mit einem leisen Quietschen auf. Sekundenlang war er vom grellen Sonnenlicht geblendet, das durch die hohen Fenster in den Raum eindrang. Schützend hielt er die Hand vor die Augen. Erst als er sich an die Helligkeit gewöhnt hatte, erkannte er, dass es sich unzweifelhaft um ein Büro handelte.

›Bingo‹, dachte er grinsend und betrat das lichtdurchflutete Zimmer. Das Arbeitszimmer des toten Maklers wurde von einem mächtigen Glasschreibtisch beherrscht, hinter dem sich der lederne Chefsessel befand. Auch hier gab es eine dunkelrote Ledercouch, einen bequemen Ohrensessel und eine Minibar. Neben einem protzigen Sekretär aus dunkler Eiche erblickte Stefan einen hohen Aktenschrank, der natürlich verschlossen war. Blieb noch der Schreibtisch. Einen Augenblick lang spielte Stefan mit dem Gedanken, den Computer auf dem Schreibtisch einzuschalten, um an Adressen und Namen von Kunden und Freunden zu kommen. Vermutlich hatte Spielberg die Kiste mit einem Passwort versehen. Somit konnte er sich die Mühe schenken. Seufzend sank er in den Ledersessel und zog eine Schublade im Designerschreibtisch auf. Ein Ständer mit goldenen Kugelschreibern und Füllern, eine Kiste mit Zigarren, ein Taschenrechner, ein goldener Brieföffner. Uninteressant. Klappe zu.

Im nächsten Schubfach erblickte er Vertragsformulare, leider blanko: Mietverträge und so weiter, das nutzte ihm ohne Adressen und Namen reichlich wenig. Unter dem Stapel mit den Verträgen entdeckte er ein Pornoheft. Grinsend betrachtete Stefan das Cover und beförderte das Heft wieder ins Fach zurück. »So ein kleines Ferkel«, murmelte er und machte sich an die dritte und letzte Schublade. Auch hier hauptsächlich Papiere, oft Formulare und Baupläne irgendwelcher Architekten, mit denen der Makler zusammengearbeitet hatte. Ein Brief vom Katasteramt, in dem Spielberg aufgefordert wurde, seine Bauvorhaben darzulegen. Hatte er Schwierigkeiten mit der Stadt gehabt?

Unter der Korrespondenz fand Stefan ein kleines, in Leder gebundenes Buch. Er zog es hervor. Eifrig blätterte er darin herum. »Na also«, murmelte er erleichtert vor sich hin und blickte auf. Ein Knacken ließ ihn zusammenzucken. Er ließ das Buch sinken und schaute zur Tür. Hatte er in der Halle ein Geräusch gehört? Stefan hielt den Atem an. Nein, er musste sich getäuscht haben. Das Haus war fast hundert Jahre alt und bestand zu einem Großteil aus trockenem Gebälk. Und Holz arbeitet nun mal und erzeugt eigenartige, knackende Laute.

»Hallo?«, rief er in die Stille des Hauses. Zitterte seine Stimme? Unsinn.

Schließlich wollte er nicht als Einbrecher dastehen, auch, wenn er sich inzwischen ein wenig umgesehen hatte. Nichts rührte sich. Stefan widmete sich wieder der kleinen Schreibkladde. »Ein Notizbuch«, triumphierte er. »Mit Namen, Telefonnummern und Adressen. Joker.« Eilig ließ er den Lederband in der Innentasche seiner Jeansjacke verschwinden. Er hatte den Schlüssel zum Geheimnis Rolf Spielberg. Mit dem Inhalt des Buches würde er sich in der Redaktion befassen. Heike würde staunen!

* * *

Heike staunte nicht.

Sie war entsetzt. Als sie sich über den leblos daliegenden Zoch beugte, spürte sie weder Atem noch Puls. Nervös fingerte sie am Handgelenk des Schwebebahnfahrers herum und fluchte wütend.

»Verdammt – wo muss man noch mal den Puls fühlen?« Immer wieder warf sie gehetzte Blicke über die Schulter, doch der unheimliche Schütze war längst über alle Berge. Wohnte Zoch denn alleine in diesem Haus? Wenn sie sich recht erinnerte, war er doch verheiratet ...

Wo steckte seine Frau, um Himmels Willen?

Heike durfte keine Zeit verlieren. Hätte sie doch nur einen Auffrischungskurs in Erster Hilfe besucht! Oft genug hatte sie sich vorgenommen, die erlernten Kenntnisse aus grauer Vorzeit einmal zu erneuern. Sie überlegte, ob es sinnvoll war, den graumelierten Schwebebahnfahrer in stabile Seitenlage zu verfrachten.

Einmal mehr suchte sie nach dem Puls von Hans Zoch.

Vergeblich.

Schwarze Punkte tanzten vor ihren Augen. So sehr sie sich auch anstrengte, sie spürte an Hans Zoch einfach keinen Herzschlag mehr.

* * *

»Eckhardt!?«

»Sie sind der Chef des Senders?«

Michael Eckhardt presste den Hörer fester ans Ohr und nickte, was der Gesprächspartner am anderen Ende der Leitung natürlich nicht sehen konnte. »Ja, der bin ich«, murmelte er. »Worum geht es?«

Er verfluchte Frau Berger, die Sekretärin, die mal wieder so einen profilierungssüchtigen Hörer zu ihm durchgestellt hatte. Er selber hatte sie angewiesen, solche Anrufe freundlich aber bestimmt abzuwimmeln. Nun konnte er sich mit dem Irren herumärgern. Als er nichts als rasselnden Atem vernahm, runzelte Eckhardt die Stirn. »Hallo – sind Sie noch dran?«

»Klar, Chef.« Der Anrufer kicherte. »Die blonde Reporterin ... halten Sie sie lieber an der Leine – sie nervt und steckt ihre Nase in Dinge, die sie nichts angehen. Solche Sachen sind tödlich. Logo?«

»Nichts ist logo«, erwiderte Eckhardt wütend. »Meine Leute arbeiten hervorragend. Ihre Aufgabe ist es, sich um sämtliche Belange der Stadt zu kümmern.«

»Sie sollte etwas vorsichtiger sein, sonst könnte die kleine Maus in die Schusslinie geraten.« Wieder kicherte der Anrufer. Betrunken klang er eigentlich nicht. Obwohl der Wuppertaler Dialekt nicht zu überhören war, redete der Mann deutlich.

»Soll das eine Drohung sein?« Eckhardt atmete tief durch. »Wer sind Sie überhaupt? Wie heißen Sie?«

»Zu Frage eins: Keine Drohung, nur eine Warnung. Wenn Ihnen das Leben der Blonden lieb ist, dann lassen Sie sie den Wetterbericht lesen. Es ist zu gefährlich, sie herumschnüffeln zu lassen.« Wieder kicherte der Anrufer. »Trotzdem: Vielen Dank für die Werbung. Die ganze Stadt soll erfahren, dass die Schwebebahn nicht mehr das sicherste Verkehrsmittel der Welt ist. So lange nicht, bis wir die fünfhunderttausend Mäuse haben.«

›Barmer Platt‹, durchzuckte es Eckhardt. Der Anrufer kam eindeutig aus Barmen. Oder war es doch der Elberfelder Dialekt?

»Zu Frage zwei«, fuhr der Unbekannte jetzt fort, »kann ich nur sagen, dass mein Name nichts zur Sache tut. Ich spreche für die *Bewegung 12. April*, unsere Post müsste heute eingetroffen sein ...« Diesmal kicherte der Anrufer nicht. Sein monotones Atmen schmerzte in Eckhardts Ohren. »Das kleine Feuer in der Schwebebahnstation war eine letzte Warnung. Beim nächsten Mal könnten Fahrgäste leiden.«

»Was bezwecken Sie mit ... Ich meine, was ist mit der Übergabe? So schnell kann ich unmöglich fünfhunderttausend Euro beschaffen. Mann, das ist Wahnsinn. Sie sollten ...« Der dunkelhaarige Chefredakteur der Wupperwelle hörte ein Knacken im Hörer: das eindeutige Zeichen, dass der Anrufer die Verbindung unterbrochen hatte.

»Hallo?«, versuchte er es dennoch.

Stille.

Verwirrt starrte Michael Eckhardt auf den Hörer in seiner Hand, bevor auch er auflegte. Dann barg er das Gesicht in den Händen. Er überlegte, ob er die Stimme des Anrufers irgendwoher kenne. Nein, der Kerl war ihm unbekannt. Erst der Erpresserbrief, und jetzt der Anruf mit der Drohung, die sich eindeutig gegen Heike Göbel richtete. Wohin sollte das nur führen?

Es gab Anschläge auf die Schwebebahn, es gab eine obskure Bande, die sich die *Bewegung 12. April* nannte und rund siebzigtausend Menschen in Gefahr brachte, die täglich die Schwebebahn nutzten. Eckhardt bezweifelte plötzlich, dass es genüge, wenn in jeder Bahn ein Polizeibeamter mitfuhr. Niemand hatte den Brand an der Loher Brücke verhindern können. Noch immer wusste der Chefredakteur der Wupperwelle nicht, wann die Geldübergabe laufen sollte. Michael Eckhardt zuckte zusammen, als das Telefon erneut anschlug. Verunsichert, fast ängstlich starrte er den Apparat an. Bevor er abheben konnte, verstummte das Klingeln.

Dumm gelaufen. In jeder Beziehung.

Eilig verschloss er die Schubladen des Schreibtisches, erhob sich und achtete darauf, dass der Chefsessel wieder so stand, wie er ihn vorgefunden hatte. Dann machte Stefan, dass er aus dem Büro kam. Ein letztes Mal blickte er über die Schulter, um sich zu vergewissern, dass alles so war, als wäre er nie hier gewesen. Er blickte auf den wertvollen Stuck an den Wänden, bewunderte die perfekte Synthese aus moderner Einrichtung und Antiquitäten in dem Raum.

»Oh, ich sehe, wir haben Besuch.«

Um ein Haar hätte er sich vor Schreck in die Hose gemacht. Stefan fuhr herum und blickte geradewegs in die matt glänzende Mündung einer Pistole.

»Darf ich erfahren, wer uns die Ehre gibt?«

Nur mühsam konnte Stefan sich vom faszinierenden Anblick der Schusswaffe lösen. Mit roboterhaften Bewegungen ruckte sein Kopf hoch. Seine Augen weiteten sich, als er die Person erkannte, die ihn mit der Pistole bedrohte. Das konnte nicht wahr sein!

Der Mann war untersetzt, hatte welliges, dunkles Haar und ergraute Schläfen, trug einen modischen Sommeranzug und eine Rolex am Armgelenk. Die Haut hatte einen braunen Teint – vermutlich von der Sonnenbank. Das Einzige, was das Bild vom wohlhabenden Mann störte, war die Waffe in seiner fleischigen Pranke.

Stefans Gegenüber grinste breit, als er in das dumme Gesicht schaute. »Überrascht?«, fragte er und trat mit gleitenden Bewegungen näher.

»Allerdings.« Stefan überlegte kurz, wann er zum letzten Mal zu tief ins Glas geschaut hatte. Es bestand kein Zweifel: Er kannte seinen Gegenüber. Doch was hier gerade geschah, konnte einfach nicht wahr sein. Als Reporter kam er nicht gerade tagtäglich in den Genuss, in die Mündung einer Knarre zu blicken, und allein der Umstand, dass es heute anders sein sollte, erschwerte ein klares Denken.

Wenn er nicht ganz durchgeknallt war, dann stand vor ihm ein Geist.

Kein Geringerer als Rolf Spielberg war auf der Bildfläche erschienen. Sehr lebendig, wie Stefan Seiler erschüttert feststellte.

* * *

Man hatte ihn nach Elberfeld gebracht.

Das Bethesda-Krankenhaus hatte Notaufnahme, und der Notarztwagen hatte die Tal-Achse in rekordverdächtigen fünfzehn Minuten durchfahren. Heike war dem Notarzt mit dem Twingo gefolgt, nachdem sie der per Handy alarmierten Polizei Rede und Antwort gestanden hatte. Zwischenzeitlich war auch Hildegard Zoch erschienen und prompt in Ohnmacht gefallen, als sie ihren leblosen Mann auf der Terrasse im Garten vorfand – in den Armen einer jungen, bildhübschen Frau mit kurzen, blonden Haaren. Zunächst hatte sie Heike eine Szene machen wollen, dann aber hatte sie den dunkelroten Fleck an Hans Zochs Schulter bemerkt, und ihre blinde Eifersucht war in blinde Wut umgeschlagen. Wut gegen einen unbekannten Schützen, der frei herumlief. Hilde Zoch durfte ihren Hans ins Krankenwagen begleiten, nachdem sie sich einigermaßen beruhigt hatte. Es stand schlecht um ihn, und Eile war geboten. Der Schwebebahnfahrer hatte viel Blut verloren. Immerhin hatte der Schütze ihn nicht ins Herz getroffen.

Als der Rettungswagen, gefolgt von Heikes Twingo, den Hammesberg hinunterrollte, kreiste bereits ein Polizeihubschrauber in der Luft, auf der Suche nach dem unbekannten Attentäter.

Jetzt hockten sie im Warteraum vor dem Operationssaal, während die Ärzte um Hans Zochs Leben kämpften. Bange Minuten vergingen, unendlich lange Minuten, die über

Leben und Tod entscheiden sollten. Die junge Reporterin hasste die kalten Krankenhausgänge, sie hasste das unendliche Warten vor dem OP. Zunächst marschierte Hilde Zoch ruhelos auf und ab, rang ihre Hände und hatte still gebetet, um dann leise schluchzend auf einen der Plastikstühle im Wartesaal zu sinken. Nur am Zucken ihrer Schultern sah Heike, dass sie weinte. Anschließend hatte Heike sich erhoben und war auf dem Gang herumgewandert. Hans Zoch war bereits seit einer Stunde im Operationssaal.

»Warum ausgerechnet er?«, wimmerte Hilde leise und blickte aus verweinten Augen zu Heike auf.

Diese zuckte mit den Schultern. Sie wusste es ja auch nicht. Allerdings dachte sie auch nicht an einen geistig verwirrten Amokläufer. Der Täter hatte nur einen einzigen Schuss auf Zoch abgegeben, und diesen ganz gezielt, um nach einem erfolgreichen Attentat unerkannt zu flüchten.

»Es geschehen Dinge in dieser Stadt, denen die Polizei nicht gewachsen ist«, erwiderte die blonde Reporterin schließlich. Hohl klang ihre Stimme von der kuppelförmigen Decke des Ganges zurück.

»Aber warum?« Hilde Zoch schniefte vernehmlich in ein geblümtes Taschentuch. »Mein Hans tut keiner Fliege etwas zu Leide. Er ist ein Gemütsmensch. Ausgerechnet er ...«

Was sollte Heike ihr nur antworten? Sie knetete ihre Hände und zuckte schweigend mit den Schultern. »Jemand scheint es auf die Schwebebahn abgesehen zu haben. Vermutlich ist Ihr Mann rein zufällig in das Getriebe der Täter gekommen.«

»Aber wer tut so etwas?«

»Das wüsste ich auch gerne.« Heike brachte ein mattes Lächeln zustande und legte eine Hand auf die Schulter der Frau.

»In einem knappen Jahr wäre er in Pension gegangen.« Sie schüttelte den Kopf. »Das klingt alles so sinnlos.«

Heike nahm auf dem Stuhl neben ihr Platz und ergriff ihre Hand.

»Sagen Sie«, fragte Hilde Zoch mit gebrochener Stimme. »Worüber haben Sie sich mit meinem Mann unterhalten, als der Wahnsinnige auf ihn schoss?«

»Ich war gekommen, um ihn wegen des Toten zu befragen, den er in seiner Bahn gefunden hatte«, erwiderte Heike wahrheitsgemäß. Wieder spielte sie mit dem Gedanken, von der Erpressung der Schwebebahn zu berichten, verzichtete aber auch diesmal darauf. »Der Tote war Rolf Spielberg.«

Hilde Zochs Blick glitt ins Leere. Sie bearbeitete das Taschentuch mit beiden Händen und zitterte plötzlich am ganzen Leib. Die Frau blickte Heike fest an. »Mein Mann und ich kannten diesen Spielberg gut.« Sie lachte trocken auf. »Zu gut«, fügte sie dann hinzu.

Heike erwiderte: »Ich habe Ihren Mann zuletzt gefragt, ob das kleine Häuschen, das Sie beide bewohnen, abbezahlt sei.«

Hilde Zochs Augen weiteten sich. »Sie haben ... waas?«

»Ich wollte nicht indiskret sein, ich kann jetzt gar nicht sagen, was mich zu der Frage veranlasst hat«, räumte Heike mit dem Unterton einer Entschuldigung ein. »Es ist mir äußerst unangenehm, aber Ihr Mann ... nun, er behandelte mich nicht sehr freundlich.«

»Das ist doch klar, wenn Sie ihn zu Spielberg befragt haben.«

Heike schüttelte den Kopf. »Das habe ich nicht. Ich habe ihn nur zum Mord in der Schwebebahn allgemein befragen wollen.«

»Sie haben ihn doch gefragt, ob unser Haus abbezahlt sei, oder nicht?« Hilde Zochs Augen sprühten Funken.

»Ja – aber ...« Heike räusperte sich. »Das ist mir unangenehm. Wo ist da der Zusammenhang? Ich wollte nicht taktlos sein ...«

»Nein, schon gut«, beeilte Frau Zoch sich zu sagen und schnaubte sich die Nase. »Sehen Sie, Frau Göbel, vor mehr als zehn Jahren gerieten wir in einen finanziellen Engpass. Seinerzeit wurde der Straßenbahnbetrieb eingestellt, und mein Mann fiel als arbeitsloser Straßenbahnfahrer in ein tiefes Loch, trank viel und blieb dem Dienst fern.«

»Warum erzählen Sie mir das alles?«

»Wir konnten die Raten für das Haus nicht bezahlen, wollten aber den Kindern ein Heim bieten. Das war die Zeit, als Spielberg auftauchte.«

Heike glaubte, sich verhört zu haben.

»Spielberg war ein junger, aufstrebender Geschäftsmann, der auf der Suche nach Objekten war«, führte Hilde Zoch aus.

»Nach Immobilien, die er für einen Spottpreis von zahlungsunfähigen Besitzern übernehmen konnte?« Heikes Wangen glühten vor Aufregung.

»Ja«, stimmte Frau Zoch ihr zu. »So könnte man es nennen.«

»Das ist ... unglaublich.«

Hilde Zoch ging nicht auf Heikes Bemerkung ein. »Wir waren uns im Klaren über die Nachteile der Abtrittserklärung, hatten aber keine andere Wahl und unterzeichneten den Vertrag.«

»... der Sie fortan zu Mietern in den eigenen vier Wänden machte?«, beendete die Reporterin den Satz

»Ja«, stimmte Hilde Zoch ihr zu. »Welche Wahl hatten wir denn? Irgendwann, so schworen wir uns, wollten wir das Haus zurückkaufen und es diesem Hai zeigen, der uns an die frische Luft setzen wollte.«

»Aber ... warum?«

Entweder wollte er neue Häuser bauen, oder die Zinsen drastisch erhöhen. Der Vertrag war mehr als zwielichtig, konnte aber vor jedem Gericht der Welt bestehen. Er war ein verdammt schlauer Fuchs.«

Heikes Gedanken rasten. Langsam dämmerte ihr, warum der unbekannte Schütze just in dem Moment zugeschlagen hatte, als die Sprache auf die Besitzverhältnisse gekommen war. Man wollte mit aller Macht verhindern, dass die Medien von den Machenschaften Spielbergs Wind bekamen. – Und sie war eine Vertreterin der Medien, und das, was Heike hier im Krankenhaus von Hilde Zoch erfuhr, war ein Skandal, ein gefundenes Fressen für alle Medien. Aber das klang so unwahrscheinlich, denn immerhin war Rolf Spielberg doch tot.

Wer hatte jetzt noch Interesse daran, seine Geschäfte fortzuführen?

Langsam fühlte Heike sich wie eine Marionette in einem teuflischen Spiel ...

* * *

Spielberg lachte.

Es war kein freundliches, zuvorkommendes Lachen. Es klang höhnisch, ja, überheblich, und Stefan kam sich vor wie in einem schlecht inszenierten Theaterstück.

»Wie ... ich meine, eigentlich sind Sie ... tot.«

Spielberg lachte erneut, diesmal klang es fast mitleidig. »Alles ist relativ«, bemerkte er und fuchtelte mit der Waffe herum, mit der er den Reporter nach wie vor in Schach hielt.

»Darf ich jetzt aber endlich erfahren, wer Sie sind und was Sie hier treiben?«

»Stefan Seiler ist mein Name. Ich arbeite für die Wupperwelle.«

Spielberg nickte und musterte ihn mit listigen Augen. Scheinbar dachte er angestrengt nach. Das feiste Lächeln in seinem Gesicht verblasste. »Und das gibt Ihnen das Recht, hier einzudringen?«

»Natürlich nicht«, beeilte Stefan sich zu sagen. »Aber die Tür stand offen, und da ...«

»... da dachten Sie, so eine Gelegenheit in der Privatsphäre meines Bruders herumzuschnüffeln ergibt sich kein zweites Mal, richtig?« Seine Stimme klang hart und unerbittlich. Dennoch registrierte Stefan mit unendlicher Erleichterung, dass Spielberg die Hand, mit der er die Pistole umklammert hielt, sinken ließ.

Hatte er gerade von einem Bruder gesprochen?

»Heißt das ...«, stammelte Stefan unbeholfen, was Spielberg wiederum zu einem mitleidigen Lachen hinriss.

»Ja, das heißt, dass ich nicht der bin, für den Sie mich halten.«

»Aber ...« Der Reporter runzelte die Stirn. Die Ähnlichkeit mit Rolf Spielberg war frappierend. Den echten Spielberg hatte Stefan früher bei Pressekonferenzen und auf den Wohltätigkeitsbällen im Zoofestsaal kennen gelernt. Jetzt, wo er wusste, dass Spielberg tot war, erinnerte er sich an jede kleine Geste dieses Mannes.

»Seiler«, rügte Spielberg ihn jetzt. »Für einen Journalisten sind Sie recht schwer von Begriff. Rolf Spielberg, der bedauerlicherweise verstorbene Rolf Spielberg, war mein Zwillingsbruder.« Er legte fast charmant den Kopf schräg. »Entschuldigen Sie den etwas rüden Auftritt, aber ich hörte Geräusche aus dem Arbeitszimmer. Mein Name ist Harald Spielberg.«

Stefan kramte in seiner Erinnerung, konnte sich aber nicht entsinnen, jemals etwas von einem Zwillingsbruder gehört zu haben. Das erleichterte die Konversation nicht gerade. »Darf man auch erfahren, was Sie hier treiben?«

Der verschollene Bruder lachte auf. »Eigentlich sind Sie ganz schön frech. Immerhin bin ich direkt vom Ableben meines Bruders betroffen und trauere.«

»Aber«, setzte Stefan an. »Wo waren Sie in der vergangenen Zeit?« Er konnte nicht begreifen, in was er hier gerutscht war. Fast glaubte er an eine neue Identität, mit der Spielberg sich ein neues Leben verschaffen wollte. Möglicherweise war die Luft in seinen Gefilden zu dünn geworden, und vielleicht hatte er seinen Tod nur der Öffentlichkeit vorgegaukelt, um sich eine neue Chance zu geben.

Spielberg schien seine Gedanken zu erraten.

»Wir mochten uns nicht sonderlich«, erklärte er fast melancholisch. »Deshalb gingen wir uns aus dem Weg. Nach dem Tod unserer Eltern zog ich in eine andere Stadt. Dem wachsenden Druck meines profitgeilen Bruders war ich damals nicht gewachsen. Von Ersparnissen kaufte ich mir ein bescheidenes Haus in der Toskana.« Er blickte Stefan nachdenklich an und trat näher. »Rolf war kälter als eine Hundeschnauze. Er ging über Leichen, nur um an das dreckige Geld seiner Mitmenschen zu gelangen.« Er spuckte auf den sündhaft teuren Perserteppich des Büros.

»Er war eine Ratte und hatte nichts anderes als den Tod verdient.«

»So spricht aber niemand, der über den Verlust des Bruders trauert.« Stefan provozierte Harald Spielberg.

Und der reagierte prompt. Seine Augen sprühten Funken:

»Wer sagt, dass ich trauere?«

»Sie.« Immerhin haben Sie selber vor einer Minute Ihre Trauer um den verlorenen Bruder mir gegenüber zum Ausdruck gebracht.«

»Wissen Sie«, murmelte Spielberg und lächelte sanft. »Rolf unterdrückte mich schon in unserer Kindheit. Immer war er derjenige, der das Lob unserer Eltern einstrich, er war es auch, der im Internat die besseren Schulnoten und Erfolg bei den Mädchen hatte und später Karriere machte.«

»So spielt das Leben.« Stefan überlegte fieberhaft, warum Harald Spielberg ihm seine Lebensgeschichte erzählte. Er war doch wildfremd für ihn. Möglichst unbemerkt warf der Reporter einen Blick auf seine Armbanduhr. In drei Stunden musste er im Studio sein, um sich auf die Nachtschicht vorzubereiten, die er heute moderieren sollte. Eckhardt vermisste ihn sicherlich schon.

»Meine Ausführungen scheinen Sie zu langweilen«, riss Spielbergs Stimme ihn aus den Gedanken. Stefan lächelte unverbindlich und zuckte mit den Schultern. »Nicht im Geringsten.«

Während sie sprachen, standen sie unmotiviert mitten im Maklerbüro von Rolf Spielberg herum. Normalerweise hätte er dem – ungebetenen – Gast einen Platz anbieten können. Aber irgendwie schien dieser verschollene Zwillingsbruder nicht ganz normal zu sein. Warum erzählte er seine ganze Lebensgeschichte?

»Ich heiratete in Italien«, fuhr er fort. »Wir bekamen bald ein Kind, ein bezauberndes Mädchen. Gina wuchs wohlbehütet auf und wurde der Schwarm aller Jungen in unserem Dorf. Irgendwann aber besuchte Rolf uns in der Toskana. Er versprach Gina die schönsten Dinge und sie möge ihn im fernen Deutschland besuchen.« Spielberg zuckte mit den Schultern.

»Nun, sie war sechzehn. In diesem Alter haben Mädchen bereits ihren eigenen Kopf, wissen Sie? Wir ließen sie also ziehen. In den Sommerferien flog sie nach Deutschland, um sich von Onkel Rolf die Heimat ihrer Familie zeigen zu lassen. Seitdem ist sie spurlos verschwunden.«

»Aber ... wie kann das möglich sein?«

»Er hat sie verkauft«, schnarrte Spielbergs Stimme. »Meine Frau wurde schwer krank – hat wohl nie verkraftet, dass Gina untergetaucht war. Sie starb im letzten Jahr an einer seltenen Krankheit.« Er blickte zu Boden und schüttelte den Kopf. Mit der freien Hand fuhr er sich durch das fleischige Gesicht. »Rolf, dieser skrupellose Kerl, hat meine Gina an einen Mädchenhändlerring verschachert. Meine Tochter, seine Nichte, sein eigen Fleisch und Blut.« Seine Stimme klang weinerlich.

Als Harald Spielbergs Kopf hoch ruckte, sah Stefan, dass seine Augen feucht schimmerten.

»Ich stehe vor dem Nichts. Verstehen Sie das?«

Stefan schüttelte stumm den Kopf.

»Er hat mich in den Ruin getrieben. Erst meine Tochter, dann meine Frau.« Lange stierte er seinen Gegenüber an. Dann wandte er sich wortlos ab.

Stefan blickte auf sein breites Kreuz.

Unschlüssig stand Spielberg im Türrahmen. Seine Schultern zuckten »Ich habe alles in Italien aufgegeben, bin zurückgekommen, um Gina zu finden. Hier wollte ich ein neues Leben mit ihr beginnen. Doch er hat sie an diesen Zuhälter verkauft, an diesen Gembowsky.«

Halt! Stefan horchte auf. Hatte Spielberg tatsächlich von Klaus Gembowsky gesprochen? Von *dem* Gembowsky, mit dem Heike sich gestern Nacht getroffen hatte? »Und jetzt?«, fragte er nachdenklich.

»Sie arbeitet für ihn, schafft bei ihm an, kommt einfach nicht raus aus diesem Teufelskreis. Einmal ...«, der andere schniefte wie ein kleiner Junge und wischte sich die wässrigen Augen, »einmal habe ich sie kurz gesehen und sie angesprochen. Ich habe ihr gesagt, dass sie mir fehlt und sie mit nach Hause kommen möge.«

»Und?«

»Sie hat nur gelacht und mich als Verlierer beschimpft. Seitdem sie mit Onkel Rolf gegangen sei, wisse sie, was Reichtum ist.«

»Das tut weh«, warf Stefan ein. Fast empfand er Mitleid für Spielberg. Der war ein armes Schwein, so viel stand fest. Trotzdem fragte er sich, warum er ihm das alles haargenau berichtete.

»Das tut sogar sehr weh«, stimmte er dem Reporter zu. »Ich stand also wieder alleine – vor dem Scherbenhaufen meines Lebens.«

»Tut mir Leid.« Stefan tappte von einem Fuß auf den anderen. Die Situation wurde langsam peinlich. Er hoffte, dass Spielberg es nicht bemerkt hatte, dass Stefan das Notizbuch von seinem Bruder aus dem Schreibtisch gefilzt hatte. Vermutlich nicht, denn sonst hätte er ihn längst darauf angesprochen. Andererseits hatte Harald Spielberg sich derart in Rage geredet, dass für ihn nur noch eine Geschichte existierte: seine Geschichte.

Stefan war aber nur ein einfacher Radioreporter und hatte sich um andere Dinge zu kümmern. Das Schicksal von zwei ungleichen Zwillingsbrüdern interessierte ihn nicht sonderlich. Die Sache mit Gembowsky interessierte ihn hingegen sehr, nicht zuletzt wegen Heike. Stefan fragte ihn also, in welcher Beziehung sein Bruder zu dem König der Bergischen Nachtclubs gestanden habe.

»Die beiden waren befreundet«, erklärte er. »Gembowsky hatte einige Immobilien von ihm angemietet, und Rolf war an den Einnahmen der Etablissements beteiligt. Die reinste Mafia!«

»Warum erzählen Sie mir das alles?«, fragte der Reporter schließlich. Den Sinn dieser eigenartigen Unterhaltung hatte er absolut nicht kapiert. Offensichtlich hielt Spielberg ihn für den richtigen Gesprächspartner, bei dem er sein Herz ausschütten könne. Aber der blickte ihn lange an und schwieg. »Schon oft habe ich daran gedacht, einen Schlussstrich zu ziehen. Endgültig.«

»Mit welchem Ergebnis?«

»Ich habe bereits damit begonnen.« Sein rundes Gesicht zuckte eigenartig, Schweiß perlte auf seiner hohen Stirn, als er den Reporter wie im Wahn angrinste. »Meine Frau habe ich verloren, meine geliebte Tochter, die mittlerweile erwachsen ist und machen kann, was sie will. Nie hätte ich daran geglaubt, dass es so weit kommen würde.« Er musterte Stefan lange, bevor er fortfuhr. »Wissen Sie, was es heißt, alles zu verlieren?«

Stefan schüttelte den Kopf. »Nein«, antwortete er wahrheitsgemäß.

»Nun, dann sollten Sie sich meine Worte merken. Der Krug geht so lange zum Brunnen, bis er bricht«, zitierte er und spielte mit der Knarre in seiner rechten Hand herum.

Stefan hatte seit seiner Bundeswehrzeit keine Pistole mehr in der Hand gehabt.

»Wenn Sie so wollen, steht ein gebrochener Krug vor Ihnen«, sinnierte er und warf die Waffe in die Luft, um sie mit spielerischer Sicherheit aufzufangen.

»Sie sind sehr pessimistisch«, murmelte Stefan, mehr, um Zeit zu gewinnen. Spielberg wurde ihm unheimlich. Obwohl er nicht viel von Pistolen verstand, so wusste er doch, wie man sie entsichert. Das leise Klicken schenkte ihm einen Adrenalinstoß. Wie gebannt starrte Stefan auf das böse Spielzeug in Spielbergs Hand, und dessen irres Gelächter riss ihn aus den Gedanken.

»Ja«, kicherte der. »Ich selber war es, der ihn getötet hat.« Wieder lachte er. Sein ganzer Oberkörper zitterte.

Stefan stutzte. »Sie haben ihn erschossen?« Von Tod durch Schusswaffeneinwirkung war nichts bekannt.

Spielberg stand gut fünf Meter von Stefan entfernt. ›Aus dieser Entfernung würde er ein nettes Loch in meinen Oberkörper schießen‹, durchzuckte es ihn, während sein Blick auf der Kanone in der fleischigen Pranke haftete. Die verrücktesten Gedanken schossen durch Stefans Kopf, als er sah, wie Spielberg die Hand mit der Waffe wieder hob, langsam, wie in Zeitlupe. ›Wer würde die Nachtsendung moderieren, wenn ich ein toter Mann bin – wer würde sich um Heike kümmern ...‹ Das waren seine Gedanken, die in diesen Sekunden durch seinen Kopf schossen. ›Eckhardt würde toben, wenn ich mich so einfach kalt machen ließe – bei einer solch heißen Story.‹ Harald Spielberg hatte ihm soeben gestanden, seinen Bruder eigenhändig getötet zu haben, – kaltblütig ermordet zu haben. Die Geschichte nutzte Stefan reichlich wenig, wenn er den Sender nicht lebend erreichen würde. Da er nun zum Mitwisser geworden war, musste Spielberg ja auch ihn umbringen!

»Warten Sie«, rief Stefan sprichwörtlich im letzten Moment und hob abwehrend die Hand.

Spielberg zögerte. Seine Mundwinkel zuckten. »Sie haben ihn nicht erschossen«, sagte der Reporter heiser.

Das war eine Feststellung.

Spielberg schüttelte den Kopf. »Nein«, murmelte er mit singendem Unterton in der Stimme. »Das wäre zu offensichtlich gewesen.« Er kicherte wieder. »Ich habe ihn vergiftet, ein tödliches Gift in den Cocktail gemixt. Der Idiot war so besoffen, dass er nicht einmal merkte, dass etwas in dem Drink war, den ich ihm spendierte. Der Rest war Spielerei: Ich habe ihn zum Elberfelder Bahnhof gefahren, von dort aus ist er durch den Fußgängertunnel in Richtung Innenstadt geschwankt, um sich total besoffen in die Schwebebahn zu setzen. Dass ich ihn bis zur Bahn verfolgt habe, hat er schon gar nicht mehr mitgekriegt.« Er schüttelte sich amüsiert.

Nein, es bestand kein Zweifel: Spielberg war wahnsinnig. Er hatte seinen eigenen Bruder kaltblütig ermordet, und so würde er auch vor einem zweiten Mord nicht zurückschrecken. Zumindest würde Stefan das Wissen mit ins Grab nehmen, dass die *Bewegung 12. April* nicht hinter Spielbergs Mord steckte. Somit handelte es sich tatsächlich nur um einfache Trittbrettfahrer. ›Also war doch Alkohol im Blut gewesen‹, durchzuckte es den Reporter. So viel zur Verlässlichkeit der polizeilichen Alkohol-Schnelltests. Er dachte an Heikes Worte, doch kam er nicht dazu, den Gedankengang weiter zu verfolgen, denn die Ereignisse überschlugen sich. Spielberg hatte die Pistole erhoben. Stefan schloss die Augen, und sein Herzschlag setzte einen Augenblick aus, als der Schuss ertönte. Er warf sich reflexartig auf den Boden des Arbeitszimmers und riss die Arme über den Kopf.

10. Kapitel

Das ist ein echter Hammer«, staunte Eckhardt, als Heike ihm von dem Mordanschlag auf Hans Zoch berichtete. Er zog anerkennend die Mundwinkel nach unten und beugte sich weit über ihren Schreibtisch. Die blonde Reporterin tippte, während sie ihm von den Geschehnissen am Hammesberg berichtete, einen Beitrag in den Computer.

»Ich will eine Meldung in der nächsten Stunde in den Lokalnachrichten hören«, murmelte er und wandte sich ab. »Dreißig Sekunden.«

Mit wenigen Sätzen hatte sie ihm zuvor berichtet, was auf dem Grundstück der Eheleute Zoch vorgefallen war. Immerhin konnte man von einem Happy End reden – auch, wenn von dem unbekannten Schützen noch jede Spur fehlte. Nachdem die Ärzte im Bethesda-Krankenhaus die gute Nachricht überbracht hatten, dass Hans Zoch außer Lebensgefahr sei, war Heike wie eine Wahnsinnige zurück zur Redaktion gebraust, um prompt ihrem Chef in die Arme zu laufen. Als sie von dem Attentat auf Hans Zoch erzählt hatte, war dessen schlechte Laune schlagartig in Euphorie umgeschlagen. Er hatte Heike über die Maßen gelobt. Jetzt stand er einfach da und blickte sie an.

»Wo ist Stefan ... ich meine, Herr Seiler?«

»Weiß der Teufel«, murrte Eckhardt und ließ die Hände in den Hosentaschen verschwinden. Er seufzte und beschwerte sich einmal mehr über die Damen und Herren Redakteure, die nur noch das machten, was sie für richtig hielten. »Ich dachte Sie wüssten, wo er sich rumtreibt«, maulte er. »Sonst stecken Sie beide doch auch immer unter einer Decke.«

Als er den zweideutigen Inhalt seiner Antwort bemerkte, glaubte Heike zu sehen, wie er errötete.

Prompt räusperte sich Michael Eckhardt. »Übrigens hatte ich heute Vormittag einen eigenartigen Anruf«, bemerkte er leise und hockte sich nun auf ihre Schreibtischkante. Auf Heikes Frage hin berichtete er, was der Anrufer ihm nahegelegt hatte.

»Ich bin zu ... neugierig?« Heike zuckte mit den Schultern. »Ist das nicht mein Beruf, mich in Dinge einzumischen, die von Interesse sein könnten?«

»Natürlich«, sagte Eckhardt rasch und verschränkte die Arme. »Nur sollten Sie in Zukunft etwas vorsichtiger sein. Scheinbar handelt es sich bei der *Bewegung 12. April* um äußerst professionell agierende Täter, die uns auf Schritt und Tritt verfolgen.«

»Verdammte Scheiße«, entfuhr es ihr.

»Bitte?« Eckhardt runzelte die Stirn.

»Nichts«, erklärte Heike errötend und presste eine Hand vor den Mund. »Hat man etwas von einer Lösegeldübergabe erwähnt?«

»Nein«, murmelte Eckhardt. »Es schien fast so, als wäre dem Anrufer ausgerechnet dieses Thema peinlich gewesen. Ich habe ihm deutlich zu verstehen gegeben, dass fünfhunderttausend Euro unmöglich innerhalb von wenigen Stunden aufzutreiben sind.«

»Das ist nachvollziehbar.« Die Reporterin massierte nachdenklich ihren Nasenrücken und starrte auf den Monitor. »Die Zochs wohnen übrigens in einem Haus, das Rolf Spielberg ihnen für einen Appel und ein Ei abkaufte, als sie in finanziellen Schwierigkeiten steckten. Interessanterweise schlug der Schütze ausgerechnet in dem Augenblick zu, als ich Hans Zoch auf das Haus ansprechen wollte.«

»Sie glauben, dass Spielberg Schattenmänner beschäftigt hatte, die jetzt seine Spielchen weitertreiben?« Der Chefredakteur der Wupperwelle staunte nicht schlecht. »Das hieße ja, dass er komplette Killertrupps im Rücken hätte, um seine Geschäftsideen durchzuboxen und sich Leute gefügig zu machen, die nicht nach seiner Pfeife tanzen wollen.«

»Möglich.« Heike eiste sich vom Anblick des Bildschirmschoners los und blickte zu Eckhardt auf. »Seiler hat übrigens davon gesprochen, dass er sich in Rolf Spielbergs Bekanntenkreis umhören wolle.«

»Dann ist er unmöglich zur Sendung zurück«, erwiderte Eckhardt und fuhr sich durch das gerötete Gesicht. »Ein Schweinepriester. Muss er ausgerechnet Sherlock Holmes spielen, wenn er die Nachschicht moderiert?«

Heike zuckte mit den Schultern.

»Er soll sich verdammt noch mal nicht in die Belange der Polizei einmischen«, wetterte der Chefredakteur und schüttelte den Kopf. »Ich habe keine Leute und Stefan Seiler turnt in der Gegend rum, um einen Mord aufzuklären!« Er schlug sich mit der flachen Hand vor die Stirn, dass es klatschte. »Der soll mal kommen!«

* * *

Der Dienstplan des Senders interessierte Stefan augenblicklich nicht im Geringsten. Er hatte andere Probleme.

Vorsichtig schlug er die Augen auf.

Erst eins, dann beide.

Das Blut rauschte noch immer in seinen Ohren. Als sich der Schuss aus Spielbergs Waffe gelöst hatte, war der Reporter instinktiv zum Boden abgetaucht und hatte sich aus dem Gefahrenbereich gerollt. Irgendwie war er hart auf dem Boden der Villa aufgeschlagen und hatte sich eine Prellung oder Ähnliches zugezogen. Seine Knochen schmerzten, seine Schulter brannte. Vorsichtig richtete er sich auf und schaute um sich. Verdammte Lage, in der er sich befand.

Spielberg lag rund fünf Meter von ihm entfernt auf dem Fußboden. Bei seinem Sturz hatte er die Pistole fallen lassen. Er benötigte sie ohnehin nicht mehr. Der glücklose Zwillingsbruder des steinreichen Immobilienmaklers hatte es gar nicht auf den Reporter abgesehen; er hatte seinem eigenen Leben ein Ende gesetzt. Ein sehr tragisches, einsames Ende, und Stefan Seiler war der letzte Mensch gewesen, dem er sein Herz ausgeschüttet hatte. Ungläubig hockte dieser auf dem Teppich und schüttelte den Kopf.

Blut sickerte aus einer hässlichen Wunde an Spielbergs Schläfe. Eine rote Lache breitete sich unter dem massigen Kopf des Mannes aus. Die Augen waren weit geöffnet und starrten leblos zur hohen Decke. Auch der Mund stand einen Spalt breit offen, so, als hätte er ein letztes Mal um Gnade bitten wollen.

Es bestand kein Zweifel: Harald Spielberg war tot, hatte sich selbst umgebracht und Stefan hatte dem Selbstmord untätig zugeschaut. Er fühlte sich elend, hätte am liebsten gekotzt. Für ihn war alles zu schnell gegangen. Die Ereignisse hatten sich überschlagen. Der Reporter hatte keine Chance gehabt, Spielberg von seinem Vorhaben abzubringen.

Mit dem Verzweifelten hatte er einen wichtigen Zeugen verloren. Wer, wenn nicht *er*, hätte bestätigen können, dass der Bruder ein Geschäftsfreund von Klaus Gembowsky gewesen war?

Jetzt konnte Stefan von vorne anfangen. Also blieb nur das Notizbuch in seiner Jackentasche.

Zunächst aber musste die Polizei informiert werden. Mit zitternden Händen fingerte Stefan das Handy aus seiner Tasche und tippte die Notrufnummer ein, ohne sich auch nur eine Sekunde vom Anblick der Leiche lösen zu können.

11. Kapitel

Das Verhör hatte fast zwei volle Stunden in Anspruch genommen.

Zunächst hatte man ihn mit nervenden Fragen gelöchert, was er denn im Haus des toten Spielberg gesucht habe, wie er in die Villa gelangt und warum er nicht einfach wieder gefahren sei, als er zunächst niemanden angetroffen habe. Einmal hatte man ihm sogar das Wort Einbruch an den Kopf geworfen. Das hatte er dementieren können, auch wenn der Tatbestand nicht ganz von der Hand zu weisen war. Von einem Mordversuch war nie die Rede gewesen, insofern hatte es sich für ihn um eine völlig natürliche Reportage gehandelt, für die er recherchiert hatte. Bis auf den Toten, der nichts Besseres zu tun gehabt hatte, als sich vor seinen Augen selbst zu richten. Der eifrige Kommissar Norbert Ulbricht hatte Stefan laufen lassen müssen, da seine Spurensicherungsleute rasch festgestellt hatten, dass sich auf der von Spielberg benutzten Waffe ausschließlich dessen eigene Fingerabdrücke befanden.

Es war wirklich zum Haare raufen: Er hatte eine heiße Story, konnte möglicherweise sogar Verbindungen zur Schwebebahnerpressung ziehen und durfte im Radio nicht darüber berichten, weil man eine Nachrichtensperre verhängt hatte.

Den Mittag hatte er im Wuppertaler Polizeipräsidium verbracht, sich die Anschuldigungen von Kommissar Norbert Ulbricht angehört und dessen mehr oder minder dumme Fragen beantwortet. Jetzt endlich befand er sich auf dem Weg in die Redaktion. »Na, die werden Augen machen«, grummelte Stefan vor sich hin, als er das Gebäude der Wupperwelle erreichte.

»Das war die erste Stunde der Halbzeit, gleich geht's mit meinem Kollegen Roland Kracht und den Nachrichten weiter. Danach hören wir uns wieder.« Heike zog den Regler des CD-Players auf. »Und hier kommen die Spice Girls.« Mit einem Seufzen auf den Lippen schaltete sie das Mikro aus und nahm die Kopfhörer von den Ohren. Als sie aufblickte, wurde die Studiotür aufgestoßen.

Michael Eckhardt schien nur darauf gewartet zu haben, dass das rote *On Air*-Signal über der Tür verlosch. Der Chef nickte ihr knapp zu. »Immer noch nichts von Seiler.« Eckhardt lief wie ein aufgescheuchtes Huhn durch das kleine Studio. »So kann ich nicht arbeiten«, murmelte er kopfschüttelnd. »Es muss doch möglich sein, einen erstellten Dienstplan einzuhalten. Jeder macht hier, was er will. Er stemmte wütend die Hände in die Hüften.

»Herr Eckhardt«, unterbrach Heike ihn. »Seiler moderiert die Nachtschicht. Er geht erst um Mitternacht auf Sendung. Demnach muss er drei Stunden vor Sendebeginn in der Redaktion erscheinen.« Demonstrativ blickte sie auf die Armbanduhr. »Es ist zwei Uhr.«

»Ich weiß, ich weiß«, nickte der Chef und machte einen zerknirschten Gesichtsausdruck. »Trotzdem: Ich mache mir Sorgen.«

Nun erst wurde er Heike richtig sympathisch. »Ich auch«, erwiderte sie leise, als Kracht, der untersetzte Nachrichtensprecher, das Studio betrat. Der nickte ihnen still zu und ließ sich hinter den Reglern nieder.

Heike und Eckhardt verließen das Studio. Bei einem kleinen Sender wie der Wupperwelle war es üblich, dass die Moderatoren die Technik selbst bedienten. Den Tontechniker am Mischpult gab es nur beim großen öffentlich-rechtlichen Rundfunk. Das bedeutete für die Mitarbeiter des Privatsenders zwar mehr Arbeit, stellte aber auch eine größere Herausforderung an die einzelnen Redakteure dar. Sie konnten später behaupten, ihre Sendung tatsächlich eigenhändig gestaltet zu haben.

Eckhardt zog Heike in sein Büro und schloss die Tür hinter sich. »Es ist mir egal, was Herr Seiler in seiner Freizeit treibt«, sagte er, nachdem er sich in den Chefsessel gesetzt hatte. Spielerisch legte er die Fingerspitzen beider Hände aneinander und betrachtete die junge Redakteurin. »In den letzten beiden Tagen ist zu viel geschehen. Die Erpressung in Verbindung mit Spielbergs Tod ist ein Hammer, wie er in der Geschichte unserer Stadt einzigartig ist.«

»Dann sollten wir darüber berichten«, schlug Heike vor. Eckhardt beugte sich weit über den Schreibtisch und schüttelte energisch den Kopf. »Natürlich ist es eine große Verlockung, einfach die Katze aus dem Sack zu lassen und die komplette Wuppertaler Medienwelt mit dieser Exklusivgeschichte zu überraschen. Aber ich muss mich an die Auflagen der Kripo halten. Keine Nachricht über die Erpressung, solange die Täter nicht eingekreist sind.«

»Und?«, meinte Heike und wandte sich zum Gehen. Die Nachrichtenpause war fast um. »Was hat das alles mit Seiler zu tun?«

»Immerhin wollte er zum Haus von diesem Spielberg«, erinnerte Eckhardt sie. »Da ist es doch nicht auszuschließen, dass er von dieser *Bewegung 12. April* abgefangen wurde und ...«

Die Tür wurde energisch aufgestoßen, Heike fuhr erschrocken herum. Ein hoch gewachsener Mann steckte den Kopf ins Büro und grinste breit: »Hallo!«

Die Redaktion hatte er um zwei Minuten nach zwei Uhr betreten. Frau Stritzel, die Empfangsdame an der Rezeption, hatte ihm gesteckt, dass Eckhardt ihn händeringend überall suche. Sie hatte ihm empfohlen, mal zum Chef reinzuschauen, wie sie das zu nennen pflegte. Brav kam er der Empfehlung nach. Stefan hatte ein ernstes Wort mit Eckhardt zu reden. Immerhin wusste er jetzt, dass Rolf Spielberg tatsächlich ermordet worden war und dass die *Bewegung 12. April* lediglich die Gunst der Stunde zu nutzen versuchte.

»Seiler!« Eckhardt sprang von seinem Ledersessel auf und musterte Stefan wie einen Außerirdischen.

»Stefan!«, rief Heike gleichzeitig sichtlich erleichtert.

»Welch Empfang«, schwärmte dieser grinsend. »Darf ich erfahren, warum ich so heiß begehrt bin?«

»Und ob«, nickte Michael Eckhardt und erklärte ihm, dass er sich ernsthaft Sorgen gemacht habe.

»Nicht ganz unbegründet«, murmelte Stefan ausweichend und überlegte, ob er von seiner Exkursion ins Präsidium berichten sollte. Dann dachte er an Heike, die zurück ins Studio musste und entschied sich dagegen. Sie würden später über den Vorfall reden. Die Zeit rannte, die Täter wollten Ernst machen und setzten den Reportern die Pistole auf die Brust. Leider wussten diese nicht einmal, wo sie mit ihren Recherchen ansetzen sollten.

»Nur so viel«, sagte Stefan. »Spielberg ist tot.«

»Was Sie nicht sagen.« Eckhardt tippte sich bezeichnend gegen die Schläfe. Auf seiner Stirn bildete sich eine steile Falte. Der Chef wechselte einen raschen Blick mit Heike, fast so, als bezweifle er Seilers geistigen Zustand. Dann schüttelte er den Kopf. »Zum Scherzen bin ich wirklich nicht aufgelegt.«

»Gut, dann verrate ich eben nicht, dass Rolf Spielberg einen Zwillingsbruder hatte, der sich vor meinen Augen selber umgebracht hat, und dass der es war, der den Immobilienmakler in der Schwebebahn niederstreckte.« Stefan drehte die Handflächen nach oben und zuckte mit den Schultern. »Dann eben nicht.« Ohne die Antwort des Chefs abzuwarten, verließ er das Büro. »Bin außer Haus«, erklärte er lapidar. Immerhin war erst in sieben Stunden Dienstanfang für ihn.

»Stefan!«

Er fuhr auf dem Gang herum. Heike kam angerannt, obwohl Kracht im Hintergrund bereits die Verkehrshinweise verlas.

»Du musst ins Studio«, sagte er ernst.

»Gleich«, nickte sie. »Erst will ich wissen, was los war.« Sie verschränkte trotzig die Arme vor der Brust und funkelte ihn mit ihren blauen Augen an.

»Frau Göbel, Sie sind dran«, rief Beate, die junge Volontärin aus dem Hintergrund. Heike ignorierte den Ruf.

»Heike – bitte.« Stefan strich ihr eine widerspenstige Haarsträhne aus der Stirn. »Das ist recht kompliziert.«

»Dann komm mit ins Studio und erzähl mir dort, was du weißt.«

* * *

Zwischen den redaktionellen Beiträgen berichtete er ihr, was geschehen war. – Solange ein Musikstück lief, konnten sie sich ungestört im Studio unterhalten.

»Spielberg hat also Geschäfte mit Gembowsky gemacht«, murmelte Heike fassungslos. »Die reinste Puff-Connection. Stellt sich nur die Frage, welche Rolle die *Bewegung 12. April* in der Geschichte spielt.«

»Offensichtlich handelt es sich tatsächlich um zwei verschiedene Ebenen«, überlegte Stefan und kratzte sich hinter dem Ohr.

»Alles deutet darauf hin«, nickte Heike und tickerte ein paar Mal mit dem Kugelschreiber, bevor sie ihn auf das Pult warf und sich im Stuhl zurücklehnte. Stefan musterte sie mit gerunzelter Stirn.

»Aber überleg doch mal«, fuhr sie fort. Ihre Wangen waren vor Aufregung gerötet. »Die *Bewegung 12. April* ruft Eckhardt an und beschwert sich, dass ich zu neugierig bin. Damit kann ja nur meine Nachforschung bezüglich Rolf Spielberg bei dem Schwebebahnfahrer gemeint sein. Dann der Schuss auf Hans Zoch. Das ist doch hirnverbrannt! Wenn es der *Bewegung 12. April* nur um die Kohle ginge, würde man doch nicht alles daran setzen, dass niemand etwas über Spielberg erfährt.«

»Das verstehe ich auch nicht«, räumte Stefan ein. Etwas passte nicht in das Puzzle. Verzweifelt versuchte er, logische Verbindungen herzustellen.

Das Musikstück neigte sich dem Ende entgegen und Heike setzte sich die Kopfhörer auf. Nachdem die letzten Takte des Songs verstummt waren, moderierte sie einen Beitrag, den sie am Vormittag vorbereitet hatte. Stefan hörte nicht zu, war zu sehr mit eigenen Überlegungen beschäftigt. Immer wieder tauchte ein Name vor seinem geistigen Auge auf. Ein Name, der ihn unter Umständen weiterbringen konnte:

Klaus Gembowsky.

* * *

Eckhardt wusste beim besten Willen nicht, wie er sich verhalten sollte. Später würde er mit seinem guten Bekannten Jürgen Küppers, dem Polizeisprecher, über die Erpressung reden müssen. Die Sache gestaltete sich schwieriger als anfangs erwartet. Soeben hatte Seiler sein Büro verlassen. Natürlich hatte Eckhardt ihn nach seinem Abgang vorhin erneut ins Chefbüro zitiert. Und was der Reporter ihm über Spielberg berichtet hatte, trug nicht gerade zur Beruhigung bei.

Als das Telefon auf seinem Schreibtisch anschlug, beschlich ihn ein ungutes Gefühl. Er dachte an den Polizeibeamten, der in einem Nebenzimmer saß und die Leitungen des Senders abhörte. Niemand seiner Mitarbeiter wusste etwas von dieser Maßnahme. Bei Bedarf konnte man eine Fangschaltung herstellen, um den Anschluss des Anrufers zu ermitteln.

»Eckhardt, Wupperwelle«, meldete er sich und lehnte sich im Sessel zurück. Als er aus dem Fenster blickte, rumpelte eine Schwebebahn vorüber. Die Sonne spiegelte sich in den Fenstern der orange-blauen Bahn.

»Morgen Abend um dreiundzwanzig Uhr«, hörte er die Stimme des Erpressers. Er hatte ihn schon beim ersten Wort erkannt. »Wir treffen uns am großen Parkplatz an der Konradswüste. Unweit des Gartenvereins stehen Papier- und Glascontainer. Hinter den Containern will ich einen Karton sehen, in dem Karton fünfhunderttausend Euro. Klar?«

»Das ist zu kurzfristig«, erwiderte Eckhardt und versuchte, den Anrufer hinzuhalten. Um einen Anschluss zu ermitteln, benötigte man Zeit. Kurze Telefonate gingen durch das Datennetz verloren. Das wusste jeder Erpresser, und aus diesem Grunde fassten sich böse Jungs üblicherweise kurz.

»Sie hatten lange genug Zeit«, erwiderte der Anrufer und kicherte heiser. »Ich weiß, dass Ihr Telefon abgehört wird. Vergessen Sie's, ich rufe vom Handy aus an.« Wieder kicherte er. »Und ich muss wohl nicht erwähnen, dass ich keine Bullen sehen will, oder?«

»Hören Sie«, begehrte der Chefredakteur der Wupperwelle auf. »Das ist unmöglich.«

»Gut«, unterbrach ihn der Erpresser und räusperte sich vernehmlich, bevor er fortfuhr. »Dann übernehme ich keine Garantie mehr für die Sicherheit der Fahrgäste in der Schwebebahn. Möglicherweise wird es dann noch heute zu einer letzten Warnung kommen. Wollen Sie das wirklich?«

»Die Polizei begleitet die Bahnen«, versuchte Eckhardt Zeit zu schinden. Möglicherweise könnten die Polizisten im Nebenraum auch mit einem Handy-Anschluss etwas anfangen.

»Alle siebenundzwanzig Züge?«

»Sicher«, bestätigte Eckhardt, obwohl er wusste, dass selbst zur Rush-Hour nur einundzwanzig Bahnen unterwegs waren.

»Wie dem auch sei – es gibt Momente, da befindet sich garantiert kein Scheißbulle an Bord des Zuges. In der Wagenhalle beispielsweise.« Er kicherte überheblich.

»Was bezwecken Sie ...« Michael Eckhardt hörte, wie die Verbindung unterbrochen wurde. Es war sinnlos weiterzusprechen. Er starrte auf den Telefonhörer in seiner Hand, bevor auch er auflegte.

Im nächsten Moment wurde die Tür seines Büros aufgestoßen. Ein junger Mann mit Jeanshemd und Blazer steckte den Kopf herein.

»Und?«, machte Eckhardt und wischte sich den Schweiß von der Stirn.

»Vergessen Sie's.« Der zivilgekleidete Beamte winkte ab. »Erstens ein Anruf aus dem Mobilnetz, zweitens zu kurz, um feststellen zu können, woher der Anruf kam.«

»Zu kurz?«, polterte Eckhardt.

»Sorry, aber die Technik hat es zeitlich nicht geschafft ...«

Wütend hieb der Chefredakteur mit der flachen Hand auf die Schreibtischplatte. »Verdammt, Müller, wir haben ein Problem.«

12. Kapitel

»Was sind das denn für Typen?«

Rüdiger Wetzel zuckte unbeholfen mit den Schultern und putzte sich die ölverschmierten Finger an einem Lappen ab, bevor er die Hände in die Taschen seines Blaumanns steckte.

»Keine Ahnung.«

»Die schnüffeln doch hier rum«, stellte Frank Klein fest. Auch er trug wie sein Kollege Wetzel einen blauen Arbeitsanzug und betrat Seite an Seite mit ihm und Dieter Püschmann den kleinen Leitstand in der Vohwinkler Wagenhalle. Durch die großen Scheiben beobachteten sie die beiden unauffällig gekleideten Männer, die alle hier abgestellten Schwebebahnen genau inspizierten. Soeben hatten sie einen Zug geentert und bückten sich, um unter die Bestuhlung der Bahn zu blicken.

»Vermutlich so was wie ein TÜV«, mutmaßte Wetzel und beschwerte sich darüber, dass den Mitarbeitern der Halle nichts von einem Prüfbesuch gesagt worden war.

»Ich habe einen anderen Verdacht«, murmelte der schlanke Frank Klein. »Irgendjemand scheint es auf die Bahn abgesehen zu haben.«

Die Kollegen musterten ihn mit fragenden Mienen.

»Vielleicht hat jemand gedroht, eine Bombe in die Bahn zu legen. Das würde auch erklären, weshalb sie unter die Sitze schauen. Die suchen nach einer Bombe, sag mir, was du willst.«

»Blödsinn«, konterte Klein und schüttelte den Kopf. »Wer sollte so etwas tun?« Er wechselte mit Püschmann einen viel sagenden Blick.

»Nun, es gibt genügend Wahnsinnige«, ereiferte sich Wetzel.

»Was treibt dich eigentlich zu uns?«, wechselte Frank Klein abrupt das Thema. Ihm war es nun einfach zu bunt geworden.

»Ich bringe euch Nummer dreizehn zur Generalüberholung und soll einen anderen Zug nach Oberbarmen fahren.«

In der Wagenhalle Vohwinkel wurde der Zug, den er im Oberbarmer Depot übernommen hatte, vom Gleis genommen, um der großen Generalüberholung zugeführt zu werden, die alle sieben Jahre in der Werkstatt Vohwinkel durchgeführt wurde. Nach dieser Zeit wurden die Züge komplett zerlegt und sämtliche Verschleißteile erneuert. Danach war der Schwebebahnzug quasi neuwertig. In der Wagenhalle befand sich die einzige Stelle im Schienenstrang der Schwebebahn, an der ein kompletter Zug vom Gleis abgehangen werden konnte. Mit einem Kran wurden die zu reparierenden Züge durch eine Luke im Boden in das Erdgeschoss der Halle befördert, wo sich die modern ausgerüstete Werkstatt befand.

»Ich dachte, ihr wüsstet schon Bescheid?«, fragte Püschmann an Frank Klein gewandt und beobachtete durch die große Glasfront des Leitstandes, wie seine Bahn umgesetzt wurde. Das geschah durch eine der zahlreichen Weichen, die in der Wagenhalle vorhanden waren. Noch immer war es für den zweiunddreißigjährigen Schwebebahnfahrer eine kleine Sensation, wenn das Wuppertaler Wahrzeichen vom Gleis genommen wurde. In seiner Brust schlug ein Herz voller Stolz.

Im nächsten Augenblick betrat Wetzel den Leitstand, um die Weiche umzuschalten. »So«, sagte er grinsend. »Du kannst dann den Siebenundzwanziger übernehmen. Er ist frisch gewaschen und hat die Generalüberholung gerade hinter sich gebracht. Fahr schön vorsichtig, der Zug ist jetzt wieder neuwertig.« Wetzel klopfte Püschmann auf die Schulter. »Also, mach keine Beule rein, ja?«

»Ich tu' mein Bestes«, grinste Püschmann und angelte nach seinem schwarzen Koffer, den er auf dem einfachen Holztisch im Leitstand abgestellt hatte. Sein Blick glitt durch das große Fenster hinüber zur Haltestelle. Ein Zug hatte soeben den Bahnsteig verlassen, als der folgende Wagen in die

Endstation einrollte. Kurz darauf stürmten eilige Fahrgäste auf den Ausgang zu. Als der Gelenkzug leer war, nahm der Fahrer die enge Wendeschleife. Das Quietschen der vier Laufwerke war bis in die Wagenhalle zu hören, dann stand die Bahn in Richtung Oberbarmen.

»Habe ich schon gesagt: In einer Stunde habe ich Feierabend«, frohlockte Püschmann.

»Schön für dich«, brummte Wetzel.

Lachend verließ Püschmann den kleinen Leitstand und stiefelte zielstrebig auf seine Bahn zu, die leicht schwingend am Gerüst auf ihn wartete. Die Türen standen offen, und so machte er es sich im Fahrersitz bequem. Durch die Frontscheibe konnte er sehen, wie Frank das große Tor zum Bahnhof öffnete, der jetzt frei vor ihm lag. Als er die Bahn anrollen ließ, ertönte draußen in der Wagenhalle ein monotones Klingeln: das Warnzeichen für den Rangierbetrieb in der Halle. Im Schritttempo fuhr Dieter Püschmann den orangeblauen Lindwurm ins Freie. Auf den ersten Metern bis zum Bahnsteig fuhr er den Zug auf Sicht.

Die Sonne stand direkt über der Vohwinkler Wagenhalle, und geblendet kniff er die Augen zu Schlitzen zusammen. Mit einem Seitenblick erkannte er seinen Kollegen Wetzel, der wie einst der brave Soldat Schwejk am Tor salutierte, bis die Bahn über dem Innenhof des Depots schwebte.

Das Signal zeigte rot.

Püschmann sah die Schwebebahn, deren Wendemanöver sie soeben noch beobachtet hatten, in der Haltestelle warten und zog den Fahrhebel zurück. Sanft verzögerte er seinen Zug. Auf dem Bahnsteig fand noch ein Fahrgastwechsel statt. Niemand der Passagiere nahm von der folgenden Bahn Notiz. Püschmann wartete, bis die Strecke frei war und wollte anschließend in den Bahnsteig einfahren. Plötzlich vernahm er ein Klicken unter dem Armaturenbrett. Es klang, als hätte jemand einen alten elektrischen Lichtschalter umgedreht, so einen wie man sie heute noch in den Kellern einiger Altbauten findet. Bevor er sich Gedanken über die Herkunft des Geräusches machen konnte, überschlugen sich die Ereignisse. Ein harter Ruck durchlief seine Bahn, dann summten die Laufwerke auf dem Dach des Zuges auf, als würden sie beschleunigen.

»Nein«, zischte Püschmann. Tatsächlich beschleunigte die Schwebebahn immer weiter, anstatt zu bremsen! Das war eigentlich unmöglich, da er den Fahrhebel längst bis zum Anschlag zurückgezogen hatte. Die Bahn beschleunigte aber noch immer. Das konnte nicht sein! Instinktiv nahm Püschmann die Faust vom großen, roten Knopf zu seiner Linken – den so genannten Totmannschalter, der sofort die Stromzufuhr des Zuges unterbrach, sobald der Fahrer ihn nicht mehr niederdrückte. Mit diesem Schalter wurde die Reaktionsfähigkeit eines Fahrers überwacht. Ließ er den Knopf los, wurde sofort die Sifa, die Sicherheitsfahrschaltung, aktiviert. Das sollte eigentlich auch geschehen, wenn ein Haltesignal übersehen wurde. Beides war der Fall – aber: Nichts tat sich!

Mit weit aufgerissenen Augen starrte Dieter Püschmann auf die Fahrgäste in der Haltestelle, die noch immer in den vorausfahrenden Zug einstiegen und nichts von der drohenden Gefahr bemerkten.

Sein Schwebebahnzug wurde immer schneller.

Die Laufwerke quietschten vernehmlich, als der Zug mit viel zu hohem Tempo über die Weiche vor dem Bahnhof rumpelte, die im Rundverkehr als Wendeschleife diente. Ein schwerer Ruck durchlief die Bahn.

»Nein«, gellte seine Stimme durch den unbesetzten Zug. »Weg da, sonst geschieht ein Unglück!« Keiner der Fahrgäste auf dem Bahnsteig konnte ihn hören.

Der Zug beschleunigte noch immer.

Die Katastrophe schien unausweichlich.

13. Kapitel

Weißt du eigentlich, wo dieser Klaus Gembowsky seinen Bunker hat?«

Heike starrte ihren Freund und Kollegen verdutzt an.

»Nun«, half Stefan ihr auf die Sprünge, »ich meine, wo wohnt er?« Er nippte an seinem Bierglas.

»In Solingen«, erwiderte Heike. »Leider bin ich nicht mehr in den Genuss gekommen, seine Villa besichtigen zu dürfen.«

»Ich wollte ihn besuchen.«

»Du bist bescheuert«, stellte Heike fest und blies sich eine Haarsträhne aus der Stirn. »Er wird direkt wissen, aus welcher Richtung der Wind weht, wenn du bei ihm aufkreuzt.« Sie beobachtete eine alte Frau, die es sich am Nebentisch mit einem Wupper-Dunkel-Nullvierer bequem gemacht hatte und genießerisch vom Gerstensaft schlürfte.

Es war Abend geworden, und während Heike jetzt frei hatte, begann Stefans offizieller Dienst in Kürze. Nach ihrem Dienstschluss waren sie durch die Barmer City hinüber zum Wuppertaler Brauhaus geschlendert, um es sich unter einem großen Ahornbaum im Biergarten gemütlich zu machen. Sie benötigten etwas Ruhe, um den Stand der Dinge zu klären. Es war in der hektischen Redaktion einfach unmöglich, einen klaren Gedanken zu fassen. Das Wetter war traumhaft und das Thermometer gegenüber vom Rathaus hatte knapp sechsundzwanzig Grad angezeigt. Entsprechend viel Betrieb herrschte im Biergarten, und nur durch Glück war es ihnen gelungen, einen freien Tisch zu ergattern, nachdem sie es sich zunächst auf dem kleinen Mäuerchen, der den Marktplatz abgrenzte, bequem gemacht hatten.

»Er muss ja nicht wissen, was ich beruflich treibe«, überlegte Stefan. Er grinste die Freundin breit an.

»Stefan«, ächzte Heike und winkte ab. »Gembowsky ist Geschäftsmann. Er muss vorsichtig sein, sehr, sehr vorsichtig. Was willst du ihm erzählen? Dass du von der Versicherung kommst, oder was?«

»Mir wird etwas einfallen«, brummte er missmutig. Seine Kollegin hatte Recht. Seufzend blickte er auf die Armbanduhr. »In anderthalb Stunden muss ich zum Sender. Da schaffe ich nichts mehr. Aber morgen«, Stefan nickte, »morgen werde ich diesem Zuhälter einen Besuch abstatten.«

»Die Adresse steht kaum im Telefonbuch«, erwiderte Heike.

Stolz griff Stefan in die Innentasche der Jeansjacke und zog seinen Joker hervor. Heike starrte verdutzt auf das in Leder gebundene Büchlein.

»Was ist das?«, fragte sie und streckte die Hand danach aus.

»Mein Fahrschein zu Gembowsky«, grinste Stefan. »Das ist Rolf Spielbergs persönliches Adressbuch. Möglicherweise hat er die genaue Anschrift seines Lieblingsfreundes Gembowsky notiert.«

»Woher ...« stotterte Heike und blätterte im Buch herum. »Woher hast du die Kladde?«

»Aus seinem Haus. Ich konnte sie verschwinden lassen, bevor das Unheil seinen Lauf nahm.« Sein Grinsen wurde noch eine Spur breiter.

»Stefan«, sagte die Reporterin vorwurfsvoll. »Das ist Diebstahl.«

»Nein.« Er winkte ab. »Es dient mir lediglich zur Beweisaufnahme. Als Mitarbeiter der Wupperwelle habe ich ein berechtigtes Interesse daran, dass der Erpresser so schnell wie möglich aufgetrieben wird.« Stefan zog die Mundwinkel nach unten. »Bevor der guten alten Schwebebahn etwas zustößt und unschuldige Fahrgäste dran glauben müssen.«

»Du bist größenwahnsinnig«, stellte Heike unbeeindruckt fest und reichte ihm das Buch zurück. »Es ist Sache der Polizei, den ...«

Weiter kamen sie nicht.

Das Handy in seiner Jackentasche schlug an. Als er stirnrunzelnd auf das Display blickte, stellte er fest, dass ihn jemand aus der Redaktion anrief. »Eckhardt«, brummte Stefan und nahm den Anruf an.

»Sie müssen sofort los«, fiel dieser mit der Tür ins Haus. »Ich habe keine Leute, und Frau Göbel ist nach der Sendung sofort verschwunden. Sie müssen nach Vohwinkel!« Der Chefredakteur schien völlig aufgelöst zu sein.

»Was ist denn überhaupt passiert?«, fragte Stefan geduldig.

»Diese Schweine haben ihre Drohung wahrgemacht«, erwiderte er.

Heike, die nur die Hälfte des Telefonats mitbekam, warf Stefan einen viel sagenden Blick zu und rollte mit den Augen. »Was ist in Vohwinkel los?«

Er ahnte das Schlimmste und wusste sofort, dass Eckhardt von den Erpressern sprach. »In der Endstation Vohwinkel sind zwei Bahnen aufeinandergefahren. Zwanzig Personen verletzt, der Fahrer der hinteren Bahn liegt im Krankenhaus.«

Stefan stutzte. Seine gute Laune war verflogen. Scheinbar war er zu spät dran, um die Sicherheit der Schwebebahn zu schützen.

»Allerdings spricht man derzeit von einem technischen Defekt.«

»Wenn ich alles glaube«, brummte er, »aber das nicht.« Eilig unterbrach Stefan die Verbindung und bezahlte die Zeche. Es gab Arbeit.

* * *

Am Redaktionsgebäude hatten sich ihre Wege getrennt.

Heike wollte noch mal mit dem Polizeipräsidium telefonieren, um herauszufinden, ob man dort dem unbekannten Schützen, der Hans Zoch aus dem Hinterhalt angeschossen hatte, auf der Spur sei.

Stefan hatte sich den Road Runner, wie sie das mobile Aufnahmegerät nannten, geholt und war mit seinem Käfer zur Vohwinkler Halle gedüst. Natürlich war die Autobahn dicht gewesen – der Berufsverkehr war seit einer Stunde in vollem Gange. Er benötigte fast zwanzig Minuten für die Kaiserstraße, dann endlich hatte er sein Ziel erreicht. Auf den ersten Blick erkannte er zahlreiche auffällig-unauffällige Wagen von Kripo und Staatsanwaltschaft, die sich zu den Streifenwagen gesellten. Rettungswagen parkten unter der Schwebebahnhalle und versorgten noch immer die verletzten Fahrgäste. Männer und Frauen in weißen Kitteln rannten aufgeschreckt umher. Auf der anderen Straßenseite parkten zwei Übertragungswagen vom Fernsehen. Ein Unfall der Schwebebahn war selten, und entsprechend groß war das Interesse der Medien an einem derartigen Unglück mit dem sichersten Verkehrsmittel der Welt.

Stefans Interesse galt der dichten Menschentraube vor dem Eingang der Schwebebahnstation. Es hatten sich unzählige Schaulustige eingefunden und waren in intensive Gespräche verwickelt.

»Der Fahrer war wohl sternhagelvoll, sonst hätte er ja die andere Schwebebahn gesehen, die im Bahnsteig wartete«, rief ein untersetzter Mann mit buschigen Augenbrauen.

»Quatsch, die Bahn war im Eimer – die Bremsen sollen versagt haben«, erwiderte sein Kumpel, ein langer Lulatsch mit schulterlangen, fettigen Haaren und einer krummen Boxernase.

»Wenn die Bremsen versagen, dann schaltet sich der Strom automatisch ab«, wusste ein kleiner Dicker und linste aus tückischen Augen zu seinem Freund hinauf, der dementierte.

Wo immer etwas geschehen war, gab es neunmalkluge Besserwisser, die natürlich jede Katastrophe voraussagen konnten. Stefan hatte genug von dem Unsinn gehört und wandte sich kopfschüttelnd ab. Als er den kleinen Schalterraum am Fuße der Station betrat, stellte er fest, dass der Fahrkartenschalter geschlossen war. Ein Schild über dem Eingang wies die Fahrgäste darauf hin, dass die Bahn derzeit außer Betrieb sei und stattdessen Ersatzbusse eingesetzt wurden.

Rasch eilte Stefan die ausgetretenen Steinstufen zum Bahnsteig hinauf, stets zwei Stufen mit einem Schritt nehmend. Eigentlich erwartete er, dass man die beschädigten Züge eilig in die Wagenhalle zurückgefahren hätte, um sensationsgeilen Besserwissern den Anblick der zerstörten Bahnen zu ersparen. Stefan reckte den Kopf und stellte sich auf die Zehenspitzen, um vielleicht ein bekanntes Gesicht auszumachen. Doch das Erste, was er sah, war das rotweiße Flatterband mit der Polizei-Aufschrift.

»Hier können Sie nicht rein«, belehrte ihn ein junger, uniformierter Beamte und bemühte sich, ihm den Blick zu versperren.

»Was ist geschehen?«, fragte Stefan, eigentlich um Zeit zu gewinnen.

»Zwei Schwebebahnen sind zusammengeprallt«, wurde er mit wichtiger Miene aufgeklärt. »Die Bahn steht zur Zeit still, Sie müssen wohl für die nächsten Stunden mit dem Bus fahren.«

»Unsinn, ich fahre mit dem Auto«, erwiderte Stefan ungeduldig. Das profilierungssüchtige Gehabe des Polizisten nervte ihn, und er präsentierte dem Polizisten seinen kleinen Koffer, der den Road Runner beinhaltete. Das knallrote Logo der Wupperwelle war nicht zu übersehen und in der Stadt bekannt. »Ich bin vom Radio und würde gern Ihren Einsatzleiter sprechen.«

»Den Staatsanwalt?«, fragte der junge Polizist und machte eine säuerliche Miene. »Staatsanwalt Pesche ist aber beschäftigt.«

»Staatsanwaltschaft?«, fragte Stefan. Stimmt: Schon am Fuße der Haltestelle war ihm der Dienstwagen der Staatsanwaltschaft aufgefallen. Das ging aber verdammt schnell. Also ging man wohl doch nicht von einem technischen

Defekt aus. Vermutete man auch hier schon einen Anschlag der Erpresser?

Der blasse Beamte – Stefan schätzte ihn auf Mitte zwanzig – schien zu merken, dass er bereits zu viel verraten hatte. »Natürlich eine reine Vorsichtsmaßnahme«, beeilte er sich zu sagen.

»Natürlich«, stimmte Stefan im Brustton der Überzeugung zu. Während er mit dem Polizisten redete, spähte er an diesem vorbei, um einen Blick auf den Bahnsteig zu erhaschen. Dort huschten unzählige Personen aufgeregt umher oder waren in angeregte Gespräche vertieft.

Dann sah Stefan die Unglücksbahn. Der orange-blaue Zug stand leer und führerlos am Bahnsteig. Alle Türen waren geöffnet, und, obwohl er von seinem Standort aus von der Beschädigung nicht viel sehen konnte, so fiel ihm doch auf, dass die Schwebebahn schief in den Schienen hing. Der Zug erinnerte ihn an ein gekentertes Schiffswrack und die Beule im Heck ließ das Schlimmste vermuten. Die letzten Bänke waren aus den Verankerungen im Boden gerissen worden. Wer hier gesessen hatte, konnte unmöglich unverletzt davongekommen sein. Obwohl Stefan als Journalist einiges gewohnt war, so schnürte sich ihm bei diesem Anblick doch die Kehle zu.

»Lassen Sie den Mann durch«, riss ihn eine weibliche Stimme aus den Gedanken. Zögernd löste Stefan sich vom Anblick der lädierten Schwebebahn. Auch der junge Beamte fuhr auf dem Absatz herum. Eine konservativ gekleidete Frau im mittleren Alter hatte sich ihnen genähert.

»Frau Meister«, erkannte Stefan die Pressesprecherin der Stadtwerke. »Darf man erfahren, was vorgefallen ist?« Er hatte sie bereits am Vormittag auf der Pressekonferenz angetroffen. Seither waren nur wenige Stunden vergangen. In dieser Zeit hatten sich die Ereignisse rund um das Wuppertaler Wahrzeichen förmlich überschlagen. Entsprechend grau sah die Pressesprecherin nun aus. Sie wirkte wie eine alte, gebrochene Frau; sie war sichtlich nervös, als sie Stefan mit einem unsteten Blick musterte und die Hände rang. Dann starrte sie auf ihre rotlackierten Fingernägel und seufzte. Das Geschehen schien ihr persönlich ziemlich nahe zu gehen. Sie war als Idealistin bekannt, und eben dieser Idealismus machte ihr jetzt zu schaffen. »Nun, das dürften Sie schon wissen, denn sonst wären Sie kaum hier.« Ihr Lächeln wirkte unecht.

»Eckhardt«, sagte Stefan und räusperte sich, bevor er etwas verlegen grinsend fortfuhr: »Ich meine, Herr Eckhardt sagte, dass es zu einem Auffahrunfall gekommen sei. Unten vor der Station kursieren schon die wildesten Gerüchte unter den Schaulustigen. Es dürfte an der Zeit sein, den Leuten die Wahrheit zu sagen.«

»Was wissen Sie?«

Der Polizist wollte wohl nicht indiskret sein und wandte sich ab. Nachdenklich zog Stefan die Mundwinkel nach unten. Mit wenigen Sätzen berichtete er ihr, was er von seinem Chef erfahren hatte.

»Der Pressesprecher der Polizei war wieder einmal schneller als wir selber«, räumte Erika Meister mit einem ironischen Lächeln auf den Lippen ein und bedeutete Stefan, ihr zu folgen. Dann waren sie außer Hörweite der anderen Personen auf dem Bahnsteig.

»Die Herren verbindet eine gute Freundschaft«, bemerkte der Reporter mit einem viel sagenden Lächeln.

»Ja.« Die Meister deutete auf den Zug. Erst jetzt bemerkte Stefan die Scherben auf dem Bahnsteig. Zwei Fensterscheiben waren zerstört.

Erika Meister führte ihn an die Bahn und bemerkte seine Blicke.

»In Panik warfen die Fahrgäste die Fenster ein und retteten sich nach dem Unfall durch die kleinen Luken«, erklärte sie.

»Aber die Türen«, murmelte er, »sie stehen doch offen. Warum sind die Fahrgäste nicht einfach ausgestiegen?«

»Durch die Wucht des Aufpralls klemmten die Ausstiege. Von Mitarbeitern der Werkstatt wurden die Schiebetüren per Brechstange geöffnet. Die Leute reagierten panikartig und verletzten sich an den Scherben der Fensterrahmen, durch die sie zunächst geklettert waren.

»Hmm«, machte Stefan und massierte sein Kinn.

»Wir haben neunzehn Verletzte zu beklagen, darunter auch den Fahrer der Unglücksbahn. Er befindet sich im Krankenhaus.«

»Ist er schon vernommen worden?«

»Leider nur kurz, ja«, nickte die Meister und spielte mit ihrem Kettchen. »Er sagte aus, dass die Bahn plötzlich beschleunigte und sich nicht bremsen ließ. Somit deutet alles auf einen technischen Defekt hin.«

Auf der Station wimmelte es von Sachverständigen, auch das Fernsehteam der WDR-Lokalzeit erkannte Stefan. Die Kollegen vom Fernsehen drehten einen Schwenk hinüber zur Werkstatt, deren Tore man geschlossen hatte. Dann zeigte man dem Publikum eine Totale vom zertrümmerten Heck der Schwebebahn, um die Dramatik des Unfalls zu dokumentieren. Wie Stefan erfreut feststellte, war sein Lieblingskollege Axel Grimm noch nicht hier. Techniker mit Sturzhelmen kletterten auf dem lindgrünen Gerüst der Bahn herum und diskutierten angeregt über den Schaden, den der Auffahrunfall verursacht hatte. Möglicherweise war sogar der Schienenstrang beschädigt. Die *Bewegung 12. April* hatte ganze Arbeit geleistet. Steckten sie wirklich hinter dem merkwürdigen Unfall – und wenn ja, aus welchem Lager mochten sie kommen?

Stefan beschloss, mit Erika Meister darüber zu reden, und musste zunächst versprechen, ihre Informationen streng vertraulich zu behandeln und nicht im Radio zu senden. Fast ängstlich blickte sie sich zu den Sachverständigen um, die mit den Leuten von Staatsanwaltschaft und Kripo beschäftigt waren und sie nicht beachteten. Erika Meister wirkte erleichtert, fast so, als habe sie in Stefan einen Gesprächspartner gefunden, dem sie vertrauen konnte. Sie lächelte unsicher und zuckte mit den Schultern. »Natürlich können wir nichts auszuschließen – mein erster Gedanke ging ebenfalls in diese Richtung«, räumte sie mit gedämpfter Stimme ein. »Kommen Sie.« Die Pressesprecherin zog ihn auf das begehbare Gitterrost, welches den Bahnsteig mit dem Werkstattbereich der Wagenhalle verband. Im Gänsemarsch steuerten sie auf die Werkstatthallen zu. Unter ihnen gähnte der Hof der Werkstatt. Tunlichst vermied Stefan es, durch die Vierecke des Eisengitters nach unten zu blicken. Seine Höhenangst machte ihm zu schaffen, und man kam auch als Radioreporter nicht täglich in den Genuss, auf dem Sperrgitter der Wuppertaler Schwebebahn herumzuturnen. Insgeheim bewunderte Stefan die Meister, wie sie mit hochhackigen Schuhen über das Gitter zu schweben schien, ohne auch nur einmal mit den Absätzen in den Streben hängen zu bleiben.

Frauen waren ihm ein Rätsel.

14. Kapitel

Schön, dass Sie anrufen, Frau Göbel.« Hilde Zochs Stimme klang befreit, fast schon heiter. Heike fasste Hoffnung. Noch immer lag Hans Zoch, der angeschossene Schwebebahnfahrer, im Krankenhaus.

Die Journalistin hatte seine Frau angerufen, um sich nach dem Stand der Dinge zu erkundigen. »Ich hoffe, Sie haben gute Nachrichten?«

»Aber ja, Frau Göbel«, erwiderte Hilde Zoch am anderen Ende der Leitung. »Er wird es schaffen. Die Ärzte sagen, er hatte mehr Glück als Verstand. Es sah schlimmer aus als es war. Die Worte sprudelten nur so aus Frau Zoch hervor.

»Das freut mich zu hören«, sagte Heike erleichtert. »Gibt es schon Hinweise auf den Täter?

Stille kehrte ein. Heike hörte, wie Hilde Zoch tief die Luft einsog.

»Nein«, seufzte diese schließlich. »Augenzeugen sollen nach dem Schuss ein Motorrad gesehen haben, das sich im halsbrecherischen Tempo vom Hammesberg entfernte. Jemand von der Polizei versuchte mich zu beruhigen. Man würde natürlich jeder Spur nachgehen.«

»Und?«, warf Heike ein. »Was denken Sie?«

»Nun, Motorräder gibt es wie Sand am Meer, und diese Rocker sind für ihre Raserei bekannt – es muss nicht sein, dass der Motorradfahrer der Mann war, der auf meinen Hans geschossen hat.« Sie schluchzte, so sehr hatte sie die Erinnerung an das Erlebte in Aufregung versetzt. »Ich habe eine panische Angst, wenn ich ehrlich bin. Zwar rollt jetzt in unregelmäßigen Abständen ein Streifenwagen an unserem Haus vorbei, aber das hat nichts zu heißen. Was ist denn, wenn der Schütze zurückkommt? Wird er mich erschießen?« Die Frau des Schwebebahnfahrers schnäuzte in ein Taschentuch. Heike wollte ihr Trost spenden, sagen, dass ihr schon nichts zustoßen würde und sie sich keine unnötigen Sorgen machen sollte. Aber sie konnte die Ängste der Frau gut nachvollziehen. Sie sprach Frau Zoch nunmehr auf einen Personenschutz an.

Hilde Zoch lachte trocken auf. »Unsere Polizei leidet unter krankhaftem Personalmangel. Glauben Sie ernsthaft, es gibt in unserer verdammten Stadt genügend Polizisten, um mich rund um die Uhr zu beschützen?«

»Nein«, erwiderte Heike resignierend.

»Es scheint, als wäre der Attentäter ein sehr schlechter Schütze gewesen«, überlegte Hilde Zoch. »Mein Mann hätte sich nur leicht nach vorn beugen müssen, und der Schuss hätte ihn verfehlt.«

›Möglicherweise wollten sie ihn gar nicht tödlich verletzen‹, durchzuckte es Heike. Die blonde Reporterin kaute nachdenklich auf der Unterlippe herum und versuchte krampfhaft, Verbindungen herzustellen. Was hatte der Anschlag auf den Schwebebahnfahrer mit Rolf Spielbergs Tod zu tun? Bestand gar eine Verbindung zu ihrem Treffen mit Klaus Gembowsky? Hatte Stefan nicht etwas von einer freundschaftlich-geschäftlichen Verbindung zwischen den beiden undurchsichtigen Männern erwähnt? Wie hatte sie selbst es genannt: Puff-Connection ...

Klaus Gembowsky war nicht gut auf sie zu sprechen – ein Mann wie er konnte auf eine Absage sehr empfindlich reagieren. Wenn das so war, so überlegte sie, dann hatte sie in ein Wespennest gestochen. Dann nämlich hatte der Anschlag gar nicht Hans Zoch gegolten, sondern ... ihr!

* * *

»Was tun wir hier?« Neugierig blickte Stefan sich in der menschenleeren Schwebebahnhalle um. Züge hingen in Reih und Glied nebeneinander; durch zahlreiche Weichen im Schienennetz aufgereiht und frisch gewaschen bereit für den nächsten Arbeitstag.

»Ich dachte, der aufgefahrene Wagen würde Sie interessieren?« Erika Meister war hinter der Tür neben dem großen Hallentor stehen geblieben. Hohl klang ihre Stimme von der Decke der Halle wider.

»Aber sicher«, freute sich Stefan und hoffte insgeheim auf ein kleines Interview, dass die Pressesprecherin ihm später geben würde. Jetzt spähte er in die Richtung, in die Erika Meister gedeutet hatte. Der im Frontbereich deformierte Schwebebahnzug stand auf einem der hinteren Abstellgleise und bot einen jämmerlichen Anblick. Die Vorderfront war eingedrückt, die Scheibe in tausend Stücke gesprungen, und das Zugnummernschild hing an einer einzigen Schraube am Wagenkasten fest. Der Arbeitsplatz des Fahrers war von Scherben übersät. Kein Wunder, dass der Schwebefahrer im Krankenhaus lag. Erst jetzt erkannte Stefan drei Männer, die sich im Innern der Bahn zu schaffen machten. Sie blickten etwas verwirrt auf, als die beiden sich der Bahn näherten.

»Sind Sie nicht vom Radio?« Ein großer Trenchcoatträger mit dunklen, welligen Haaren trat auf sie zu und musterte Stefan mit ernster Miene. Dieser nickte. Staatsanwalt Pesche war unverbesserlich und dienstbeflissen. Er konnte es nicht leiden, wenn ihm bei seiner Arbeit Journalisten über die Schulter blickten. Jetzt färbte sich sein sehniges Gesicht puterrot. Möglichst unauffällig wechselte er einen raschen Blick mit der Pressesprecherin der Stadtwerke. Und bevor Stefan auf seine Frage antworten konnte, raunzte er ihn an: »Behindern Sie die Leute von der Spurensicherung nicht, und fassen Sie bloß nichts an, Mann!«

»Schon gut, ich lasse die Finger bei mir«, murmelte Stefan etwas verwirrt und hielt sich vertrauensvoll an Erika Meister, die ihn zur Seite zog.

»Warum führen Sie mich hierher?«, wiederholte er seine Frage. Nun lächelte sie ihn an und verschränkte die Arme vor der Brust. »Weil Sie die Bahn nicht fotografieren können, so wie Ihre Kollegen von der Zeitung.«

»Ist das Ihre Strategie?«, fragte er. »Was wollen Sie der Öffentlichkeit verheimlichen?« Nervös beobachtete Stefan die Leute von der Kripo, die unter den Anweisungen von Staatsanwalt Pesche ihre Arbeit fortsetzten.

»Nichts«, behauptete die Pressesprecherin. »Allerdings hasse ich es, überschnelle Schlüsse zu ziehen. Schon bei dem Absturz damals wurden schlimme Fehler in der Informationspolitik gemacht. Aus diesem Grunde habe ich mich entschlossen, mit der Wupperwelle an einem Strang zu ziehen. Immerhin ist Ihr Sender ebenfalls von der Erpressung betroffen.«

»Ich bin nicht der Chef des Senders«, erinnerte Stefan sie.

»Nein, aber darum geht es auch nicht. Zunächst ist es wichtig, dass die Öffentlichkeit nicht unnötig beunruhigt wird.« Ihr Lächeln wirkte wie eine Maske. »Wir können es uns nicht leisten, ein weiteres Waterloo zu riskieren.«

»Sie fürchten einen Rückgang der Fahrgastzahlen, wenn etwas von der Erpressung durchsickert?« Eigentlich war das keine Frage, sondern eine Feststellung. Als ihm die Bedeutung seiner Worte klar wurde, schürzte Stefan die Lippen. Er wusste, wie empfindlich die Betreiber der Schwebebahn reagierten, wenn man ihnen mangelnde Sicherheit und profitorientiertes Denken vorwarf.

»Sicherheit wird groß geschrieben bei den Stadtwerken«, wich die Meister aus. »Außerdem liegt es nicht in unserem Interesse, eine Massenhysterie heraufzubeschwören.«

»Ich verstehe«, Stefan nickte. »Und was sollen wir tun, um die Erpresser so schnell wie möglich zu überführen? Das ist Sache der Polizei, auch wenn ich so denke wie Sie, Frau Meister. Wir sind nur Marionetten in einem großen Spiel.«

Sie zuckte unbeholfen mit den Schultern. »Pesche ermittelt gegen unbekannt. Immerhin lautet die offizielle Version

Technischer Defekt.« Erika Meister blies hörbar die Luft aus und zuckte mit den Schultern. »Einerseits bin ich mir sicher, dass der Crash nicht auf das Konto der Erpresser geht. Immerhin kam der Zug soeben aus der Generalüberholung und sollte lediglich nach Oberbarmen überführt werden. Es bestand keine Möglichkeit zu einer Manipulation.«

»Es sei denn ...« Unvermittelt brach Stefan ab. Die Gedanken rasten ihm durch den Kopf. Plötzlich keimte ein Verdacht in ihm auf.

»Wie viele Mitarbeiter arbeiten in der Werkstatt?«

»Sechzig. Warum ...« Erika Meister brach unvermittelt ab. »Nein«, rief sie. »Das ist hirnrissig. Unsere Leute sind der Schwebebahn eng verbunden und würden niemals auf den Gedanken kommen ...«

»Schon gut«, wiegelte Stefan ab. »War ja nur so eine Idee.« Er hoffte, dass er sich wirklich irrte.

* * *

Erika Meister war zurückgeblieben, um den anderen Vertretern der Presse Rede und Antwort zu stehen. Als Pressesprecherin hatte sie einen undankbaren Job, stand ständig zwischen den Fronten, musste einerseits aufklären, durfte andererseits nicht zu viel verraten, bevor sämtliche Ermittlungen abgeschlossen waren.

Stefan beneidete sie wirklich nicht. Nachdenklich stand er im dunklen Treppenhaus der Werkstatt. Nur andeutungsweise hatte er mit Erika Meister darüber gesprochen, doch sie hatte seine Version strikt abgelehnt. Und ihm fehlte es an Beweisen, also musste er einlenken und sich mit Fakten begnügen. Stefan musste, so schwer es auch fiel, abwarten. Was aber sollte noch passieren, bis die Herrschaften von Staatsanwaltschaft und Kripo hellhörig wurden?

»Sind Sie der Besitzer des dunklen Käfers?«

Erschrocken fuhr Stefan herum. »Ja.«

Hinter ihm stand ein hochgewachsener Mann.

»Der Wagen fiel mir schon auf, als Sie ihn hinter der Wagenhalle parkten.« Er sprach ruhig, ohne Betonung und musterte den Reporter aus traurigen Augen. Seite an Seite durchquerten sie das Treppenhaus der Werkstatt und passierten die Tür, die ins Freie führte.

›Der Personaleingang‹, durchzuckte es Stefan.

Die Sonne stand bereits tief, doch noch immer flimmerte die Hitze des Tages über Vohwinkel. »Was ist mit meinem Wagen?«, wollte Stefan wissen, nachdem der Mann lange Zeit geschwiegen hatte.

»Nun, ich fahre auch einen Käfer.«

»Schön.«

»Ja.«

Das war eine etwas einseitige Konversation, sehr intelligent schien sein Gegenüber nicht zu sein. Als sie den Buswendeplatz oberhalb der Wagenhalle erreicht hatten, blieb Stefan stehen. »Arbeiten Sie in der Schwebebahnwerkstatt?«

»Ja.« Er nickte eifrig und zupfte sich an seinem Vollbart. »Schon lange. Mein Vater war Schwebebahnfahrer, und da war es selbstverständlich für mich, dass ich auch bei den Stadtwerken anfing, als ich alt genug war.« Jetzt stoppte er seine Schritte und hielt ihm eine fleischige Pranke hin. »Ich bin Klaus. Klaus Lange.«

Stefan ergriff die Hand – mehr aus Anstand – und wunderte sich über den festen Händedruck des Mannes. Brav stellte auch er sich vor.

Klaus Langes Miene erhellte sich, dann deutete er auf das Köfferchen in Stefans Hand. »Du bist vom Radio«, freute er sich. »Ich kenne dich.«

Ihm war es peinlich, als Radiomoderator geoutet zu werden, warum auch immer. Irgendwie war es anders, den Hörern persönlich gegenüber zu stehen, obwohl sie seine

Stimme fast täglich im Radio hörten. Zahlreiche Leute kannten die Namen und fühlten sich mit den Radioleuten verbunden. Irgendwie waren sie so etwas wie gute Freunde einiger Hörer, die auf einen Sender fixiert waren. Eine etwas einseitige Freundschaft zwar, aber Grund genug für viele Leute, sich ihnen anzuvertrauen. Immer wieder bekamen sie etwas eigenartige Anrufe und Briefe von Leuten, die sich mit den komischsten Anliegen an die Programmgestalter wandten.

»Schraubst du selber an deinem Käfer oder gehst du in eine Werkstatt?« Das Du kam so selbstverständlich über seine Lippen, dass Stefan ihm einfach nicht böse sein konnte. Klaus Lange legte fragend den Kopf schräg und erinnerte an ein großes Kind.

»Ich bin Kraftfahrzeugmechaniker«, erwiderte Stefan. »Jedenfalls habe ich diesen Beruf irgendwann einmal gelernt. Da wäre es doch wohl ein Hammer, wenn ich zu jedem Ölwechsel in die Werkstatt fahren müsste, oder?«

Lange lachte, dann kicherte er amüsiert. »Ja«, sagte er. »Das wäre blöd. Ich mach' auch alles selber.«

»Dann hast du auch Spezialwerkzeuge?« Stefans Interesse wuchs.

»Klar, Mann.«

»Ich suche eine Zündblitzpistole – mein Verteiler hat sich gelockert, warum auch immer. Jetzt muss ich die Zündung exakt einstellen, sonst bockt der Kugelporsche wie ein Hirsch in der Brunft.« Von seinem Treffen mit dem ADAC erwähnte Stefan nichts. Er wollte sich nicht die Blöße geben, auf die Hilfe des Pannenhelfers angewiesen gewesen zu sein.

»Prüflampe«, kam es lapidar von seinem Gegenüber. »Das geht auch mit einer einfachen Prüflampe, wie sie jeder Elektriker im Werkzeugkasten hat.« Inzwischen hatten sie den Parkplatz erreicht, der den Bussen auch als Wendeschleife diente.

»Nein«, schüttelte Stefan den Kopf. »Die habe ich selber. Eine richtige Steboskoplampe meine ich. Einmal muss ich den Verteiler richtig einstellen. Hast du so etwas?«

»Klar«, nickte Klaus Lange. »Kannste haben.«

»Toll«, freute er sich. Für einige Minuten konnte er die Ereignisse rund um die Schwebebahn vergessen. »Vielleicht kannst du mir deine Adresse und Telefonnummer aufschreiben. Dann könnten wir uns in den nächsten Tagen treffen.«

»Ich bin im Garten. Kennst du die Gartensiedlung am Bethesda-Krankenhaus, zwischen Hainstraße und Bremer Straße?«

»Ja«, nickte Stefan. »Hast du dein Werkzeug etwa im Schrebergarten?«

»Klar«, nickte der Mann. »Da habe ich am meisten Platz. Meine Bude ist ziemlich klein, und die Laube dient mir als Schuppen, wenn du so willst.« Er kicherte glucksend. »Komm einfach heute Abend vorbei. Frag nach dem Käfer-Klaus, das bin ich.«

»Heute ist schlecht«, erwiderte Stefan. »Ich habe Sendung und muss gleich ins Studio. Vielleicht morgen?«

Klaus Langes Lächeln verblasste. Seine Miene verdüsterte sich, und in seinem runden Gesicht begann es zu zucken. Unsicher zwinkerte er mit den Augen. »Geht nicht«, murmelte er und wich Stefans Blicken aus. »Hab schon was vor.«

»Gut, dann übermorgen.«

»Ja.« Er nickte eifrig und grinste über alle Backen. Jetzt war Klaus Lange wieder der große kleine Junge, den Stefan vor wenigen Minuten kennen gelernt hatte: ein einfacher aber sympathischer Typ, hilfsbereit und spontan.

»Dann besuche ich dich übermorgen im Garten.«

»Geil, ich freue mich.« Es sah aus, als hätte der Radiomann einen neuen Freund gewonnen. Einen Schwebebahnmonteur, der in seiner Freizeit an seinem Käfer schraubte und einen Garten besaß, den er als Werkzeugschuppen umfunktioniert hatte.

* * *

»Schaffen Sie es noch, einen Beitrag auf die Beine zu stellen, bevor Sie ins Studio müssen?« Eckhardt musterte ihn vornübergebeugt.

»Die O-Töne der Pressesprecherin sind mehr als dürftig«, überlegte Stefan und zuckte mit den Schultern. Das kurze Interview mit der Meister hätte er sich auch sparen können. Dann erhellte sich seine Miene. »Es müsste mit dem Teufel zugehen, wenn wir nicht trotzdem einen absoluten Knaller landen könnten.«

»Kein Wort, keine Silbe von der Erpressung«, warnte der Chefredakteur ihn mit eindringlicher Stimme. Er hob beschwörend die Hände, so, als könnte er auf diese Art das Schlimmste abwenden.

Von seinem Verdacht erwähnte Stefan nichts. Es reichte, sich den Unmut der Stadtwerke-Pressesprecherin zugezogen zu haben. Zunächst musste Stefan kleine Brötchen backen. Es war mal wieder zum Haare raufen. Die heißesten Nachrichten, und man durfte sie nicht über den Äther jagen.

Der Chefredakteur der Wupperwelle fuhr sich durch die Haare und sprang von seinem Sessel auf. Er versenkte die Hände in den Hosentaschen und trat an das Bürofenster. Mit versteinerter Miene blickte er hinüber zum Wupperufer. Verlassen schlängelte sich das lindgrüne Gerüst der Schwebebahn über dem Fluss. Es hatte etwas Gespenstisches, etwas Groteskes an sich, wirkte wie eine Bauruine. Noch immer ruhte der Schwebebahnverkehr, und man hatte Ersatzbusse einsetzen müssen, die das Fahrgastaufkommen kaum bewältigen konnten. Wie ihm Frau Meister vor seiner

Abfahrt erklärt hatte, war der vordere der beiden verunglückten Züge mit einem Laufwerk aus der Schiene gesprungen und konnte nur sehr zeitaufwendig geborgen werden. Daher hatte die Bahn sich auch noch in der Station befunden, als Stefan dort eingetroffen war. Jetzt befürchtete man Schäden am Schienenstrang. Der Bahnverkehr ruhte mal wieder. War das nicht das Ziel der Erpresser gewesen?

So plötzlich, dass er sich fast erschreckte, fuhr Eckhardt auf dem Absatz herum und musterte seinen Mitarbeiter aus seinen stahlgrauen Augen. Dann fummelte er an seiner Brille herum, kaute ein wenig an den Bügeln und setzte sie wieder auf die Nase.

»Ich verlasse mich auf Sie, Herr Seiler.«

»Das können Sie«, murmelte der und machte Anstalten, in die Redaktion zu verschwinden. Es gab Arbeit und die Nachtschicht musste vorbereitet werden.

15. Kapitel

Bleierne Müdigkeit hatte überfallartig von ihr Besitz ergriffen, und so hatte Heike nach einem kleinen Plausch mit den Kollegen der Redaktion im Brauhaus den Heimweg angetreten. Die anderen waren noch geblieben und konnten beim besten Willen nicht verstehen, weshalb Heike einfach nicht zu guter Laune fand. Sie ahnten ja nicht, dass die seltsamen Schwebebahnunfälle der letzten beiden Tage in direktem Zusammenhang mit der Wupperwelle standen. Michael Eckhardt hatte Wert darauf gelegt, dass Stefan Seiler und sie die einzigen Mitarbeiter des Senders blieben, die von der Erpressung wussten. Was den Chef des kleinen Lokalsenders betraf, so war dieser ungewohnt früh aus der Redaktion verschwunden.

Nach einigen Runden um das Viertel hatte sie eine Parklücke für den Twingo gefunden. Die Reporterin lebte in einem der Hochhäuser am Röttgen, einer Siedlung, die man in den Siebziger Jahren aus mehr oder minder kaltem Beton hochgezogen hatte, um möglichst viele zahlende Mieter auf möglichst wenig Grundfläche unterzubringen. Das war auf acht Etagen gelungen, und so hatte man ein Schwimmbad, eine Bibliothek und ein kleines Einkaufszentrum hinzugefügt. So war der Röttgen zur Ministadt in der Stadt geworden. Nur hatte man damals vergessen, dass die Ölkrise irgendwann einmal zu Ende sein würde und jeder ein eigenes Auto haben wollte, mit dem er einen Parkplatz in der Nähe seines Hauses suchen würde.

Hohl klangen ihre Schritte von dem Belag des Eingangsbereiches zurück, als die Reporterin unter permanentem Gähnen den Aufzug enterte. Mit geröteten Augen starrte sie auf die Kritzeleien, die ein *begnadeter* Künstler mit einem Edding auf die metallene Schachtwand geschmiert hatte. Die Penisform war ihm wenigstens gelungen. Sie drückte die gewünschte Etage und lehnte sich gähnend gegen die Kabinenwand des Aufzugs, während sie sich durch das erhitzte Gesicht fuhr. Die Kälte des Metalls durchdrang ihre Kleidung. Heike schloss die Augen. Ein anstrengender, erlebnisreicher Tag lag hinter ihr, und jetzt wollte sie nur noch eines: schlafen. Gerne hätte sie die Nacht bei Stefan verbracht, vielleicht hätten sie diesmal zueinander gefunden, um ihre dauerhaft platonische Freundschaft endlich zu beenden. Doch der Dienstplan sah andere Dinge vor. Stattdessen moderierte Stefan die Nachtshow.

Mit einem Ruck setzte sich der Lift in Bewegung, und das Ächzen der Drahtseile erschien ihr heute Nacht besonders laut. Auch die Kabine vibrierte an diesem späten Abend stärker als sonst ...

Sekunden später öffneten sich die Türen im siebten Stockwerk.

Sie hatte es überlebt – der Aufzug war nicht abgestürzt, und hier lag ihre Wohnung. Sie zögerte einen Augenblick, bevor sie die hell erleuchtete Aufzugkabine verließ und in das dunkle Treppenhaus trat. Dort angekommen, glitten ihre Hände über den Rauputz der Wand, suchten nach dem Lichtschalter, fanden ihn schließlich. Die junge Frau betätigte den Knopf.

Klick.

Vergeblich.

Der kalte Flur blieb stockfinster.

»Scheiße«, murmelte Heike und wühlte in der Handtasche nach ihrem Wohnungsschlüssel. Einmal mehr verfluchte sie diese anonymen Wohnsilos. Sie waren nachts unheimlich, insbesondere für sie als allein lebende Frau. Alles wäre anders, wenn Stefan jetzt hier gewesen wäre.

Aber sie hatte nicht einmal ein verdammtes Feuerzeug bei sich.

Früher, als Teenagerin, hatte sie immer Feuer dabei gehabt, obwohl sie nie geraucht hatte. Ein alter Flirttrick, um die abgegriffene Masche »Haste mal Feuer« mit ja beantworten zu können.

Nur heute Nacht suchte sie das Feuerzeug vergeblich.

Die Reporterin seufzte. Sie wurde alt, ging stramm auf die dreißig zu.

Jetzt stand sie definitiv im Dunkeln.

Heike umklammerte den Wohnungsschlüssel fester. Hart bohrte sich das spitze Eisen in ihren Handballen. Beinahe hätte sie geschrien und lockerte den Griff. Mit einem leisen Surren schlossen sich hinter ihr die Türen des Fahrstuhls. Ratternd setzte sich das Gefährt in Bewegung, fuhr in die Tiefe.

Heike starrte unentschlossen auf den schmalen Lichtstreifen zwischen den Schiebetüren, der stetig abwärts wanderte, bis er völlig im unteren Stockwerk des Liftschachtes verschwunden war. Unschlüssig stand sie nun auf dem verlassen daliegenden Korridor der siebten Etage. Sie fühlte sich schlagartig allein. Ihre direkten Nachbarn, zu einem hohen Anteil Polen und Russlanddeutsche, kannte sie nur flüchtig. Außer einem Gruß hatte man nur wenig füreinander übrig. Schon eine Etage tiefer kannte sie keinen Menschen mehr.

All diese Gedanken ließen ihr Herz rasen. Heike warf den Kopf herum, glaubte, ein Geräusch gehört zu haben. »Unsinn«, schalt sie sich, »wer sollte hier im Dunkeln herumirren? Ich spinne schon.«

Mit klopfendem Herzen betätigte sie den Lichtschalter noch einmal. Vielleicht hatte sie nicht fest genug gedrückt. Auch die Elektrik in diesem Wohnbunker war fast dreißig Jahre alt. Der Schalter klickte laut und vernehmlich, aber trotzdem: Es blieb dunkel im Treppenhaus.

Eine Mischung aus Wut und Angst stieg in ihr auf. Ihr Herz schlug bis zum Hals, und sie schluckte trocken.

Heike Göbel wurde es siedend heiß.

Immer wieder hämmerte sie auf den Knopf ein. Immer wieder erfolglos. Das Blut rauschte in ihren Ohren. Sie versuchte, die Dunkelheit mit ihren Augen zu durchdringen. Schemenhaft erkannte sie die Türen der Nachbarwohnungen, die matt schimmerten und sich vom hellgrauen Putz der Wände abhoben. Vorsichtig setzte sie einen Fuß vor den anderen, stets bemüht, nicht über ihre eigenen Füße zu stolpern. Nach drei, vier Schritten stoppte sie ihren Weg und hielt die Luft an. Wieder glaubte sie, ein Geräusch vernommen zu haben. Heike legte den Kopf schräg und lauschte angestrengt. Vermutlich hatte sie einen Laut aus einer Nachbarwohnung aufgeschnappt. Von irgendwoher ertönte ein Lachen. Erleichtert setzte sie ihren Weg zur Wohnungstüre fort, langsam, Schritt für Schritt. Ihre Angst schlug bald in Wut um. Dem verfluchten Hausmeister würde sie morgen den Marsch blasen. Der alte Fettsack schiss Frauen an, die nicht regelmäßig das Treppenhaus putzten, schimpfte mit den Kindern, wenn sie auf der Grünfläche hinter dem Haus Ball spielten, aber wenn es etwas zu reparieren galt, war er plötzlich spurlos verschwunden.

›Stets auf der Flucht‹, durchzuckte es die Radioreporterin nun, ›wie einst Dr. Kimble ...‹

Heike tastete sich an der Rauputzwand entlang. Nach einer kleinen Ewigkeit hatte sie endlich ihre Wohnung erreicht. Wie zufällig berührte sie das Türblatt, wollte sich nur anlehnen, um das Schlüsselloch im Dunkeln zu ertasten. Doch die Tür gab nach. Wild ruderte Heike mit den Armen und stolperte in ihre Wohnung. Einen Wimpernschlag später fand sie sich im Korridor ihrer Wohnung wieder.

Ihr Herz schlug bis zum Hals, und die Gedanken rasten durch Heikes Hirn. ›Einbrecher‹, war das Erste, was ihr einfiel. ›Verdammt, sie haben meine Bude geknackt‹. Mit klopfendem Herzen stand sie in ihrem Korridor und hielt den Atem an. Sie versuchte die Dunkelheit zu durchdringen und vermied es, das Licht anzuschalten. Hielten sich die Langfinger noch in der Wohnung auf, oder waren sie mit

Geldkassette, Fernseher und Hifi-Anlage längst über alle Berge?

»Hallo?«, fragte sie mit zitternder Stimme.

Da war jemand – direkt hinter ihr.

Sie verspürte einen kalten Luftzug, glaubte im Dunkeln eine Bewegung wahrzunehmen und fuhr herum, als sie einen harten Schlag am Hinterkopf spürte.

Auch 'ne Antwort.

Im nächsten Moment wurde es noch dunkler, sie sah für Bruchteile von Sekunden Sterne aufblitzen und glaubte plötzlich, Pudding in den Knien zu haben.

Mit einem kehligen Laut auf den Lippen sackte sie zusammen und schlug hart auf dem Boden auf. Doch davon spürte die Reporterin schon nichts mehr.

Der Abend war für Heike Göbel gelaufen.

* * *

Das Erste, was sie wahrnahm, war die stickige Luft.

Es roch nach kaltem Qualm, Schweiß und abgestandenem Bier. Und irgendwie muffig. Unwillkürlich rümpfte sie die Nase. Kneipenluft. Heike wollte sich bewegen, spannte die Muskeln an und spürte einen brennenden Schmerz an den Handgelenken. Man hatte sie gefesselt. Dass die Augen verbunden waren, nahm sie eine halbe Sekunde später wahr. Heike Göbel war zu einem handlichen Bündel zusammengeschnürt worden und lag rücklings auf einem harten, kalten Untergrund.

Wo befand sie sich hier nur?

»Mist«, zischte sie in einem Anflug von Panik. Langsam nur kehrte die Erinnerung zurück. Sie entsann sich, in ihrer Wohnung überfallen worden zu sein.

Und dann?

Filmriss, Dunkel, Ende. So sehr sie sich auch bemühte, sie konnte sich einfach nicht daran erinnern, was danach mit ihr geschehen war. Wie lange hatte sie hier schon herumgelegen?

»He, wo seid ihr?« Hohl klang ihre Stimme von der Decke zurück. In einem möblierten Zimmer konnte sie sich nicht befinden, es klang eher nach einem Verließ, einer Höhle, oder nach einem Keller. Panik keimte in der Reporterin auf. Wer hatte sie nur hierher gebracht?

»Ihr Scheißkerle«, brüllte sie mit heiserer Stimme. »Holt mich hier raus! Ihr könnt mich nicht behandeln wie ein Stück Dreck!«

Heike rappelte sich unter Schmerzen hoch, legte den Kopf schräg und lauschte. Stille.

»Hört mich keiner oder will mich keiner hören?«

Sie hatte einen pelzigen Geschmack auf der Zunge, fühlte sich wie ausgetrocknet. Außerdem war da noch das unangenehme Ziehen in der Blase. Sie musste pinkeln.

»Hallo«, startete sie einen weiteren Versuch. »Wo steckt ihr denn?«

Plötzlich hörte sie Schritte, die sich rasch näherten. Die Absätze klackerten hohl.

›Ein unterirdisches Gewölbe‹, durchfuhr es die Reporterin. ›Ich bin in einem verdammten Gewölbe gefangen, wo mich kein Schwein finden wird.‹

»Ich muss mal, geht das auch schneller?«, rief sie und versuchte vergeblich, das Zittern in ihrer Stimme zu vermeiden. Im nächsten Moment wurde ein Schlüssel in ein Schloss gesteckt. Dann knarrte eine Tür. Fast wie in einem Gruselfilm.

»Schrei hier nicht rum!«

»Bindet mich los, ihr Säcke!«, erwiderte Heike unbeeindruckt.

Der Mann mit der tiefen Stimme lachte. »Immer mit der Ruhe, Schwester.«

»Wenn ich deine Schwester wäre, würde ich mich erschießen«, giftete Heike und zerrte an ihren Fesseln. Die Stricke schmerzten höllisch, also gab sie auf.

»Wer wird denn gleich so böse sein?« Der Mann trat näher, dann glaubte Heike zu spüren, wie er sich zu ihr hinabbeugte. Jetzt machte er sich an ihrer Augenbinde zu schaffen. Sekunden später konnte sie sehen. In dem kleinen Raum mit der niedrigen Decke herrschte ein diffuses Licht. Nur das Rechteck der Tür hob sich vom Dunkelgrau der feuchten Wände ab.

Flucht?

Sie überlegte fieberhaft und verwarf den Gedanken schnell. Wer immer sie entführt hatte, er hatte einen Grund dafür und würde alles daran setzen, sie nicht entkommen zu lassen. Vermutlich war die verdammte Tür bewacht.

Heike Göbel blickte in ein gerötetes Gesicht, das jetzt überdimensional vor ihren Augen auftauchte und sie andächtig betrachtete, fast schon taxierte. Hohe Stirn, stechender Blick, schmale Lippen und Mundgeruch wie ein Stier. Angewidert wich sie zurück.

Der Kerl lachte. »Nana«, machte er und schüttelte den Kopf. Er nahm Heikes Kinn zwischen Daumen und Zeigefinger und drückte ihren Kopf herum. »Es scheint dir entgangen zu sein, Puppe: Hier haben wir das Sagen, nicht du. Es wäre wohl besser, wenn du lieb zu uns wärst.«

»Wer seid ihr und wo bin ich?«, kam es wie aus der Pistole geschossen.

»Das spielt beides keine Rolle«, wurde sie belehrt, während der Typ sich an ihren Fesseln zu schaffen machte. Als sie die Hände frei bewegen konnte, rieb sie sich die schmerzenden Knochen. Rote Striemen zierten die Handgelenke.

»Sag einfach Erik zu mir«, brummte ihr Gegenüber.

Sie bedachte ihn mit einem vernichtenden Blick.

Erik war ausgesprochen breitschultrig, hatte eine lange, krumme Nase und die strähnigen, dunklen Haare zu einem Pferdeschwanz gebunden. Er trug einen dunklen Designeranzug, einen schwarzen Rolli und Lackschuhe mit silbernen

Schnallen. Ein typischer Zuhälter. Erleichtert stellte sie fest, dass es wenigstens nicht Klaus Gembowsky war, der sie entführt hatte.

»Vielleicht ist es interessant zu wissen, dass dir kein Haar gekrümmt wird, wenn du keinen Aufstand machst. Wir haben dich nur eine Zeitlang aus dem Verkehr gezogen. Mehr nicht. Auch diese Zeit wird umgehen, also füge dich deinem Schicksal.«

Sie rollte mit den Augen. Was blieb ihr auch anderes übrig? »Ich muss mal«, brummte sie, eine Spur leiser und blickte sich um. Wie Heike feststellte, befand sie sich tatsächlich in einem Keller. Ein Fenster gab es nicht. Das spärliche Licht kam von einer nackten Birne, die von der spinnwebverhangenen Decke baumelte.

»So was Dummes«, feixte Erik. »Ich lasse dir den Eimer bringen, wenn du lieb bist.« Er blickte über die Schulter.

Nur eine Türe führte hinaus, und im Türrahmen baute sich soeben ein bärtiger Hüne auf, der sie mit finsterer Miene betrachtete und demonstrativ die Arme vor der muskulösen Brust verschränkte. Der Muskelberg erinnerte Heike an den jungen Bud Spencer.

›Okay‹, dachte sie Gott ergeben. ›Also keine Flucht.‹

16. Kapitel

Die Stimmung in der Redaktion war gereizt, als Stefan kurz nach neun Uhr eintrudelte. Um halb zehn wurde in der allmorgendlichen Konferenz besprochen, was im Laufe des Tages gesendet wurde; man versammelte sich zum Brainstorming, um gemeinsam die Themen des Tages zu besprechen, die über den Äther gehen sollten. Außerdem arbeitete man ständig daran, der öffentlich-rechtlichen Konkurrenz Hörer auszuspannen. Heike war zu Stefans Verwunderung nicht unter den Kollegen.

Bevor er nach der Konferenz an seinen Arbeitsplatz verschwinden konnte, wurde Stefan in Eckhardts Büro zitiert. Ihm schwante nichts Gutes. Wenig später wurde sein Verdacht bestätigt.

Anstatt eines Grußes warf der Chef ihm den Talexpress zu. Michael Eckhardt musterte seinen Mitarbeiter mit finsterer Miene. »Hatte ich nicht um eine strikte Nachrichtensperre bezüglich der Erpressung gebeten?«, fuhr er ihn an.

Stefan warf seinem Chef einen fragenden Blick zu und zuckte mit den Schultern. »An die ich mich gehalten habe«, brummte er. »Im Beitrag über den Schwebebahnunfall habe ich nur Informationen verwendet, die ich von Staatsanwalt Pesche und von Erika Meister erhalten habe. Das dürfte durch die eingesetzten O-Töne deutlich gewesen sein. Von der Erpressung ging keine Silbe über den Sender.«

»Das meine ich nicht, Herr Seiler.« Eckhardt sprang von seinem bequemen Chefsessel auf und taperte durch das Büro, ohne Stefan eines Blickes zu würdigen. »Sie haben recherchiert, ohne mich über Ihr Vorgehen in Kenntnis zu setzen.«

»Wovon reden Sie?«, versuchte Stefan auf dumm zu schalten. Immerhin war gestern eine Meldung über den toten Zwillingsbruder von Rolf Spielberg über den Äther gegangen. Insoweit hatte Stefan kein schlechtes Gewissen. Seiner Pflicht als Nachrichtenreporter war er nachgekommen.

Eckhardt umrundete seinen wuchtigen Schreibtisch und bot ihm einen Kaffee an. Stefan wertete das als Geste der Versöhnung. »Ich denke, wir müssen uns ganz in Ruhe unterhalten, brummte Eckhardt. »Lesen Sie Zeitung?«

»Wenn ich die Zeit finde, schon.«

»Dann gebe ich Ihnen jetzt zwei Minuten Zeit für die Lektüre des Talexpress.«

Stefan musterte ihn wie einen Geisteskranken.

»Lesen Sie schon«, forderte Eckhardt ihn ungeduldig auf und deutete auf die Zeitung.

Seufzend kam Stefan der Aufforderung nach und blätterte die Zeitung auf. Schon auf Seite zwei wurde er auf eine reißerische Schlagzeile aufmerksam. *Radioreporter am Tatort gesehen. Ging der Mann der Wupperwelle einen Schritt zu weit?*

Seiler stutzte. Die Schrift verschwamm vor seinen Augen, kalter Schweiß brach ihm aus. Atemlos las Stefan weiter:

Wie uns aus sicherer Quelle berichtet wurde, scheint ein Zusammenhang zwischen dem vorgestern tot aufgefundenen Bruder des ermordeten Immobilienmaklers Rolf S. und dem Privatsender Wupperwelle zu bestehen. Zunächst befand sich eine Reporterin der Wupperwelle am Fundort der Leiche von Rolf S., bevor überhaupt die Polizei dort eintraf, anschließend trafen Beamte den Reporter Stefan S. in der Villa des ermordeten Maklers an, nachdem sich dessen Zwillingsbruder selbst gerichtet hatte. Auf unsere Anfrage beim Sender war kein Mitarbeiter zu einer Stellungsnahme bereit. Natürlich bleiben wir am Ball und berichten über mögliche Verbindungen zwischen dem Privatsender und dem toten Rolf S.

-AG-

»Das ist unglaublich«, entfuhr es Stefan kopfschüttelnd. Der Teufel wusste, woher dieses Schmierblatt die Informationen hatte. Stefan hatte gestern mit niemandem über seine Recherchen gesprochen. Außer mit Heike, aber die schied als Spionin aus. Sein Blick glitt über das Namenskürzel unter dem Artikel. AG stand dort, das waren die Initialen von Axel

Grimm. Mit dem kleinen Dicken verband ihn eine Hassliebe. Vermutlich konnte Grimm es einfach nicht verknausern, dass das Radio das schnellere Medium war und so stets einen Zeitvorteil gegenüber der Tageszeitung hatte.

»Wissen Sie eigentlich, was dieser Zeitungsartikel für unseren Sender bedeutet?« Eckhardts Stimme klang wie ein Paukenschlag. Stefans Kopf zuckte hoch. Dann sank er seufzend in den Stuhl vor Eckhardts Schreibtisch und betrachtete seine Schuhe.

Eckhardt winkte ab. »Unsere Seriosität ist in Frage gestellt. Einer meiner Leute, einer der beliebtesten Moderatoren der Wupperwelle, wird öffentlich angeprangert. Ich sehe schon die sinkenden Einschaltquoten.«

»Vermutlich hat die Polizei eine undichte Stelle, lässt sich vielleicht sogar von der Presse aushorchen«, überlegte Stefan halblaut.

»Das ist suspekt«, wetterte Eckhardt und winkte ab. »Wenn Sie auch noch behaupten, dass die Polizei korrupt ist und Informationen gegen Geld herausgibt, dann fürchte ich eine Anzeige wegen Verleumdung.«

»Ach«, erwiderte Stefan wütend. »Korrupte Polizisten sind also genau so undenkbar wie korrupte Beamte in der Stadtverwaltung?«

»Der Vergleich hinkt«, brummte der Chefredakteur und ging nicht näher auf Stefans Spitze ein. »Natürlich werde ich den Chefredakteur des Talexpress zur Verantwortung ziehen. Aber das hilft uns im Augenblick auch nicht weiter. Das Mindeste ist eine Gegendarstellung.«

»Nun ...«, begann Stefan, wurde aber abgewürgt.

Eckhardt beugte sich zu ihm hinüber. »Mann, Seiler. Das ist ein dicker Hund. Vielleicht sollte ich Sie beurlauben.«

»Wie im amerikanischen Krimi«, erwiderte Stefan gallig. »Wenn ein Angestellter einen Schritt zu weit geht, wird er kurzfristig vom Dienst suspendiert.«

»Ja«, nickte Eckhardt. »Sie können froh sein, dass wir unter akutem Personalmangel leiden. Aber damit muss man beim Privatradio wohl leben.« Er sprang auf. »Aber mit einem Angriff auf meine Leute kann und werde ich nicht leben. Die können sich warm anziehen.«

»Schön.« Stefan hob den Kopf. Mit festem Blick betrachtete er den Chefredakteur, der sich hektisch durch das Haar fuhr und kopfschüttelnd zurück in den Sessel sank.

»Wenn ich erfahre, dass Sie irgendwie in der Geschichte drinstecken, dann habe ich den Deutschen Presserat am Hals.«

Stefan zuckte unmerklich zusammen. Der Presserat war ein Kontrollgremium aller Medien, das die korrekte Arbeit der Journalisten überwachte und bei Verstößen mit Sanktionen einschritt. Stefan erinnerte sich voller Unbehagen, dass der Presserat damals beim Geiseldrama von Gladbeck eingeschritten war, als die Geiselnahme von Reportern eiskalt vermarktet worden war. Er ahnte, was geschehen würde, wenn der Rat den kleinen Sender auf die Schippe nahm. Möglicherweise handelte es sich um eine Intrige von Axel Grimm. Konnte der kleine Giftzwerg solche Energie aufbringen, um die lästige Konkurrenz wirkungsvoll zu bekämpfen? Stefan wusste es wirklich nicht. »Chef, ich glaube, das ist nur der Anfang.«

»Was soll das heißen?«

»Dass es noch schlimmer kommen wird.«

* * *

Später, er saß an seinem Arbeitsplatz in der Redaktion, hatte er das Gefühl, dass ihm jemand über die Schulter blickte, und er konnte sich nicht mehr auf die Arbeit am Bildschirm konzentrieren. Stefan unterbrach und fuhr auf dem Drehstuhl herum. Erleichtert stellte er fest, dass es nicht Michael Eckhardt war, der ihn heimgesucht hatte. Stattdessen blickte er in das hübsche Gesicht seiner Kollegin Karin Dahl. Sie strahlte, als wäre nichts geschehen. Von dem Disput mit Eckhardt schien sie nichts zu wissen.

»Hi«, machte sie und schenkte ihm einen Augenaufschlag. Machte sie ihn etwa an?

Brav erwiderte er den Gruß. »Selber Hai!«

»Sag mal ...« Karin wich seinen fragenden Blicken aus und starrte auf ihre lackierten Fingernägel, strich sich im nächsten Moment eine widerspenstige Haarsträhne aus der Stirn, um ihn schließlich wieder anzulächeln. »Was steckt eigentlich dahinter?« Die dunkelhaarige Kollegin zwinkerte ihm zu und blickte ihm über die Schulter. Niemand der anderen Wupper-Mitarbeiter hörte ihnen zu. Bislang hatte ihn niemand direkt auf den zweifelhaften Artikel im Talexpress angesprochen.

»Was steckt wo hinter?«, fragte Stefan scheinheilig und nippte an seinem Kaffee, der zwischenzeitlich kalt geworden war.

»Nun ...« Karin druckste herum und wich seinen Blicken aus. »Was steckt hinter dir und Heike?«

Jetzt musste er doch lachen. »Bist du etwa eifersüchtig?«

»Unsinn.« Karin winkte ab. »Ich frage aus einem anderen Grund. Du verbringst doch deine Freizeit oft mit Heike Göbel, oder etwa nicht?«

›Frauen‹, sinnierte er. ›Sie müssen wohl immer alles kompliziert machen. Warum nur?‹

Stefan kehrte achselzuckend die Handflächen nach oben. »Was willst du hören?«

»Wo ist sie?«

»Bitte?« Stefan reckte sich und blickte sich im Großraumbüro um. Von Heike keine Spur. Er hatte angenommen, dass sie unterwegs sei und recherchiere. So etwas gehörte zum täglichen Leben und hatte ihn nicht stutzig gemacht. »Ist sie denn nicht draußen?«

Karin legte jovial eine Hand auf seine Schulter. »Heute hat sie noch niemand hier gesehen«, erwiderte seine Kollegin.

»Und da ihr beide ...« Sie errötete. »Ich dachte, da ihr beide, nun ... befreundet seid, dachte ich, dass du wüsstest, wo sie steckt.«

Stefan sprang von seinem Drehstuhl auf und erhob eine Hand. »Hat jemand Heike gesehen?«, fragte er laut in den Raum und erntete lediglich Kopfschütteln. Ralf *Ralle* Ebert, der sommersprossige Wetterfrosch, empfahl ihm, sie in seinem Bettchen zu suchen, worauf er ihm den Mittelfinger der rechten Hand zeigte. Glucksend wandte Ralle sich ab und telefonierte weiter mit dem Wetteramt in Essen.

»Aber *du* musst doch wissen, wo sie steckt«, brummte Hermann, der Kulturredakteur, und paffte genüsslich an seiner Pfeife. Das Rauchverbot im Großraumbüro scherte ihn einen Dreck und selbst Eckhardt wagte es nicht, den erfahrenen Journalisten in seine Schranken zu weisen. Hermann war mit seinen einundfünfzig Jahren der älteste Mitarbeiter im Team und strahlte eine stoische Ruhe aus. Jetzt sprang er von seinem Schreibtisch auf. Er strahlte über alle Backen und malte die Rundungen einer wohlproportionierten Frau nach. »Du selber sagst doch immer, sie sei die Redakteurin mit den schönsten ... Augen ...«

Alle Kollegen lachten. Stefan winkte ab und ließ sie stehen. Mit langen Schritten durchquerte er die Redaktion. Hinter der Nachrichtenredaktion befand sich eine große Tafel an der Wand, auf der sämtliche Dienstpläne aufgemalt waren. Nein, Spätschicht hatte Heike nicht. Eigentlich hätte sie hier sein müssen. Trotzdem: Keiner wusste, wo sie steckte.

»Ich habe schon zu Hause bei ihr angerufen«, riss ihn Karins Stimme aus den Gedanken. Lautlos war sie hinter Stefan getreten. »Sie meldet sich nicht.« Karin zuckte mit den schmalen Schultern. »Es scheint, als wäre sie spurlos verschwunden.«

Stefan ächzte. »Das wäre so ziemlich das Letzte, was wir jetzt gebrauchen könnten.« Verdammt, das war nun wirklich nicht sein Tag. Wenn es kam, dann knüppeldick.

17. Kapitel

Man hatte ihn weder suspendiert noch beurlaubt. Michael Eckhardt hatte Stefan im Dienst belassen und das war ihm ganz Recht. Heute stand keine Sendung auf seinem Dienstplan, und so war er heute kein Moderator, sondern ein normaler Journalist. So meldete er sich ordnungsgemäß ab. Der Reporter hatte zu recherchieren. Eckhardt riet ihm, sich aus der Angelegenheit Axel Grimm herauszuhalten – die Klärung würde er für seinen Mitarbeiter übernehmen –, auf Chefebene, wie er versprach.

Stefan saß in seinem Käfer und knatterte über die Elberfelder Gathe, die wenige Meter weiter in die Uellendahler Straße mündete. Hier befand sich ein altes Fabrikgebäude, das von einem hohen, imposanten Turm beherrscht wurde. Irgendwann hatte der Reporter sogar einen freien Parkplatz in der abzweigenden Eckernförder Straße gefunden. Die letzten Meter zur Künstleragentur, die er aufsuchen wollte, legte Stefan in einem Anfall von körperlicher Betätigung zu Fuß zurück.

Die Agentur war in einer ehemaligen Zwirnerei untergebracht, die erst kürzlich renoviert worden war. Am Eingang des altehrwürdigen Fabrikgebäudes blieb Stefan stehen und ließ das Flair architektonischer Baukunst der Jahrhundertwende auf sich wirken. Es war ein viergeschossiger Eckbau, mit verklinkerter Fassade und einem Mansardendach, das hoch über den benachbarten Bauten zu thronen schien. Als Stefan an dem Bau hinaufblickte, erkannte er die verspielten Details, sah die geschwungenen Fensterbänke, die mit roten Steinen ornamental abgesetzt waren, und die gelben Ziegel, die das Bild in den oberen Stockwerken beherrschten.

Dann gab er sich einen Ruck und trat ein. Im Eingang fiel sein Blick auf ein rotes Plakat. *Atelier zu vermieten* stand dort in dicken Lettern. Darunter eine Telefonnummer. Schulterzuckend wandte er sich ab und marschierte in das dritte

Stockwerk der alten Textilfabrik. Dort wurde er von Peter Göbel empfangen, Heikes Bruder.

Die Ähnlichkeit mit seiner kleinen Schwester, wie er sie nannte, konnte er nicht verheimlichen. Auch Peter war blond, schmächtig, aber größer als Heike. Ein hoher Haaransatz und ein etwas zu spitzes Kinn gesellte sich zu einer geraden, schmalen Nase. Wachsame Augen musterten den Radiomann verwundert. Er war sichtlich überrascht, von Stefan besucht zu werden – kannte er den Reporter doch nur flüchtig. Brav bat er diesen herein.

Neugierig blickte Stefan sich im Atelier um. Große Bilder an den Wänden, mit denen Stefan nichts anzufangen wusste, beherrschten den ansonsten nur spärlich eingerichteten Raum. In einer Ecke gab es eine Designercouch, davor einen flachen Designertisch, mehr nicht. Versteckte Lichtquellen tauchten den Raum mit der hohen Decke in flutendes, weiches Licht. Ein Fotograf wäre sicherlich hell begeistert gewesen über so viel Streulicht.

Peter Göbel musterte seinen Besucher gespannt. »Was führt dich zu mir?« Seine Augenwinkel zuckten. Oder zwinkerte er dem Freund seiner Schwester verschmitzt zu?

»Heike«, sagte Stefan und folgte ihm in sein Büro.

Der hagere Knabe reichte Stefan die Hand, und nur am schwachen Händedruck bemerkte er, dass Peter Göbel es scheute, ihm wehzutun. Stefan Seiler erinnerte sich, dass Peter ein bekennender Schwuler war.

»Es geht also um Heike?«, stellte Peter fest, als sie sein ebenfalls lichtdurchflutetes Büro betreten hatten. Er bedeutete dem anderen, Platz zu nehmen.

»Ja«, nickte der Reporter und sank auf eine weiche Ledercouch. Irgendwie fühlte er sich in den weichen Polstern wie ein Ertrinkender.

Peter setzte sich auf einen Sessel, nachdem er in der Küchennische einen Kaffee gebraut hatte. Natürlich auf einer

Designerkaffeemaschine. Selbstredend. »Nun«, murmelte er und blickte ins Leere. »Ich habe schon seit Tagen nichts mehr von ihr gehört. Normalerweise telefonieren wir regelmäßig. Oder wir treffen uns auf Schloss Burg zum Waffeln essen.«

Stefan lächelte. »Die gute Bergische Kaffeetafel mit Dröppelminna und Bergischen Waffeln, was?«

»Ja.« Peter pustete in seine Kaffeetasse, bevor er trank. »Schon seltsam, dass meine Schwester einfach so ... untertaucht.«

»Sie ist nicht untergetaucht«, stellte Stefan richtig. Er klang sicher dabei und schob das Kinn vor.

»Nicht?«

»Nein, wir haben uns gestern nicht getroffen, weil ich nachts Sendung hatte. Und seitdem ...« Stefan blies die Luft hörbar durch die Backen. »Jetzt ist sie weg, und auch in der Redaktion weiß keiner, wo sie steckt. Ich dachte, du könntest mir helfen. Ich mache mir Sorgen. Heike ist nicht der Typ, der einfach so verschwindet. Sie meldet sich ab – auch, wenn sie nur zum Arzt geht, um sich ein Medikament verschreiben zu lassen.«

»Da wäre noch der Reiterhof in Neviges«, überlegte Peter laut.

Der Radiomann musterte ihn mit fragender Miene.

»Einmal im Monat verbringt sie dort Reitstunden, – um abzuschalten, wie sie sagt.« Peter lächelte versonnen. »Ich kenne ihren Lehrer. Ein netter Typ, steht aber leider auf Frauen.«

»Begleitest du mich?«

»Wenn es hilft, Heike zu finden, bin ich dabei. Hier werde ich im Moment ohnehin nicht gebraucht.«

»Schön«, fand Stefan und leerte die Kaffeetasse. Dann erhob er sich. Auch Peter Göbel stand auf. »Dann habe ich ja einen Verbündeten.«

Den weißen Mercedes-Kastenwagen, der seit dem frühen Morgen auf dem Schuchardplatz unter den weit ausladenden Bäumen parkte, registrierte keiner der zahlreichen Spaziergänger, die die herrliche Luft am Stadtrand von Wuppertal genießen wollten. Viele Leute kamen mit ihren Hunden, um sie im angrenzenden Wald einmal ganz ohne Leine laufen zu lassen. Morgens die Rentner im Jogginganzug, mittags die älteren Damen mit ihren Rauhaardackeln und Pudeln, am Nachmittag bestimmten männerlose Mütter mit Kleinkindern das Bild, die den lieben Kleinen mal den grünen Wald der Konradswüste zeigen wollten, bevor Papi von der Arbeit heimkam. Eine echte Alternative zum Spielplatz. An diesem sonnigen Tag herrschte permanentes Kommen und Gehen, und niemand der Spaziergänger interessierte sich für den auf dem Parkplatz abgestellten Lieferwagen. Keiner vermutete, dass sich den ganzen Tag über drei Männer im Laderaum aufhielten. Über mehrere versteckte Kameras beobachteten sie die nähere Umgebung des Naherholungsgebietes aus verschiedenen Perspektiven. Sie verfügten über Funk und waren sich sicher, die Spur des Schwebebahnerpressers verfolgen zu können.

Heute sollte für die *Bewegung 12. April* die letzte Stunde schlagen ...

* * *

Ein Schlüssel wurde im Schloss gedreht. Sie war auf der harten Pritsche am Boden des Kellers eingeschlafen und blinzelte verschlafen, als der breitschultrige Mann mit Vollbart im Türrahmen erschien und sich ihr näherte. Heike überlegte fieberhaft, woher sie den bärtigen Hünen kannte. Irgendwo hatte sie ihn schon mal gesehen. Er brachte ihr eine Plastikflasche Mineralwasser ohne Kohlensäure und einen Teller voll belegter Brötchen.

»Essenszeit«, brummte er und ließ sie keine Sekunde lang aus den Augen. Seine dunklen Augen musterten sie abschätzend und lüstern.

»Solange ich nicht weiß, was ich hier soll, bin ich vorsichtig. Mit Sicherheit werde ich das Essen nicht anrühren«, erwiderte Heike. »Möglicherweise ist der Fraß vergiftet.«

»Unsinn.« Unsanft landete das kleine Tablett mit den Brötchen vor Heike auf dem feuchtkalten Boden des Kellergewölbes. »Wir haben dir gesagt, dass wir nichts von dir wollen. Leider bist du zur Zeit ein wenig lästig, und deshalb haben wir dich hierher gebracht. Eine gewisse Zeit muss vergehen, um Ruhe zu schaffen, wenn du verstehst?«

In Heikes Kopf rasten die Gedanken. »Klaus Gembowsky oder die *Bewegung 12. April*?«, fragte sie provozierend.

Im Gesicht des Hünen zuckte es. Hatte sie seinen wunden Punkt getroffen? Dann war sie auf dem richtigen Dampfer. Jetzt hatte er sich wieder unter Kontrolle.

Er grinste. »Vielleicht beides?«

Heike zuckte unmerklich zusammen.

Es bestand vielleicht doch ein Zusammenhang zwischen Klaus Gembowsky, dem toten Spielberg und der *Bewegung 12. April*?

Das konnte ja heiter werden!

* * *

»Ich hoffe, Sie haben unser kleines Rendezvous nicht vergessen?«

Michael Eckhardt unterdrückte ein Stöhnen und lehnte sich im Chefsessel zurück. »Natürlich nicht – wie sollte ich ein derart dreistes Verbrechen vergessen können?« Sofort erkannte er die gleiche, einfache Stimme, die sich schon wiederholt telefonisch bei ihm gemeldet hatte.

»Nana.« Der Anrufer kicherte leise. Dann fasste er sich. »Gut. Also noch mal in Ruhe: Fünfhunderttausend Euro in kleinen, nicht registrierten Scheinen, verpackt in einem Karton, den Sie heute Abend um Punkt dreiundzwanzig Uhr hinter dem Altpapiercontainer an der Konradswüste deponieren.« Der Anrufer schien vom Handy aus zu telefonieren. Die Empfangsqualität ließ zu wünschen übrig. Da war noch ein Geräusch im Hintergrund. Ein Rauschen oder ... ein Brummen.

Motorengeräusch?

Der Chefredakteur wusste es nicht einzuordnen und versuchte, sich auf das Wesentliche zu konzentrieren. Eckhardt setzte an, wurde aber vom Erpresser unterbrochen.

»Wir wollen Sie persönlich dort sehen, keinen anderen, hören Sie?«

Die Hoffnung Eckhardts sank, in letzter Sekunde einen Rückzieher machen zu können. Man hatte eigentlich beschlossen, einen in Zivil gekleideten Beamten an seiner Stelle zur Lösegeldübergabe zu schicken. Die einzige Anforderung war, dass dieser speziell geschulte Kripobeamte ungefähr die gleiche Körperstatur besaß wie er. Im Dunkeln waren bekanntlich alle Katzen grau, und im Licht der Straßenlaternen war es aus der Entfernung nicht zu erkennen, ob es sich beim Überbringer des Lösegeldes tatsächlich um Michael Eckhardt oder um ein Double handelte. Hatte er gedacht ...

»Wir erwarten Sie«, wiederholte der Anrufer mit eindringlicher Stimme. »Kommen Sie also nicht auf die Idee, einen Bullenspitzel zu schicken, der für Sie die Drecksarbeit übernimmt. Dann nämlich gilt die Übergabe als geplatzt, und schon morgen wird die Schwebebahn den schwärzesten Tag seit dem berühmten Absturz erleben, das schwöre ich Ihnen, Mann!«

»Sie sind wahnsinnig«, stieß der Chefredakteur der Wupperwelle heiser hervor. Schweißperlen glänzten auf seiner Stirn. Er bezweifelte keine Sekunde, dass die Kerle Ernst machen würden. »Das können Sie nicht machen.«

»Und ob wir das können, Radiomann.« Es klang wie purer Spott, und eigentlich hätte Eckhardt sich freuen müssen, den Anrufer so lange am Telefon halten zu können. Vielleicht gelang es den Polizisten im Nebenraum diesmal, den Standort des Erpressers ausfindig zu machen. Plötzlich dachte er an Heike Göbel, die wie vom Erdboden verschluckt war. Hass keimte in ihm auf.

»Hören Sie«, presste er hervor und tupfte sich mit einem Taschentuch die Stirn ab. »Was immer Sie damit bezwecken, lassen Sie meine Mitarbeiterin frei.«

Plötzlich wusste er, dass seine Reporterin von der *Bewegung 12. April* entführt worden war, möglicherweise sogar eine Geisel der Erpresser geworden war; Druckmittel gegen ihn, Eckhardt, – sollte die Schwebebahnerpressung nicht genügen, um an das Lösegeld zu gelangen.

»Immer mit der Ruhe, Radiomann.«

»Nun, sie ist immerhin ...«

Eckhardt schielte auf die Armbanduhr. Fast anderthalb Minuten sprach er jetzt mit dem Erpresser. Genügte die Zeit, um ihn aufzutreiben? Er hoffte es inständig.

»Elf Uhr heute Abend, eine halbe Million im Pappkarton, abgelegt hinter dem Container neben der Kleingartenanlage an der Konradswüste, und vor allem: A L L E I N E !« Das letzte Wort hatte er buchstabiert. »Sehen wir auch nur einen einzigen Bullen, machen wir Euch alle kalt, und der Bahn blüht ein blaues Wunder.«

»Ich werde da sein«, versprach der Chefredakteur der Wupperwelle kleinlaut und beugte sich über den Schreibtisch seines Büros. Bevor er etwas erwidern konnte, hörte er ein Knacken in der Leitung.

Michael Eckhardt umklammerte den Hörer so fest, als wolle er ihn zerquetschen wie eine rohe Kartoffel. Wut vermischte sich mit Hilflosigkeit. Weiß traten die Knöchel der Hand unter seiner Haut hervor, dann ließ Eckhardt den Arm sinken und legte ebenfalls auf.

»Und?«

Der junge Polizist steckte den Kopf durch die Tür. Wie immer trug er Jeans zu Blazer und Krawatte. Er wirkte ratlos.

»Haben Sie ihn?«, fragte Eckhardt mit tonloser Stimme.

»Negativ«, erwiderte Kommissar Müller kopfschüttelnd und schloss die Bürotüre hinter sich. Das Stimmengewirr der angrenzenden Redaktion klang gedämpft an ihre Ohren. »Der Kerl ist verdammt geschickt. Er hat vom Handy aus angerufen.«

»Stellt das ein Problem dar?«

»Unter den gegebenen Umständen schon«, bedauerte Müller, einer der jüngsten Kommissare im Wuppertaler Polizeipräsidium. »Der Erpresser hat von einem beweglichen Objekt aus telefoniert, um die Lokalisierung seines Standortes zu verhindern.«

»Er ... er hat vom Auto aus angerufen?« Eckhardt entsann sich des monotonen Hintergrundgeräuschs während des Gesprächs. »Also doch«, murmelte er enttäuscht. »Ein Auto.«

»Beispielsweise, ja«, nickte Müller und zupfte unbehaglich an seiner modischen Krawatte. »Auto, Flugzeug, Zug oder Bus – von mir aus auch aus einer fahrenden Schwebebahn heraus.«

»Dann ist er schlauer, als wir dachten«, resümierte Eckhardt seufzend und rang seine Hände.

»Auch wenn ich es nicht gerne zugebe: Es sieht ganz danach aus.« Müller ließ Eckhardt alleine. Doch er kehrte zurück, steckte erneut den Kopf durch den Türspalt. »Tut mir Leid«, entschuldigte er sich.

»Ja«, entgegnete Eckhardt. »Mir auch.«

»Erzähl mir einfach, was ich hier soll!« Heikes Augen versprühten Funken. Ihr schmerzten sämtliche Knochen. Die blutigen Striemen an den Handgelenken, die die Fesseln verursacht hatten, waren inzwischen blau angelaufen. »Ich bin eingesperrt. Was soll das? Ich kenne niemanden, der über genügend Geld verfügt, um ein Lösegeld für eine kleine Reporterin wie mich hinzublättern.«

Heike rappelte sich mühselig hoch, um dem Mann in die verlogenen Augen blicken zu können. »In diesem Rattenloch habe ich keine Chance abzuhauen. Ich weiß ja nicht einmal, wo ich bin.«

»Das ist auch gut so«, belehrte der Hüne sie und stemmte die fleischigen Hände in die Hüften. »Wer weiß, wozu du in der Lage bist ...« Bevor der Bärtige noch etwas hinzufügen konnte, wurde die feuerfeste Tür des Kellers aufgestoßen.

Heike hoffte im Unterbewusstsein, dass ihr Retter gekommen sei, um sie aus diesem Verließ zu befreien.

Retter?

Etwa Stefan? Vermutlich ahnte der nicht im Entferntesten, was mit ihr geschehen war. Vielleicht suchte er aber auch schon nach ihr. Hoffentlich.

Hart schlug die Metalltür gegen die Wand. Es erschien – sehr zu Heikes Bedauern – kein treuer Held, sondern eine finstere Gestalt im Raum, die hektisch in der feuchten Luft herumfuchtelte.

Der junge Bud Spencer fuhr sichtlich erschrocken zu ihm herum. »Komm, Otto!«, rief die hagere Gestalt. »Raus hier!«

Erst bei näherem Hinsehen erkannte Heike das Pockengesicht, das bei ihr geblieben war, als sie wieder zu sich gekommen war: dieser hochgewachsene Zuhältertyp mit Designerklamotten und fettigem Pferdeschwanz.

»Erik?«, murmelte der Hüne sichtlich verdutzt. »Der Alte hat gesagt, ich soll dem Täubchen das Essen bringen. Was will er denn jetzt schon wieder?«

»Das ist es nicht«, erwiderte Erik.

»Aber ...«

»Kein aber, Mann, – komm, schwing die Hufe. Kümmer dich um die Tussi, pack sie in eine Decke, wir haben ein anderes Problem.«

Otto starrte den Komplizen an und machte keinen Hehl daraus, dass er die plötzliche Hektik nicht verstand. »Was soll der Mist?«, fragte er.

Heike indes kroch ein beißender Geruch in die Atemwege und legte sich schwer auf ihre Lunge. Sie atmete ein-, zweimal tief durch, dann ergriff sie eine blinde Panik. Ihre Kopfhaut zog sich zusammen. Schon einmal, als kleines Kind, hatte sie diesen beißenden Gestank gerochen. Damals hatte es in der Wohnung ihrer Eltern gebrannt. Sie war aufgewacht und hatte das halbe Haus zusammengeschrien. Noch heute wachte sie oft schweißgebadet auf, wenn sie an das traumatische Erlebnis dachte. Ihr Vater war mit Verbrennungen ins Krankenhaus eingeliefert worden, nachdem er die Kinder – sie und Peter – vor den Flammen gerettet hatte. Seine Haut war für immer zerstört worden. Auch ihre Mutter war mit Rauchvergiftung in ein Krankenhaus eingeliefert worden. Heike war damals sieben Jahre alt gewesen. Sie hatte tagelang um das Leben der Eltern gebangt und eine ausgemachte Phobie gegen Feuer entwickelt, die ihr auch heute noch zu schaffen machte. Nie würde sie das Bild der von den Flammen verwüsteten Wohnung aus ihrem Gedächtnis verdrängen können. Erst vor zwei Jahren war ihr Vater gestorben – an Hautkrebs. Heike hätte schwören können, dass es sich bei der teuflischen Krankheit um eine Spätauswirkung der Brandverletzung handelte.

Es bestand kein Zweifel: Wie in der Halle war es dieser Geruch, der sich jetzt schwer wie Blei auf ihre Atemwege legte. »Feuer«, murmelte sie leise und erzitterte. Plötzlich stand eiskalter Schweiß auf ihrer Stirn.

Erik musterte sie kurz, dann packte er Otto am Unterarm. »Komm schon. Lass die Alte notfalls hier, wenn sie nicht weg will. Du aber«, er musterte den Kollegen eindringlich, »du solltest zusehen, dass du hier rauskommst.«

Bevor die junge Reporterin etwas entgegensetzen konnte, stand sie im Dunkeln. Sie spürte einen weichen, aber schweren Gegenstand, der ihr die Sicht behinderte.

Otto hatte ihr eine alte Wolldecke über den Kopf geworfen.

»Die kommt mit«, murmelte er und machte sich daran, Heike hinter sich her zu zerren. Sie wehrte sich nicht. Die blanke Panik lähmte ihre Glieder.

»Kommt schon, sonst haben wir es gleich schön warm hier«, rief Erik und zog die beiden nach draußen. »Raus hier!«

18. Kapitel

Stefan warf Peter einen verzweifelten Blick zu, während er den Käfer in Richtung Elberfeld steuerte. Er nahm den Schleichweg über Rohleder, weil es ihn so schnell wie möglich zu Heikes Wohnung zog. Nachdem sie Heikes Reitlehrer auf dem Reitgelände Neviges aufgespürt, von ihm jedoch keinerlei Hinweise auf Heikes Verbleib erhalten hatten – Meyer gab die Auskunft, Heike schon seit fast zwei Wochen nicht gesehen zu haben –, waren Stefan und Peter darin übereingekommen, als nächstes in ihrer Wohnung nachzuschauen. Möglicherweise fanden sie dort Hinweise auf ihr Verschwinden. Angestrengt lauschte Stefan nun in den Hörer seines Handys, während er den Käfer zurück nach Wuppertal steuerte.

»Wo steckst du?«, fragte ihn sein Kollege, der Nachrichtenmann Roland Kracht. Draußen huschten malerische Fachwerkbauernhöfe an ihnen vorüber, rechts und links breiteten sich sanfte Hügel in einem saftigen Grün aus. Auf den eingezäunten Wiesen erkannte Stefan schwarz-weiße Kühe, die erschrocken aufblickten, als sie das Knattern des Käfers vernahmen.

»In der Provinz unserer schönen Stadt«, erwiderte er jetzt. »Aber lass das nicht den Oberbürgermeister von Velbert hören, der bildet sich nämlich ein, dass Rohleder zu Velbert gehört, obwohl ich gerade am Wuppertaler Ortseingangsschild vorbeigerauscht bin. Was kann ich für dich tun?«

»Eckhardt sagte mir, dass du draußen bist. Recherchierst du?«

Stefan zögerte. »Gewissermaßen.« Dann räusperte er sich und presste das Handy fester ans Ohr. Insgeheim hoffte er, dass Roland Entwarnung gab und ihm sagte, Heike sei unbeschadet in der Redaktion aufgetaucht. »Was gibt's denn?«

»Einen Brand.« Kracht kicherte trocken. »Und rate mal, wo?«

»In der Schwebebahn«, kam es wie aus der Pistole geschossen.

»Besser«, antwortete Roland Kracht geheimnisvoll.

»Gibt's nicht«, behauptete Stefan Seiler.

»Gibt's doch. Eine von Klaus Gembowskys Bars brennt lichterloh.«

»Feuer im Puff?« Stefan warf Peter einen Blick zu.

»Ja. Klaus Gembowsky, du erinnerst dich?«, riss ihn Krachts sonore Nachrichtenstimme aus den Gedanken. »Der Typ, mit dem Heike sich neulich vergnügt hat. Gewissermaßen, um deine Worte zu zitieren.« Roland Kracht lachte trocken.

»Also doch«, antwortete Stefan trocken.

»Also was ?«, fragte Roland.

»Nichts.« Stefan atmete tief durch.

»Schön. Ich habe gerade mit dem Chef gesprochen. Er möchte, dass du kurz beim Brandort vorbeischaust und dir ein Bild verschaffst.«

»Mann«, ächzte Stefan. »Ich bin Radioreporter und kein Fotograf. Soll ich den Feuerwehrleuten bei der Arbeit helfen oder was?« Üblicherweise kamen Informationen per Fax und man recherchierte per Telefon.

»Ist mir egal, was du machst. Scheuch deine Schrottkiste zur Elberfelder Neumarktstraße und mach' einen kurzen Beitrag via Handy, dann können wir die Story in den nächsten Lokalnachrichten bringen.«

»Ist keine Schrottkiste, du Nase.« Stefan verrenkte sich, um einen Blick auf die Armbanduhr werfen zu können. Zehn nach. Zu jeder halben Stunde brachte die Wupperwelle Lokalnachrichten. Demnach blieben ihm zwanzig Minuten Zeit, den Brandherd zu erreichen. Den Umweg zu Heikes Wohnung konnte er sich schenken.

Scheißjob.

Nun warf er Peter einen entnervten Blick zu und presste den Hörer fester ans Ohr. »Bin schon unterwegs«, murmelte er und unterbrach die Verbindung, bevor er das Gaspedal des Käfers bis zum Bodenblech durchtrat. Täuschte er sich, oder hörte er ein seltsames, metallisches Klingeln aus dem Motorraum?

* * *

Unsanft wurde Heike eine steile Treppe hinaufgeschoben, stolperte mehrmals und schlug sich an den unverputzten Wänden des Ganges die Knochen auf. »He«, schimpfte sie. »Entweder ihr nehmt mir diese verdammte Decke vom Kopf, oder ihr führt mich so, dass ich mir nicht das Genick breche!«

»Schnauze«, wurde sie von Erik angefahren.

Fast gleichzeitig spürte sie einen kleinen, harten Gegenstand im Rücken. Heike bezweifelte keine Sekunde, dass es sich um die Mündung einer Waffe handelte. Das kalte Eisen durchdrang den Stoff der Wolldecke ebenso problemlos wie den ihrer leichten Sommerkleidung. Je weiter sie nach oben kamen, desto dicker wurde die Luft. Fast glaubte sie, das Prasseln der Flammen zu hören. Beißender Rauch kroch in ihre Atemwege, auch die Decke bot ihr keinen ausreichenden Schutz, und so hielt sie kurzfristig die Luft an.

»Ach, du Scheiße«, hörte sie Ottos dumpfe Stimme. »Der ganze Laden steht ja in Flammen. Wenn der Alte das erfährt, dann ...«

»Halt's Maul und beeil dich, bevor über uns die Decke einkracht.« Erik drückte den Lauf seiner Pistole fester in Heikes Rücken. »Und du«, herrschte er sie an, »mach, dass du vorankommst.« Er kicherte kurz. »Eigentlich hätten wir weniger Arbeit mit dir gehabt, wenn wir dich einfach hier lassen würden. Es hätte Wochen gedauert, bis sie deine verkohlte Leiche identifiziert hätten.«

Diesmal schwieg Heike. Zu sehr hatte sie das schreckliche Erlebnis in ihrer Kindheit geprägt. In ihrer Wohnung gab es nicht eine einzige Kerze – aus Angst, der Leuchter könne aus Unachtsamkeit umkippen und ein ähnliches Inferno wie damals in der elterlichen Wohnung verursachen. Sogar Raucher, die bei ihr zu Besuch waren, bewachte sie mit Argusaugen. Als zu groß empfand sie die Gefahr, dass durch herabfallende Glut ein Schwelbrand entstehen könne.

Und jetzt das!

Ihr Herz schlug bis zum Halse. Eilig setzte sie einen Fuß vor den anderen, geriet mehrmals ins Straucheln, fing sich aber immer wieder. Dann schlug ihr die erbarmungslose Hitzewelle entgegen. Brennendes Holz knackte vernehmlich und Heike fürchtete, die Flammen könnten nach der Wolldecke lecken und diese in Brand setzen. Dann wäre alles aus, da war sie sicher. Erik bugsierte sie hastig durch das Rauch- und Flammenmeer. Heike befand sich am Rande eines Nervenzusammenbruchs – es machte sie wahnsinnig, dass sie nicht sehen konnte, was um sie herum geschah.

»Nehmt mir die verdammte Decke vom Kopf«, forderte sie hustend. »Ich will sehen, wo ich bin.«

»Das könnte dir so passen«, erwiderte Erik unbeeindruckt. »Dann sind wir bald geliefert. Nein, so dumm sind wir nicht. Keine Angst, Puppe, gleich bist du in Sicherheit.«

»Und die Bullen?«, fragte Otto. »Sie werden uns mit unserer Beute direkt vor dem Haus empfangen. Polizei und Feuerwehr werden jeden Augenblick hier aufkreuzen. Wenn sie uns mit dem Weibsbild sehen, dann sind wir geliefert.«

»Wir nehmen den Hinterausgang. Für wie blöd hältst du mich eigentlich? Sie kann ja eine von unseren Miezen sein.«

»Diskutier nicht, mach lieber, dass wir hier rauskommen«, erwiderte Otto und schob Heike weiter. »Ich hab' keinen Bock, hier zu verkokeln.«

Heike schluckte trocken. »Endlich mal ein vernünftiger Vorschlag.« Sie hoffte inständig, dass es noch nicht zu spät sei.

Natürlich war die Neumarktstraße voll gesperrt. Als er den Käfer vor dem Elberfelder Rathaus stoppte, erkannte er schon eine Menschenansammlung. Der Motor schüttelte sich schon wieder. Wieder ein Stoßgebet, der Käfer möge durchhalten. Der gesamte Verkehr wurde über die normalerweise gesperrte Friedrichstraße abgeleitet. Sie erkannten das zuckende Blaulicht von Feuerwehr- und Rettungsfahrzeugen. Unzählige Schaulustige waren herbeigeeilt, um sich die Rettungsaktion der Feuerwehr live anzuschauen. Vielleicht wollten sie auch nur mal eine Hand voller leicht bekleideter Nutten sehen, die sich fast nackt vor den Flammen gerettet hatten. Wie Stefan wusste, befand sich Gembowskys Bar schräg gegenüber vom Kaufhof; in dem Gebäude, in dem sich auch ein Kino befand. Ein quadratischer Gebäudekomplex mit Zugängen von beiden Seiten. Die kleine Passage samt Sexshop führte durch den Bau und verband die Neumarktstraße mit der Klotzbahn.

»Da ist kein Durchkommen«, bemerkte Peter Göbel und verschränkte die Arme vor der Brust. Er ließ den Blick über den Wochenmarkt gleiten und stellte fest, dass sogar einige Händler ihre Gemüsestände kurzfristig geschlossen hatten, um zum Ort des Geschehens zu eilen.

»So was Sensationsgeiles.« Peter schüttelte den Kopf, als ihnen beinahe ein untersetzter Südländer mit grüner Schürze vor den Wagen lief.

»Es ist immer das Gleiche«, erwiderte Stefan schulterzuckend und fuhr an.

»Aber sie können doch sowieso nicht helfen«, brummte Peter.

»Das ist es nicht«, erwiderte der Reporter und rangierte den Käfer im Schritttempo bis zur Absperrung, wo er von einem Polizisten gestoppt wurde. Bereitwillig kurbelte Stefan das Seitenfenster herab.

»Mein Name ist Stefan Seiler«, begann er.

»Wupperwelle?« Der uniformierte Polizist kannte ihn. Seine Miene hellte sich auf, als Stefan nickte. Den Presseausweis konnte er sich also sparen. Schön.

»Tut mir Leid, Herr Seiler, aber ich fürchte, machtlos zu sein.«

»Was ist denn vorgefallen?«, fragte Stefan und beugte sich vor.

»Feuer in einer Nackt- ... Entschuldigung, in einer Nacht-Bar. Wenn das mal keine Brandstiftung war. Ein Typ wie ... wie der Besitzer hat sicherlich nicht nur Freunde. Die Löscharbeiten dauern übrigens noch an, obwohl der Brand bereits unter Kontrolle ist. Der gesamte Kinokomplex ist evakuiert, und man versucht ein Übergreifen der Flammen auf benachbarte Teile des Gebäudes zu verhindern. Derzeit sieht es so aus, als müssten wir mit keinen weiteren Problemen rechnen.«

»Das ist doch mal 'ne gute Nachricht«, erwiderte Stefan. »Kann ich trotzdem mal gucken? Mein Kollege aus der Nachrichtenredaktion ist ganz heiß auf eine Live-Schaltung.«

»Keine Chance, Herr Seiler. Tut mir wirklich Leid. Der Wagen muss hier weg, da wir gleich einen Notarztwagen erwarten.«

»Gibt es denn Verletzte?«

»Einige Bardamen haben offenbar eine Rauchvergiftung erlitten – das Übliche.«

Nickend warf Stefan einen Blick auf die Armbanduhr. Noch fünf Minuten bis zu den Lokalnachrichten. Was sollte er Kracht in den Lokalnachrichten erzählen? Vollsperrung der Neumarktstraße? War er etwa der Verkehrsredakteur? Kinopalast bis auf Weiteres geschlossen? Wochenmarkt größtenteils verwaist wegen schaulustiger Standinhaber?

Unmöglich!

Blieben also die angeräucherten Mädchen in Gembowskys Bar und die vermutete Brandstiftung. Etwas mager, aber: dabei sein ist bekanntlich alles.

»Es geht aber um eine Live-Schaltung«, bekräftigte Stefan noch einmal und hoffte, den Polizisten doch noch umstimmen zu können. Dennoch: Seine Versuche, ihn für das öffentliche Interesse der Radiohörer zu erweichen, prallten an ihm ab.

»Versuchen Sie's von der Rückseite des Gebäudes«, riet er dem Reporter. »Mehr kann ich leider nicht sagen.« Der Beamte zuckte hilflos mit den Schultern und kehrte die Handflächen nach oben.

»Schon gut«, erwiderte Stefan. »Kann ich ausweichen?«

»Sicher. Die Friedrichstraße ist ausnahmsweise für den Verkehr freigegeben. Wenn Sie dann hintenherum ...«

»Klar«, nickte er. »Schon gesehen. Und tschüss ...« Eilig drückte Stefan den Rückwärtsgang rein. Prompt erstarb der Käfer mit einem Blubbern. Peter warf ihm einen Blick zu, den er mit einem Schulterzucken quittierte. Irgendwas stimmte nicht mit dem Käfer. Stefan drehte am Zündschlüssel und freute sich diebisch, als der Motor sofort ansprang. Rasch rangierte er den Käfer bis zur Friedrichstraße zurück. Die Zeit verrann, und er wusste nicht, wie er eine Reportage bringen sollte, wenn er den Brandherd nicht einmal selbst gesehen hatte.

»Und jetzt?«, fragte Peter mit säuerlicher Miene.

»... berichte ich von der Vollsperrung, von verlassenen Wochenmarktständen und einem Notarztwagen, der erwartet wird. Was soll ich den Hörern sonst verklickern?« Er machte keinen Hehl daraus, enttäuscht zu sein. Mit verbissener Miene lenkte Stefan den Käfer an den Straßenrand. Der Fahrer eines orange-blauen Gelenkbusses bedachte ihn mit einem Kopfschütteln, als er um den Wagen herumrangieren musste, doch er durfte keine Zeit mehr verlieren. In einer Minute begannen im Studio die Lokalnachrichten. Mit ein wenig Glück würden die Hörer im Hintergrund der Reportage das Martinshorn der herbeieilenden Rettungswagen vernehmen. Mehr war diesmal wirklich nicht drin.

»Jetzt nimm ihr schon die verdammte Wolldecke vom Kopf, oder willst du, dass wir auffallen?« Erik hielt Otto an der Schulter fest. Die Pistole hatte er in der Innentasche seines schwarzen Jacketts versteckt, als sie ins Freie getreten waren. Otto hatte die feuerfeste Metalltür, die als Lieferanteneingang diente, ins Schloss geworfen. Die Männer wandten sich um, konnten aber außer zwei uniformierten Sicherungsposten niemanden erblicken, der sich für das seltsame Trio zu interessieren schien. Auf der gegenüberliegenden Straßenseite lag der so genannte Schräge Parkplatz, ein gebührenpflichtiger Platz, den man an der Schräglage eines Hanges unterhalb des St. Joseph-Krankenhauses zwischen Kleiner Klotzbahn und Bergstraße errichtet hatte. Ein alter Parkwächter, vermutlich ein Pensionär, der sich mit der Bewachung des Parkraumes die kümmerliche Rente aufbesserte, stand neben seinem Glashäuschen und betrachtete die schwarze Rauchwolke, die unheilvoll über dem Bau des Kinos hing und einen beißenden Geruch verbreitete. Als die vermummte Frau mit den beiden ungleichen Männern auf dem Bürgersteig auftauchte, runzelte der Frührentner nachdenklich die Stirn.

Erik hatte die misstrauischen Blicke des Parkwächters registriert. »Es geht ihr gut«, rief er über die kleine Straße und riss Heike die Decke vom Kopf. »Sie hatte nur panische Angst vor dem Feuer und steht unter Schock.«

»Kein falsches Wort«, zischte Otto indes der Journalistin ins Ohr.

Heike wollte etwas erwidern, war aber nicht in der Lage, einen klaren Gedanken zu fassen. Sie zitterte am ganzen Leibe. Erschrocken fuhr sie auf dem Absatz herum. Vom Feuer war auf der Rückseite des Gebäudekomplexes nichts zu sehen.

»Auf der Neumarktstraße stehen Notarztwagen«, rief der Parkwächter über die Straße und rückte sich die Brille zurecht. »Dorthin können Sie Ihre Kollegin bringen!«

»Scher dich zum Teufel«, zischte Erik so leise, dass der Frührentner seine Worte nicht verstehen konnte und grinste breit. »Schon gut, das wird nicht nötig sein.« Die Wolldecke hing nun über Heikes Schultern. Er zog sie weg und warf sie achtlos zu Boden.

»Scheiße«, brummte Otto und erntete einen fragenden Seitenblick von seinem Kumpan. »Meine Karre steht auf dem Parkplatz von diesem alten Sack.«

»Und?«, machte Erik und ließ Heike keine Sekunde lang aus den Augen.

»Wir dürfen keine Zeit verlieren, sonst macht uns die Puppe hier Probleme.«

»Nein«, lachte Erik und strich sich eine Strähne seines langen Haares aus der hohen Stirn. »Die macht uns keine Probleme. Die nicht. Siehst du nicht, dass sie wirklich unter Schock steht? Sie ist total weggetreten.« Er grinste überheblich. »Nicht war, Süße?«

Heikes Kopf ruckte herum, sie blickte ihn an, ohne ihn zu sehen, starrte apathisch durch ihn hindurch.

»Aber wenn sie ...«, setzte Otto an und wurde jäh unterbrochen, als hinter ihm ein Martinshorn aufheulte. Ein schwerer Feuerwehrwagen kam mit zuckendem Blaulicht auf dem Dach um die Ecke gefahren. Kaum, dass das Fahrzeug zum Stehen gekommen war, sprangen die Wehrmänner mit Helmen auf den Köpfen ins Freie und machten sich an der Ausrüstung zu schaffen. Den drei Personen schenkten sie keine Beachtung.

Noch nicht.

»Weg hier, bevor sie dumme Fragen stellen können«, zischte Erik und zog Heike wie eine Stoffpuppe hinter sich her. Sie blickte sich mit weit aufgerissenen Augen zu den Feuerwehrmännern um, die eifrig ihre Arbeit aufnahmen und Schläuche auslegten. Vermutlich hatte ihnen ein schlauer Kopf gesagt, dass sich hier die Rückseite samt Lieferanteneingang der Nachtbar befand. Die blonde Reporterin wollte schreien, brachte aber keinen Ton über die Lippen. Noch immer stand sie unter dem Schock, soeben einer tödlichen Flammenhölle entkommen zu sein und handelte wie in Trance.

»Komm schon«, zischte Erik ihr zu. »Und untersteh dich zu schreien!«

Auf ihrem Fluchtweg kamen sie an dem verdatterten Parkplatzwächter vorbei, der ihnen mit offenem Mund nachblickte.

* * *

»Ich fahre«, brummte Erik und bedeutete dem Komplizen, ihm den Wagenschlüssel auszuhändigen. Otto warf ihm bereitwillig den Schlüsselbund seines dunklen BMW zu. Hastig verstauten sie Heike im Fond der schweren Limousine. Otto quetschte sich neben der Radioreporterin auf die Rücksitzbank, während Erik sich hinter das Steuer klemmte und den hubraumstarken Motor startete. Mit quietschenden Reifen schoss der BMW aus der Parklücke, um Kurs auf das kleine, gläserne Kassenhäuschen zu nehmen. Aus dem fahrenden Auto heraus konnten die Männer die Arbeiten am brennenden Gebäude beobachten. Noch immer nahm niemand Notiz von ihnen; nur der Parkwächter blickte sich erschrocken um, als einmal mehr die Reifen des Wagens quietschten. Er wich einen Schritt zurück, versuchte sich aus der Gefahrenzone zu bringen, wobei er prompt stolperte und hart auf dem Bürgersteig aufschlug.

Erik lachte meckernd. »Gut so, Opa«, rief er und schlug gegen den Lenkradkranz. Mit unverminderter Geschwindigkeit schoss der BMW auf die geschlossene Schranke des Parkplatzes zu. Ein Mercedes stand im Weg, und auch ein geschickter Fahrer wie Erik schaffte es nicht, rechtzeitig auszuweichen. Obwohl er energisch das Steuer herumriss, berührte die Stoßstange das Heck des Mercedes und schleuderte den Wagen seitlich herum. Ein harter Ruck durchlief den Wagen, und Otto stieß einen unartikulierten Schrei aus, doch im Knall des Aufschlages ging seine Stimme unter. Blech kreischte, das Klirren von Glas drang bis in den Innenraum des BMW. Dann trat Erik das Gaspedal bis zum Boden durch. Die Insassen wurden in die ledernen Sitze gepresst, und längst schon ahnte Otto, was sein Kumpel plante: Er hatte nicht vor, brav neben dem Kassenhäuschen anzuhalten, um das fällige Parkgeld zu entrichten: Erik würde die Schranke durchbrechen und wild entschlossen alles niederwalzen, was sich ihnen in den Weg stellte. Dann wuchs die rotweiß gestrichene Kunststoffschranke vor der wuchtigen Haube des BMW in die Höhe. Sie schien förmlich auf den Wagen zuzufliegen. Wieder ein Knall, diesmal etwas leiser. Die Einzelstücke der Schranke wurden von der Wucht des Aufpralls durch die Luft geschleudert. Als die Vorderräder auf die Straße einbogen, setzte der Unterboden hart auf, die Federung schlug bis zum Anschlag durch, nachdem sie die steile Schräge des Parkplatzes verlassen hatten.

Jetzt wurden auch die Feuerwehrleute auf den Wagen aufmerksam. Wild gestikulierend unterbrachen sie ihre Arbeit und sahen zu, dass sie aus dem Gefahrenbereich kamen. Erik kümmerte sich nicht um sie – er überlegte, wie er am besten hier wegkam. Überall wimmelte es von Polizisten und Wehrleuten. Er kam zu dem Schluss, dass es nur einen Fluchtweg gab: Durch die Fußgängerzone, hinüber zum Willy-Brandt-Platz, um dann über die Friedrichstraße zur Karlstraße zu kommen. Von dort aus war es ein Leichtes, auf die rettende Autobahn zu gelangen.

Es musste klappen.

Er wollte nicht in den Knast wandern.

Nicht schon wieder.

* * *

»... derzeit kann die Polizei noch keine Angaben zur Brandursache machen, allerdings wird Brandstiftung nicht ausgeschlossen. Bislang sind nur Leichtverletzte zu beklagen, die sich Rauchvergiftungen zugezogen haben und in den Notarztwagen vor Ort versorgt werden. Bis auf Weiteres ist die Neumarktstraße voll gesperrt. Der Verkehr wird über die normalerweise dem öffentlichen Nahverkehr vorbehaltene Friedrichstraße umgeleitet. Ich melde mich, sobald ich etwas Neues erfahre. Das war Stefan Seiler live aus der Elberfelder City.«

Fünfundzwanzig Sekunden Text. Mehr war beim besten Willen nicht zu machen. Keine Augenzeugenberichte, keine Statements von Rettungskräften, nichts. Dafür hatte die Zeit einfach nicht mehr gereicht. Sie standen jetzt neben dem Käfer.

»Das war Klasse, Stefan«, hörte er die Stimme von Karin Dahl am anderen Ende der Leitung. Sie hatte das Gespräch in der Redaktion angenommen und während der laufenden Lokalnachrichten zu Roland ins Studio geschaltet. Sie vertrat heute Lutz Peters als Chefin vom Dienst und verwaltete die aktuellen Tagesthemen.

»Hast du schon etwas von Heike gehört?«, fragte Stefan.

»Nein.« Sie sprach mit belegter Stimme. »Tut mir Leid.«

»Schon gut«, erwiderte Stefan leise und setzte sein Gespräch mit Karin fort, als Peter ihn anstieß. »Bleibst du am Neumarkt, um die neuesten Infos zu ergattern?«, fragte Karin den Reporter, und die Bitte konnte er ihr nicht abschlagen. Es waren noch zu viele Fragen offen, um den Schauplatz einfach zu verlassen. Brandstiftung in einer Bar von Klaus Gembowsky. Das roch nach einer heißen Story, im wahrsten Sinne des Wortes. Rabatz im Rotlichtmilieu, das verkaufte sich immer gut – insbesondere dann, wenn unbeteiligte Bürger dabei in Gefahr gerieten. Im Herzen von Elberfeld brodelte nun mal das Geschäftsleben, und so lag es auf der Hand, das zufällig auch einmal ein braver Mensch in die Fänge der Nachtclub-Connection geriet. Das klang aufregend ...

Wenn er aber an Heike dachte, bekam Stefan ein schlechtes Gewissen. Eigentlich hatten sie zu ihrer Wohnung fahren wollen.

Peter stupste ihn in die Seite und deutete aufgeregt in Richtung Parkhaus.

»Stefan, da ist was los!« Es klang wirklich dringend.

Im gleichen Augenblick blieb Stefans Blick an Peters ausgestrecktem Zeigefinger haften. Sie hörten ein schrilles Reifenquietschen. Wildes Gehupe ertönte, Menschen schrien panikartig durcheinander. Zeitgleich heulte der Motor eines Wagens auf. Das Geräusch kam eindeutig vom Willy-Brandt-Platz herüber, – eigentlich unmöglich, denn der Willy-Brandt-Platz gehörte zu einer kleinen Fußgängerzone.

»Das ... das darf nicht wahr sein«, entfuhr es Stefan, als er den dunklen BMW heranschießen sah, der jetzt genau auf die Männer zuhielt. Andere Passanten brachten sich mit beherzten Seitensprüngen aus dem Weg, denn niemand bezweifelte, dass der Kerl hinter dem Steuer der großen Limousine es ernst meinte und im Zweifelsfall sogar über Leichen ging. Oder eben fuhr.

»Scheiße ...« Stefan konnte nicht glauben, was er sah.

»Was ist denn los?«, tönte Karins Stimme aus dem Handy.

»Ein Amokfahrer«, murmelte Stefan. »Er will uns alle umbringen ...«

»Stefan ... hast du was getrunken?« Karins Stimme klang empört.

»Unsinn«, erwiderte dieser.

Der BMW schoss auf die Friedrichstraße zu. Hinter dem Lenkrad erkannte Stefan eine hochgewachsene Gestalt mit Pferdeschwanz – eine Spezies Mann, die ihm von Natur aus eher unsympathisch war. Der Kerl trug dunkle Kleidung – es sah wie ein topmodischer Anzug aus. Auf dem Rücksitz erkannte Stefan Seiler schemenhaft zwei Personen.

Dann war der große Wagen heran, geriet ins Schlingern.

Sekundenlang befürchtete Stefan, der Fahrer würde die Gewalt über den Wagen verlieren und seinen Käfer rammen. Im letzten Augenblick hatte er das Lenkrad herumgerissen und damit die sichere Kollision verhindert.

»Heike«, rief Peter Göbel so unvermittelt, dass Stefan ihm beinahe eine gescheuert hätte. »Da sitzt Heike drin!«

Er konnte es nicht glauben, aber Peter hatte Recht: Im Fond des Wagens saß Heike. Ihr Blick war stur nach vorn gerichtet, und eigentlich ging alles viel zu schnell, um Details erkennen zu können. Tatsächlich saß Heike im BMW – neben einem untersetzten Mann mit dunklen Haaren und Vollbart. Der Wagen schoss in atemberaubendem Tempo auf den Karlsplatz zu, kollidierte um ein Haar mit einem Linienbus, der dort an der Haltestelle stand und soeben losfahren wollte. Rechts war Akzenta, links lag der neue Karlsplatz, denn die Parkplätze, die es in den Siebziger Jahren hier gegeben hatte, waren unter der Erde verschwunden. Ein letztes Quietschen der Reifen auf der viel befahrenen Karlstraße, als der BMW-Pilot über eine rote Ampel fuhr, dann kehrte gespenstische Stille ein.

Der Spuk war vorüber – Heike wieder verschwunden.

Stefan stand da wie angewurzelt.

»Ihm nach«, hörte er Peters Stimme wie durch Watte.

Stefan reagierte, ohne nachzudenken. Er schwang sich auf den Fahrersitz des Käfers und drehte am Zündschlüssel. Das Handy warf er Peter zu, der es mit einer ungeahnten Geschicklichkeit auffing und fast gleichzeitig den Sicherheitsgurt anlegte. Diesmal sprang der gute alte Clemens ohne zu murren an. Trotzdem bockte der kleine Wagen, als Stefan die Kupplung kommen ließ.

»Was ist das?«, fragte Peter beängstigt.

Stefan zuckte mit den Schultern. »Er muss mal eingestellt werden.« Der Käfer beschleunigte träge, fast so, als hätte man ihm eine Kartoffel in den Auspuff gestopft. Nach quälend langen Sekunden erreichten sie den großen Supermarkt. Der Bus war inzwischen von der Bildfläche verschwunden.

»Das Handy«, rief Stefan Peter zu, ohne den Blick von der Straße abzuwenden. »Ruf sofort die Polizei an. Mit dem Käfer haben wir keine Chance, die Kerle zu schnappen. Aber nimm nicht die offizielle Notrufnummer – das dauert zu lange.« Er diktierte Peter die Durchwahl von Kommissar Ulbricht.

»Wer ist das?«, fragte Peter, während er dem Freizeichen lauschte.

»Kommissar Verdammt.«

»Wer?« Er musterte ihn wie einen Geistesgestörten.

Stefan grinste verbissen. »Ein ... Bekannter «, erwiderte er. Die Ampel am Karlplatz stand natürlich immer noch auf Rot, und noch immer herrschte auf der Karlstraße reger Verkehr. Langsam bugsierte Stefan den Käfer über die Ampel und orientierte sich erst links, dann rechts. Links war frei, nur von rechts zockelte ein schwer beladener Lastwagen von der Gathe heran. Stefan überlegte kurz, taxierte dessen Geschwindigkeit und gab Gas. Der Fahrer tobte in seinem Führerhaus und verfluchte ihn, weil er ihm den mühsam erarbeiteten Schwung auf der steil ansteigenden Karlstraße genommen hatte. Seinem Frust verlieh er mit Lichthupe und Nebelhorn Ausdruck, doch das Pech des Truckers kümmerte Stefan augenblicklich nicht sonderlich. Hier ging es um Heike. Und es war anzunehmen, dass sie nicht freiwillig bei diesem Irren im Auto saß. Stefan befürchtete das Schlimmste. Möglicherweise hatten die Typen sie unter Androhung von Gewalt entführt. Mit einem eiligen Seitenblick nach rechts stellte er fest, dass Peter Göbel die Verbindung hergestellt hatte.

»Göbel mein Name«, stellte er sich brav vor. Der Kerl hatte die Ruhe weg. »Es geht um meine Schwester, Heike Göbel. Sie arbeitet bei der Wupperwelle und ist augenscheinlich entführt worden. Wir verfolgen sie soeben. Möglicherweise besteht ein Zusammenhang zum Brand in der Bar von Klaus Gembowsky. Sie hat wohl schlechte Karten bei ihm.«

Ulbricht wurde plötzlich munter. Er schien wie elektrisiert. Die Polizei schlief also doch nicht.

»Eins nach dem andern. Wie lautet ihr derzeitiger Standort?«, fragte der Kommissar am anderen Ende der Leitung.

»Karlstraße, Fahrtrichtung Nordstadt. Gleich haben wir die Einmündung in die Hochstraße erreicht. Es sieht aus, als wollten die Entführer über die Autobahn entkommen.«

»Wer ist wir «, wollte der Kommissar wissen.

»Am Steuer sitzt der Radioreporter Stefan Seidler. Er war es auch, der mir ihre Durchwahl gab.«

»Um welchen Fahrzeugtyp und um welches Kennzeichen handelt es sich?«

Peter nannte die gewünschten Daten und blies hörbar die Luft durch die Backen aus. »Ich glaube, eine Solinger Nummer erkannt zu haben.«

Der Käfer hatte inzwischen auf knapp achtzig Stundenkilometer beschleunigt. Stefan war stolz auf seinen Clemens. Die Straße beschrieb einen Bogen, und nachdem er die langgezogene Rechtskurve durchfahren hatte, erkannte Stefan voraus den dunklen BMW. Sein Kopf ruckte wieder kurz zu Peter. Der hatte ein Solinger Nummernschild erwähnt – verdammt, das war ihm vorhin völlig entgangen. Stefans Hirn arbeitete auf Hochtouren. Er suchte den Zusammenhang zwischen beiden Geschichten – und er fand ihn: Gembowsky wohnte in Solingen, und scheinbar verwaltete er von dort aus das Vermögen seines toten Freundes Rolf Spielberg. Langsam dämmerte es ihm, in welch teuflisches Spiel Heike da geraten war. Der Tod des Immobilienmaklers war kein Zufall gewesen, ebenso wenig wie die Tatsache, dass sie im rechten Augenblick an der Schwebebahn-Endstation in Vohwinkel gestrandet war, nachdem sie sich mit Gembowsky im Streit getrennt hatte. Ein abgekartetes Spiel, und Heike war knallhart zwischen die Fronten geraten. Stefan hatte sich im journalistischen Übereifer in ihre Belange eingemischt und war zu einem weiteren Spielball geworden, als sich Spielbergs Zwillingsbruder vor seinen Augen getötet hatte. Blieb immer noch das kleine Notizbuch von Rolf Spielberg, das sich nach wie vor unentdeckt in Stefans Jackentasche befand. Aber wie um Himmel Willen sollte er diesen Joker einsetzen können, wenn sich die Ereignisse förmlich überschlugen? Er fand einfach keine Zeit, seine Trümpfe auszuspielen.

»Hören Sie«, rief Peter, nun plötzlich aufgeregt. »Wenn wir erst mal an den Friedhöfen vorbei sind, dann haben die Kerle gewonnen. Auf der Autobahn haben wir mit einem Käfer keine Chance, sie aufzuhalten.«

»Verdammt«, rief Ulbricht. Jetzt wusste Peter, woher der Spitzname kam. Der Kommissar fuhr unbeirrt fort. »Machen Sie bloß keine Experimente. Wenn es sich bei den Fahrern des BMW tatsächlich um Entführer handelt, dann ist ein Schusswaffengebrauch nicht auszuschließen. Tote Helden sind schlechte Helden, wenn Sie verstehen. Wir schicken sofort Verstärkung los. Halten Sie Distanz zum Verfolgungsobjekt und bleiben Sie nach Möglichkeit auf Sichtweite.«

Peter wechselte mit Stefan einen Seitenblick und rollte mit den Augen. Der Blick sprach Bände. »Ein guter Rat, wirklich«, ächzte er. »Beeilen Sie sich lieber, unser Käfer hustet schon wieder.«

»Wir tun alles Erdenkliche, um Ihre Schwester da rauszuboxen. Ich werde die Kollegen von der großen Polizeiinspektion am Hofkamp losschicken, dann können die es in fünf Minuten schaffen, bei Ihnen zu sein. Aber ...«

»Was aber?«

»Sollte sich herausstellen, dass sie sich entgegen Ihren Vermutungen freiwillig in dem BMW befindet, dann müssen Sie und Ihre Schwester mit Konsequenzen rechnen. Mit verdammt harten Konsequenzen sogar.«

»Jaja«, Peter seufzte und unterbrach die Verbindung.

Stefan hatte Mühe gehabt, am Heck des dunklen Wagens zu bleiben und nur die Hälfte des Gespräches mitbekommen. »Und?«, fragte er nun. Peter berichtete ihm stichwortartig, was der Kommissar von der Mordkommission gesagt hatte.

»Oh Mann«, ächzte Stefan und verdrehte die Augen. »Fünf Minuten?«

»Das hat er gesagt«, bestätigte Peter und klammerte sich am Griff über dem Handschuhfach fest, als Stefan eine langgezogene Kurve etwas zu scharf nahm. Die Reifen des Käfers quietschten.

»Weiß Ulbricht eigentlich, wo die Hunde in den nächsten fünf Minuten sein werden? In schätzungsweise einer Minute haben sie die Autobahnauffahrt erreicht. Vorausgesetzt, dass es dort keinen Stau gibt, haben sie gewonnen und uns abgeschüttelt. In fünf Minuten sind die schon am Sonnborner Kreuz. Mindestens.«

»Eben.« Peter seufzte und richtete den Blick nach vorn. Der Verkehr verdichtete sich, je näher sie dem Briller Kreuz kamen. Wenigstens lief der Motor jetzt rund. Der Tacho des Käfers zeigte mehr als neunzig Stundenkilometer an. Es war Wahnsinn, sich in dieser dichtbewohnten Gegend ein Wettrennen mit den Entführern zu liefern. Wieder eine Kurve, dann schienen die Bäume, die die Hochstraße jetzt säumten, zu einem grünen Dach über dem Käfer zusammenzuwachsen. Eine Bushaltestelle auf beiden Fahrbahnseiten, Gott sei Dank keine wartenden oder gar tobenden Kinder an den Haltebuchten. Auf dem Haltestellenschild erkannte Stefan den Schriftzug *Friedhofskirche*, dann standen sie im Stau. Er musste hart bremsen, und prompt wurden die Insassen des Käfers in die Sicherheitsgurte gepresst. Die Ampel an der Ecke zur Wiesenstraße stand auf Rot. Im buchstäblich letzten Moment kam der Käfer zum Stehen – um ein Haar wäre Stefan auf die Schlange der wartenden Fahrzeuge aufgefahren. Vom BMW keine Spur.

»Verdammt«, entfuhr es ihm.

»Du redest wie Ulbricht«, rügte Peter ihn. Bevor Stefan etwas erwidern konnte, brach der gesuchte Wagen aus der Kolonne aus. Der Fahrer zog die Limousine auf die Gegenfahrbahn, und das, obwohl von dort Fahrzeuge entgegenkamen. Der dunkelhaarige Typ hielt frontal auf einen Kleinwagen zu, der sich auf die Linksabbiegespur zur Wiesenstraße eingeordnet hatte. Im letzten Moment drückte der Fahrer geistesgegenwärtig den Rückwärtsgang rein und stieß den Wagen zurück.

»Der ist wahnsinnig«, murmelte Stefan erschrocken.

»Hinterher!«, rief Peter.

Als Stefan dem BMW-Chauffeur folgte, traute der Fahrer des Kleinwagens seinen Augen nicht und zeigte der Käfer-Besatzung einen Vogel. Da der Fahrer ausgewichen war, hatte der Käfer keine Beule abbekommen. Doch dafür hatten Stefan und Peter nun ein anderes Problem: Der dunkle BMW mit Heike an Bord war hinter der langen Biegung spurlos verschwunden.

19. Kapitel

Und jetzt?«

Ratlos blickte Stefan zu Peter hinüber, als hinter ihnen das auf- und abschwellende Geräusch eines Martinshornes ertönte. Stefan reckte sich, um einen Blick in den Rückspiegel zu werfen.

»Zu spät«, murmelte er und löste den Sicherheitsgurt. Als sie fast zeitgleich ausstiegen, stoppte der Streifenwagen neben dem Käfer. »Die werden diese Verbrecher auch nicht mehr kriegen. Vermutlich fürchten sie sich vor dem Schreibkram, der mit einer filmreifen Verfolgungsjagd verbunden ist.«

Die Ampel war auf Grün umgesprungen, und die Fahrzeuge um sie herum setzten sich in Bewegung, nicht ohne dass sich deren Insassen die Hälse verrenkten. Die Besatzung des Streifenwagens war seelenruhig ausgestiegen und trat zu den ungleichen Freunden.

»Und?«, fragte der Streifenführer, ein vierschrötiger Junge mit breiten Schultern und einer hohen Stirn.

»Was und?« Stefan hakte die Daumen in die Laschen seiner Jeans ein und lehnte sich an den runden Kotflügel des Käfers.

»Nun«, ächzte der Vierschrötige. »Ich meine, Sie haben uns doch wohl alarmiert, oder etwa nicht?«

Stefan nickte. »Klar, Herr Kollege. Und wenn ich ein wenig um Eile bitten dürfte: Hier geht es um eine Entführung.«

»Wer sagt das?« Der Vierschrötige wechselte einen Blick mit seinem jüngeren Kollegen. Er rollte unmerklich mit den Augen.

»Sie haben Nerven, Mann«, schimpfte Stefan. »Ich wurde zufällig Augenzeuge, wie ein BMW mit Vollgas durch die Fußgängerzone donnerte, im Fond ein nicht gerade Vertrauen erweckender Mann und meine Kollegin, die als vermisst gilt.«

»Das hat gar nichts zu sagen«, mischte sich jetzt der jüngere Kollege ein. »Wir erleben die schlimmsten Dinger, gerade mit den vermeintlich Vermissten, guter Mann. Möglicherweise ist Ihre ... Kollegin ja an einer Straftat beteiligt gewesen.«

»Ich werde mich beschweren«, fluchte Peter und spuckte auf den Bürgersteig. Er fuchtelte wild mit den Armen in der Luft herum. »Ist die Polizei nicht mein Freund und Helfer?«

Stefan legte eine Hand auf seinen Unterarm, um ihn ein wenig zu beruhigen. »Peter«, raunte er ihm zu. »Das bringt doch nichts.«

»Wenn Ihre Kollegin vermisst wird, warum liegt uns dann noch keine Vermisstenanzeige vor?«, fragte der Polizist jetzt und schob sich die Dienstmütze in den Nacken.

»Weil der sture Beamtenapparat erst nach einer Abwesenheit von mindestens achtundvierzig Stunden eine Vermisstenanzeige aufnimmt«, begehrte nun auch Stefan auf. »Und wenn ich jetzt bitten dürfte, dass Sie freundlicherweise die Verfolgung der mutmaßlichen Entführer aufnehmen würden? Dass diese Typen Dreck am Stecken haben, hat man an ihrem Fahrstil gemerkt.«

»Die können längst über alle Berge sein.« Der Streifenführer grinste selbstzufrieden.

Stefan nickte verbittert. »Eben. Aber darum geht es ja«, sagte er. »Über alle Berge werden sie sein.«

* * *

In der Cafeteria des Bethesda-Krankenhauses herrschte kaum Betrieb. Hans Zoch schnürte den Gürtel seines dunkelgrünen Frotteebademantels enger, als er sich an einen Tisch in Fensternähe niederließ.

»Ist der Kaffee so gut?«

Sein Kopf ruckte hoch. Gedankenverloren hatte der Schwebebahnfahrer in seinem Kaffeepott gerührt und ins

Leere gestarrt. Die Ereignisse der letzten Tage hatten Zoch altern lassen. Er fühlte sich leer und ausgebrannt, und das lag sicherlich nicht nur an seiner Schussverletzung. Im Gegenteil: Die Ärzte waren sehr zufrieden und hatten ihm in Aussicht gestellt, dass er zum Wochenende das Krankenhaus verlassen könne.

»Hans?!«

Er blickte sein Hildchen unverwandt an. »Sicher«, brummte er und brachte ein mattes Lächeln zustande. »Ich dachte nur gerade an diese Frau vom Radiosender ...«

»An Frau Göbel?« Hilde Zochs Gesicht erhellte sich. »Eine gute Frau, wenn auch etwas zu neugierig.« Sie lachte und strich sich eine Haarsträhne aus der Stirn. »Aber ich denke, das gehört zu ihrem Beruf.«

»Hmm.« Zoch nahm den Löffel aus der Tasse und leckte ihn ab bevor er ihn auf den Unterteller sinken ließ. »Das meine ich nicht.« Sein Blick ruhte auf seiner Frau. »Ich will wissen, warum der verdammte Heckenschütze bei uns auftauchte, als sie in unserem Garten erschien.«

»Möglicherweise hatte er es gar nicht auf dich abgesehen, sondern auf sie.« Hilde Zoch zog die Mundwinkel nach unten. »Wer weiß, mit welchen Leuten diese Reporter zusammenarbeiten. Ich kann mir gut vorstellen, dass sie nicht nur Freunde hat.«

»Aber ausgerechnet bei uns sollte der Schütze sein Opfer erledigen?« Zoch schüttelte den Kopf und nippte an seinem Kaffee. Immer wieder schielte er zur Theke hinüber, wo eine rundliche Küchenkraft die Tabletts abwusch und sich lautstark mit der Kollegin hinter der Kasse der SB-Theke über den letzten Bundesligaspieltag unterhielt.

»Sieh mal«, riss Hilde Zochs Stimme ihn aus den Gedanken. »Immerhin leben wir ruhig und abgeschieden am Stadtrand – die Gegend ist wie geschaffen für ein Attentat aus dem Hinterhalt. Wir hingegen haben keine Feinde.«

»Außer Spielberg«, wisperte Hans Zoch und führte die Tasse zu den Lippen, um sich prompt den Mund zu verbrennen. Er unterdrückte einen Fluch und stellte den Pott auf die Untertasse zurück.

»Und der ist tot«, spann seine Frau den Faden weiter. »Sinnigerweise tot aufgefunden in deiner Schwebebahn, mein lieber Hans.« Sie lächelte ihn sanft an. »Wenn das mal kein Zufall ist.«

»Ja«, nickte der grauhaarige Mann. Er fröstelte plötzlich. »Ich fürchte nur, dass man mich zum Kreise der Verdächtigen zählen wird.«

»Das ist absurd«, entgegnete Hilde Zoch und war plötzlich nicht mehr die sanfte, liebevoll besorgte Ehefrau. Sie funkelte ihn böse an. »Auch wenn Rolf Spielberg uns viel Leid zugefügt hat, wir hatten in den letzten Jahren weiß Gott keinen Grund mehr, uns wegen ihm unglücklich zu machen, ja, schlimmer noch ...« Sie brach mit zitternder Unterlippe ab, als ihr die neugierigen Blicke der beiden älteren Damen am Nebentisch auffielen. Betroffen spielte sie mit dem breiten Ehering an ihrer rechten Hand.

»... einen Mord zu begehen?«, beendete Hans Zoch den von ihr begonnenen Satz flüsternd. Er blickte sein Hildchen ernst an und ergriff ihre Hand. Wie viel hatten sie in den vergangenen Jahrzehnten schon erlebt, wie viele Probleme hatten sie gemeinsam gemeistert, und nun das?

Nein, mit einer schlimmen Sache wie Mord wollten sie nichts zu tun haben. »Ich muss mit dieser Frau Göbel reden«, sagte Hans Zoch. »Ich will endlich wissen, was sich hinter ihr verbirgt.« Er leerte seine Kaffeetasse und trat an das große Fenster. Da die Cafeteria im fünften Stockwerk des Krankenhauses lag, hatte man von hier aus eine herrliche Aussicht. Im Süden erkannte er schemenhaft Ronsdorf, daneben auf einer grünen Anhöhe die Umrisse des Toelleturms im Dunst. Rechter Hand lag die Elberfelder City mit ihren Giebeln in einem engen Tal. Als er sich umwandte, konnte er direkt unter der Klinik in einer Talsenke die kleine Schrebergartensiedlung erkennen. Ein älterer Mann in Begleitung eines Pudels machte sich soeben am Eingangstor der Siedlung zu schaffen.

»Ist etwas?« Hildes Stimme drang wie durch Watte an seine Ohren. »Ist dir nicht gut? Willst du lieber auf dein Zimmer gehen?«

Als er sich langsam herumdrehte, betrat ein junger Mann mit eingegipstem Arm den Raum und machte sich an der Salatbar zu schaffen. Hans Zoch beobachtete ihn gedankenverloren, dann zog er seine ehemalige Verlobte in die Arme. Der Mann genoss die Wärme, die ihr Körper ausstrahlte, spürte die Geborgenheit, die sie ihm bot.

»Es ist nichts, Hildchen«, sagte er leise und strich ihr durch das graue Haar. »Gar nichts. Alles in Ordnung.«

* * *

Sie hatte jedes Zeitgefühl verloren.

Nachdem sie aus ihrem tranceartigen Zustand erwacht war, hatte sie rasch festgestellt, dass sie sich auf einer Autobahn befanden. Es war die A 46, die nach Düsseldorf führte, das hatte sie an der Abfahrt Wuppertal-Varresbeck erkannt. Zuerst rechts das imposante Verlagsgebäude der WZ, im Hintergrund der quaderförmige Flachdachbau eines Möbel-SB-Marktes, wenig später der auf dem Dach drehende Stern der Mercedes Benz-Niederlassung, und schon rollte der Wagen auf das Sonnborner Kreuz zu.

»Unser Püppchen ist aufgewacht«, lästerte der Bud Spencer-Verschnitt zu ihrer Rechten. Er kicherte herablassend.

»Scheiße.« Das war der Mann in den Designerklamotten, der den Wagen in einem halsbrecherischen Tempo über die

Autobahn prügelte. Er warf einen flüchtigen Blick in den Innenspiegel des BMW. »Sieh zu, dass sie nicht zu viel von der Gegend sieht. Es wäre doch schade, wenn sie später plaudern könnte, wo sich ihr Versteck befunden hat.«

»Ist gebongt, Erik.«

Erik, so war der Name des Fahrers.

Erik und Otto, ihre Peiniger.

Das Feuer, dem sie in letzter Sekunde entkommen waren.

Eine wilde Verfolgungsjagd durch Wuppertal, die kurz vor der Autobahn mit dem Sieg der Entführer geendet hatte.

Langsam nur kehrte Heikes Erinnerung zurück. Bevor sie einen weiteren Gedanken fassen konnte, spürte sie einen harten Schlag am Hinterkopf, dann wurde es dunkel um sie herum. Für den Bruchteil von Sekunden sah sie abertausende Sterne tanzen, hörte die Stimmen der beiden Männer wie aus unendlicher Entfernung, bevor sie in sich zusammensackte.

* * *

Irgendwann, viel später, wachte sie auf und befand sich nicht mehr in einem fahrenden Auto. Ihre Knochen schmerzten, als sie sich aus der Rückenlage hochrappelte. Mit klopfendem Herzen blickte sie sich um. Sie befand sich in einem kleinen Raum mit niedriger Decke. Eine einfache Liege mit feuchter Matratze, auf der sie gelegen hatte, ein wurmstichiger Holztisch, ein zerbrechlich wirkender Stuhl und ein vom Zerfall bedrohter Holzschrank mit Schnitzereien stellten das armselige Mobiliar dar. Spinnweben unter der Decke, die Tapeten waren vergilbt und zeigten völlig veraltete Blumenmuster, die sich zu einem schon bizarren Muster formierten. An den Ecken lösten sich die Papierrollen und gaben den Ausblick auf feuchte Wände frei. Heike atmete tief durch, um die Benommenheit abzuschütteln.

Wieder muffige, feuchte Luft.

Auch ein kleines, staubblindes Fenster war vorhanden – leider mit einem massiven Gitter versehen. An Flucht war also auch weiterhin nicht zu denken.

Heike fühlte sich wie gerädert, als sie sich von der unbequemen Liege aufrichtete und zum Fenster stolperte. Eine der kleinen Scheiben war zerbrochen. Frische Luft drang ein und brachte Leben zurück in ihre Lungen. Die blonde Frau atmete mehrmals tief durch und versuchte, etwas von der Umgebung des Gebäudes, indem sie sich befand, zu erkennen. Es war ein altes Wohnhaus, vermutlich sogar ein Fachwerkhäuschen. Wie sie mit einem Blick aus dem Fenster feststellte, befand sich ihr Versteck im ersten Obergeschoss. Direkt vor dem Fenster wuchsen einige alte Eichen in den blauen Himmel, weiter hinten erkannte sie saftig grüne Wiesen, unterbrochen von malerischen Fachwerkhäusern wie Flecken auf einer Landkarte. Es war eine idyllische, ruhige Gegend, in die man sie gebracht hatte. Fast wie ein kleines Dorf. Aber, um Himmels Willen: Wo lag dieses Dorf?

Immerhin konnte sie sich im Raum frei bewegen, nur die Arme hatte man ihr auf dem Rücken zusammengebunden. Sollte sie schreien, sich bemerkbar machen? Wer sollte sie in dieser Einöde hören? Unschlüssig taperte sie durch den Raum und blickte noch einmal aus dem Fenster. Hinter dem kleinen Tal erkannte sie im Dunst auf einer entfernten Höhe dicht beieinanderstehende Gebäude. Die Silhouette einer entfernten Stadt; die sich an einen Höhenkamm schmiegte. Heike überlegte fieberhaft, ob sie diese Anordnung von Häusern, Türmen und Kirchen vielleicht schon einmal gesehen hätte.

Zäh wie Sirup flossen die Gedanken durch ihren Kopf, dann endlich schien es gewiss, woher sie die Silhouette im Hintergrund kannte.

»Remscheid«, stammelte sie mit trockener Kehle und erschrak vor dem Klang ihrer eigenen Stimme. »Das ist eindeutig Remscheid.« Von Wuppertal aus bot sich dieser Ausblick auf Remscheid nicht. Also gab es nur eine Bergische Stadt, von der aus man auf Remscheid blicken konnte: Solingen.

* * *

»Da hat eine Frau Zoch angerufen«, wurde er von Roland Kracht empfangen, als Stefan in die Redaktion des Senders zurückkehrte. Zuvor hatte er Peter in der Agentur abgesetzt. Sie hatten sich für den Abend verabredet, um weitere Schritte zu planen. Zunächst mussten sie abwarten, was die Ringfahndung der Polizei nach dem dunklen BMW brachte.

Vermutlich nichts, da machte sich Stefan keine Hoffnung. Dennoch hatten sie keine Chance, jetzt noch in das Geschehen einzugreifen. So waren die Freunde deprimiert zum Neumarkt zurückgekehrt, um sich am Brandort umzusehen. Nachdem Stefan einige brauchbare Kommentare von offizieller Seite bekommen hatte, war er ins Studio gedüst, um direkt in Rolands Arme zu rennen.

»Eine Frau Zoch?« Jetzt runzelte Stefan verwundert die Stirn.

»Ja, die Frau des Schwebebahnfahrers, der Rolf Spielberg tot in der Bahn fand.« Er grinste.

Stefan kombinierte. »Heike berichtete, er wurde angeschossen.«

»Sie befindet sich tagsüber besuchsweise bei ihrem Mann und hat gebeten, Heike im Krankenhaus vorbeizuschicken.« Roland zuckte mit den Schultern und fuhr fort: »Keine Ahnung, was sie will.«

»Dann werde ich mich der Sache annehmen.« Seine innere Unruhe steigerte sich. Insgeheim hoffte er auf einen Zusammenhang mit Heikes Entführung. Er erfuhr von dem Nachrichtenredakteur, dass Zoch im Bethesda-Krankenhaus lag. Das passte gut, denn von dort aus konnte Stefan auf einen Sprung bei diesem Käfer-Klaus vorbeischauen. Möglicherweise erwischte er ihn ja doch schon heute.

20. Kapitel

Wie ihm die Stationsschwester im Hospital mitgeteilt hatte, hielten sich die Zochs in der Cafeteria im fünften Stock auf, wo sie die meiste Zeit des Tages verbrachten. Hans Zoch war wieder einigermaßen auf dem Damm; er erklärte dem Reporter der Wupperwelle augenzwinkernd, dass er bereits nächste Woche wieder Schwebebahn fahren könne. Erst als die Sprache auf den seltsamen Schützen kam, hatte sich seine Miene verfinstert.

»Wer weiß, wer es auf Ihre werte Kollegin abgesehen hat«, war seine einzige Antwort gewesen, worauf er sich ein empörtes »Hans – bitte« von seiner Gattin eingehandelt hatte.

Stefan berichtete dem älteren Ehepaar von Heikes Entführung.

»Dann wissen Sie jetzt ja, wo Sie die Verbrecher zu suchen haben«, brummte Zoch und musterte Seiler mit versteinerter Miene. »Fragen Sie diesen Puffbesitzer – diesen, wie hieß er gleich? – Gembowsky. Er war ein Freund von Rolf Spielberg, aber das dürften Sie ja bereits in Erfahrung gebracht haben.«

»Hans – das kannst du nicht einfach so behaupten«, warf Hilde Zoch ein und blickte erst ihn, dann Stefan an. Sichtlich nervös erhob sie sich und taperte durch den lichtdurchfluteten Raum.

Er winkte ab. »Lass mich.« Nachdenklich widmete er sich seinem Kaffee und drehte die Tasse in den Händen. Es war bereits der dritte seit Stefans Ankunft im Krankenhaus. Der Mann musste ein Herz wie ein Dino haben. Insgeheim wunderte er sich, woher der Schwebebahnfahrer die Zusammenhänge kannte.

Als Zoch Stefans fragendes Gesicht sah, musste er doch lachen. »Wissen Sie«, begann er und lehnte sich weit in seinem Stuhl zurück. »Ich lebe in dieser Stadt so lange ich denken kann, und das sind mehr als sechzig Jahre. Auch eine Stadt mit fast vierhunderttausend Einwohnern ist ein Dorf, wenn Sie verstehen. Es gibt Menschen, die sehen Sie und haben sie im nächsten Moment schon wieder vergessen.« Er lächelte versonnen. »Und dann gibt es Typen, die sehen Sie immer wieder. Spielberg war so ein Typ. Eine schillernde Gestalt. Ich kannte ihn von früher. In den fünfziger Jahren hat er sein erstes Mietshaus in Barmen errichtet. Seitdem hat sein Weg steil nach oben geführt. Wer Ruhm und Erfolg hat, besitzt aber nicht nur Freunde. Und die«, er senkte seine Stimme und ließ den Blick durch die Cafeteria gleiten, »die Leute, die ihm nicht gut gesonnen waren, hat er sich gekauft, um ihre Sympathien zu erwerben. Irgendwann tauchte dieser Gembowsky auf der Bildfläche auf. Das war in den siebziger Jahren und Spielberg war steinreich und ein arrogantes Arschloch geworden. Ihm gehörte die halbe Stadt, und dann kam so einer aus Solingen, der ihm an den Karren fahren wollte. Gembowsky stammte ursprünglich aus dem Ruhrgebiet. Als ihm dort die Luft wegen windiger Geschäfte zu eng geworden war, suchte er ein neues Spielfeld. Er machte in Immobilien.«

»Wie Spielberg«, kombinierte Stefan.

»Exakt.« Zoch nippte scheinbar gedankenverloren an seinem Kaffee. »Er steckte sein ganzes Geld in die ersten Nachtclubs, schleppte Mädchen aus dem Ausland an, die in den Etablissements für ihn arbeiteten und ...«

»Anschafften?«, brachte es Stefan auf den Punkt und leerte seine Cola.

»Genau. Gembowsky war Spielbergs natürlicher Feind. Sie verbündeten sich, fragen Sie mich aber nicht, wer wen kaufte. Gehen Sie davon aus, dass Gembowsky hinter dem Tod von Rolf Spielberg steckt.«

Das wusste Stefan besser, hatte er doch von Spielbergs Bruder ein Geständnis bekommen, bevor dieser sich umgebracht hatte. Da er jedoch keine Ahnung hatte, was Hans Zoch aus den Medien wusste, schwieg er.

* * *

Käfer-Klaus war in der Siedlung bekannt wie ein bunter Hund. Als Stefan einen Nachbarn nach ihm fragte, da Klaus nicht in seiner Gartenlaube anzutreffen war, unterbrach dieser seine Arbeit und stützte sich auf den hölzernen Stiel seiner Hacke, mit der er das Gemüsebeet beackert hatte. Mit einem knappen Nicken hatte er sich als Tabbert vorgestellt, Robert Tabbert. »Wie die Wohnwagenmarke«, hatte der rüstige Rentner kichernd hinzugefügt und sich einen Schluck aus der bereitstehenden Bierflasche genehmigt. Der Mann trug einen verschlissenen Arbeitsanzug, Handschuhe und einen Cordhut auf dem Kopf. Den Hut schob er sich in den Nacken und wischte sich mit einem Stofftaschentuch den Schweiß von der Stirn.

»Wissen Sie«, sagte er und erinnerte Stefan irgendwie an Hans Zoch, »der Käfer-Klaus ist so komisch geworden in der letzten Zeit.« Tabbert musterte seinen Besucher.

»Komisch?«, fragte Stefan und runzelte die Stirn. Insgeheim hoffte er, bei Tabbert den Eindruck zu erwecken, Klaus und er seien uralte Freunde.

»Ja«, nickte Käfer-Klaus' Gartennachbar und trank noch mal aus der Flasche, bevor er das leere Gefäß zu Boden warf. Der Mutterboden, auf dem er stand war weich genug. Die Flasche hielt. »Ich meine, seit der Scheidung von Tanja. Ein herrschsüchtiges Weib.« Robert Tabbert lüpfte seinen Cordhut, bevor er fortfuhr. »Sie war bildhübsch, hatte tolle Brüste und einen Hintern ...« Er errötete, als er Stefans verdutztes Gesicht bemerkte. »Aber Sie sollen keinen falschen Eindruck von mir kriegen. Als Mann in meinem Alter ist man nicht so weit ab vom Weltlichen, wie das manche junge Leute denken. Wir freuen uns auch, wenn wir so ein hübsches Ding sehen.«

›Geiler Bock‹, durchzuckte es den Reporter. Äußerlich ließ er sich jedoch nichts anmerken. »Und die Scheidung hat er nicht verkraftet?«

»Nein, das ist es nicht. Klaus weiß, dass er andere Frauen haben könnte als diese launische Ziege. Aber Diana ... Sie ist gerade mal sechs Jahre alt und fehlt ihm sehr.« Tabbert schüttelte mitleidig den Kopf.

»Aber sie sind doch schon so lange getrennt«, behauptete Stefan. Eigentlich wunderte er sich, wie leicht sein Gegenüber sich aushorchen ließ. Robert Tabbert merkte nicht einmal, dass Seiler bluffte.

»Ein ganzes Jahr«, nickte er nachdenklich. »Und die Schulden, die sie auf seinen Namen gemacht haben, erdrücken den armen Kerl.«

»Was ich eigentlich nie verstanden habe«, fuhr Stefan mit dem begonnenen Spiel fort, »warum haben Klaus und Tanja sich getrennt? Ich meine, Klaus ist nicht der Typ, der sich eine andere ausguckt, nur weil seine Angetraute mal wieder bockt ...«

Tabbert schüttelte den Kopf, dann lachte er, als hätte Stefan ihm einen guten Witz erzählt. War er ins Fettnäpfchen getreten?

»Nein, dafür hatte er ja gar keine Zeit«, murmelte er nun. »Er lag ja nur unter seinem Wagen, war kaum bei ihr. Eigentlich kann ich sie verstehen, dass sie herumgezickt hat, wenn er irgendwann spät abends heimkam. Und trotzdem: Er vermisst seine kleine Tochter und das traute Heim – Nestwärme«

»Das hätte er sich früher überlegen können«, bemerkte Stefan.

»Jetzt ist es zu spät. Die Schulden seiner Ehe erdrücken ihn, er hat das Trinken angefangen und ist kaum noch hier. Vermutlich hängt er in irgendwelchen Spelunken herum und versäuft seinen letzten Euro, der nicht für den Unterhalt der Tochter draufgeht.«

»Sie wissen auch nicht, wann er wiederkommt?«

»Nee, tut mir Leid, junger Mann.« Tabbert schüttelte den Kopf. »Er schien heute sowieso noch verschlossener als sonst, war muffig und hat sich nur kurz hier aufgehalten.« Er winkte ab. »Vermutlich hat er wieder Ärger gehabt.«

»Ärger?«, stutzte Stefan.

»Ja, in der Arbeit. Seitdem diese komischen Dinger mit der Schwebebahn passieren, ist er irgendwie anders. Die Unglücksfälle scheinen ihm doch irgendwie nahe zu gehen.«

»Warum sollten sie das?«

»Nun, kennen Sie keine Schwebebahner?« Tabbert grinste schief und ließ die Hacke sinken. »Das ist ein eigenes Völkchen.«

So etwas hatte Stefan schon von Erika Meister gehört. Dennoch machte Stefan auf dumm. »Ein eigenes Völkchen?«

»Ja, sie tun gerade so, als würde die Schwebebahn ihnen persönlich gehören. Geht es der Bahn schlecht, leiden die Schwebebahner mit, als hätten sie sich an einem Virus infiziert.«

Jetzt musste Stefan lachen. »Alles Idealisten, was?«

»Ja.« Tabbert nickte. »Wissen Sie eigentlich, wie man Klaus richtig auf die Palme bringen kann?«

»Nein.« Das war wenigstens ehrlich.

»Man muss nur gegen die verdammte Bahn schimpfen, sie verfluchen und als veraltetes Teufelswerk bezeichnen – Industrieschrott, den ein verrückter Kölner namens Eugen Langen vor hundert Jahren ins Wuppertal verkaufte, weil die Kölner den eisernen Lindwurm nicht haben wollten.«

»So einfach ist das?«, staunte Stefan einmal mehr. Scheinbar war Klaus Lange wirklich von seiner Arbeit und der Schwebebahn überzeugt. Er beschloss, ihn bei Gelegenheit darauf anzusprechen.

»Für wie dumm halten Sie mich eigentlich?«

»Man darf nichts außer Acht lassen, oder?« Michael Eckhardt verschränkte die Arme vor der Brust und lehnte sich in seinem bequemen Chefsessel zurück. Er musterte Kommissar Ulbricht über den Rand seiner Brille. Dieser fühlte sich sichtlich unwohl in seiner Haut. Er tappte im Entführungsfall Heike Göbel nach Stunden noch im Dunkeln, und das, obwohl die Lösegeldübergabe unmittelbar bevorstand. Nachdem Eckhardt ihm seinen Verdacht mitgeteilt hatte, dass vermutlich ein Zusammenhang zwischen der *Bewegung 12. April* und Klaus Gembowsky bestand, war Norbert Ulbricht sofort nach Solingen gefahren, um das Wohnhaus des Millionärs zu durchsuchen. Gembowsky hatte seinen Männern bereitwillig die Razzia erlaubt, obwohl er mit leeren Händen, sprich: ohne Durchsuchungsbefehl dort aufgekreuzt war. Ulbrichts Leute hatten die zweistöckige Prachtvilla am grünen Stadtrand vom Dachspeicher bis zum Keller inklusive Swimmingpool durchkämmt, ohne auch nur die Spur eines Hinweises auf Heike Göbels Verbleiben zu finden.

»So schlau war ich selber«, fügte Ulbricht beleidigt hinzu. Er marschierte wie eine unruhige Wildkatze durch das Gehege, respektive das Chefbüro des Lokalsenders. »Allerdings dürfen wir einen Mann wie Klaus Gembowsky nicht unterschätzen. Er ist kein Idiot und wird einen Teufel tun, sein Opfer in seinem verdammten Privathaus unterzubringen. Betrachten Sie die Durchsuchungsaktion also als Einschüchterungsmaßnahme.«

»Als ob Gembowsky sich so einfach einschüchtern ließe«, brummte Eckhardt.

»Eben«, meinte Ulbricht und zupfte an seiner unmöglich gemusterten Krawatte herum. Der Binder war eigentlich eine Beleidigung für das Auge des Betrachters. Der Kommissar unterbrach seine Wanderung durch das geräumige Büro und ließ sich auf den Schwingstuhl vor dem Schreibtisch sinken. Er warf einen nervösen Blick auf die Armbanduhr und dachte mit Grauen an den Zeitpunkt der Lösegeldübergabe.

Alle Vorbereitungen waren getroffen.

Unvermittelt ruckte sein Kopf hoch, er stand soeben im Begriff, etwas zu sagen, als das Telefon auf dem Schreibtisch anschlug. Michael Eckhardt murmelte eine Entschuldigung und griff zum Hörer. Seine Augen weiteten sich, als er die Stimme des Anrufers erkannte.

Kommissar Ulbricht rechnete mit einer neuen Hiobsbotschaft.

Das hatte gerade noch gefehlt.

Verdammt!

* * *

»Was hältst du davon, wenn wir diesem Schwein auf den Zahn fühlen würden?«

Im Brauhaus herrschte kaum Betrieb – ein denkbar seltener Zustand in Wuppertals größtem austrinkbaren Schwimmbad, wie das ehemalige Volksbad scherzhaft genannt wurde. Die überdimensionalen Figuren von Schwimmern im Badedress der Jahrhundertwende pendelten von der Decke herab. Weiter hinten, im Haupttrakt, zog die Modellschwebebahn über der langen Theke gemächlich ihre Bahn über den durstigen Gästen. Die kleine Schwebebahn hatte mit dem Komplott wenigstens nichts zu tun. Unermüdlich fuhr sie am Miniaturgerüst vom Ost- zum Westende der Theke.

Sie hatten es sich im Eingangsbereich an einem der zahlreichen Stehtische bequem gemacht.

»Vor einer halben Stunde habe ich mit meinem Chef telefoniert«, erwiderte Stefan. »Er hat mir berichtet, dass die Kripo diese glorreiche Idee schon vor uns gehabt hat.«

»Na toll«, nickte Peter und spülte mit einem Schluck des hier gebrauten Bieres nach. »Vermutlich sind sie mit einer Hundertschaft ausgerückt, um den guten Oberzuhälter mit tönendem Martinshorn zu warnen. Stefan, das ist suspekt. Vielleicht finden wir eine Spur, die uns zu Heike führt. Irgendwo muss sie ja sein.«

Es wurde höchste Zeit, Heike aufzutreiben. Die Lösegeldübergabe sollte heute Abend stattfinden, und Stefan befürchtete, dass Heike als Geisel fungieren sollte, um der Sache Nachdruck zu verleihen.

»Was grinst du so?« Peter schob den leeren Teller von sich und putzte sich den Mund mit der Stoffserviette ab. Eine Knoblauchfahne wehte Stefan entgegen, und unwillkürlich ging er auf Distanz. Er musterte Heikes Bruder und griff mit einem Pokerface in die Innentasche seiner Jacke um den ledernen Einband herauszuzaubern. Das Adressbuch hatte Stefan beinahe vergessen.

»Was ist das?«

»Mein persönlicher Joker im Kampf gegen die Spielberg-Gembowsky-Connection«, erwiderte Stefan hoffnungsvoll.

21. Kapitel

Das ist ja unglaublich!«

Ulbricht räusperte sich nervös und spitzte die Lippen. Er wippte auf dem Stuhl vor Eckhardts Schreibtisch und musterte den Journalisten. Der Chef der Wupperwelle lauschte angestrengt in den Hörer, nickte erst, um dann ungläubig den Kopf zu schütteln.

»Ich werde noch in der nächsten Stunde ins Programm gehen, um den Leuten die Angst zu nehmen, mit der Schwebebahn zu fahren. Jaja ...« Michael Eckhardt nickte eifrig. »So etwas kommt vor, natürlich.« Jetzt besann er sich der Anwesenheit des Kommissars. Er warf ihm viel sagende Blicke zu, die dieser nicht zu deuten vermochte.

»Das laufende Programm wird unterbrochen. So eine Nachricht hat natürlich oberste Priorität. Ich werde mich mit Ihnen in Verbindung setzen, um ein kleines Interview zu machen. Unsinn – besser noch, Sie kommen kurz in der Redaktion vorbei, dann könnten wir direkt hier im Studio ... was?« Er bedachte Kommissar Verdammt mit einem weiteren Blick, rollte mit den Augen und nickte. »Natürlich. Eine Aufzeichnung? Auch Staatsanwalt Pesche. Ja. Bis dann.«

Der Chefredakteur der Wupperwelle legte den Hörer auf die Gabel zurück und musterte seinen Besucher.

Dieser wurde ungeduldig.

»Das war Erika Meister, die Pressereferentin der Stadtwerke.«

»Was hatte sie zu sagen?«

»Sie werden es nicht glauben«, erwiderte Eckhardt und lehnte sich mit einem gönnerhaften Grinsen im Sessel zurück. Er verschränkte die Arme hinter dem Kopf. »Ich habe soeben für unseren Sender eine Exklusivgeschichte erhalten.«

»Sehr erfreulich«, meinte Ulbricht mit säuerlicher Miene. »Ist das der verdammten Sache an sich dienlich?«

»Natürlich.« Eckhardt beugte sich nun weit über die Schreibtischplatte und fixierte seinen Gegenüber mit Blicken. »Die Unfallursache des Schwebebahnunglücks in Vohwinkel ist eindeutig geklärt.«

* * *

»Eick, Solingen«, las Stefan laut vor, nachdem er das Adressbuch aufgeschlagen hatte. Dahinter – keine Telefonnummer. Und keine Adresse. Dennoch fiel ihm der kurze Name sofort auf, da es sich um den einzigen Eintrag mit dem Zusatz Solingen handelte. »Wer soll das sein?«

Peter zog die Mundwinkel nach unten. »Was weiß ich?«

»Vielleicht ein Codename, eine Abkürzung. Eick ... sagt mir gar nichts. Ich kenne keinen Eick.«

»Abkürzung ist gut«, nickte Peter. »Dann fahren wir jetzt zur Post und wälzen ein Telefonbuch.«

»Spinner.« Stefan winkte ab und blätterte weiter in der Kladde, ohne jedoch einen weiteren Hinweis auf Solingen zu finden. Keine Telefonnummer, nichts.

»Hast du eine bessere Idee?«, fragte Peter gekränkt und winkte der Bedienung, um die Rechnung zu begleichen.

»Nein.«

»Na also.«

* * *

Die Mitarbeiter des Postamtes an der Stresemannstraße musterten sie feindselig, als die ungleichen Männer fünf Minuten vor dem heiligen Dienstschluss noch in der Filiale auftauchten und in aller Ruhe das Solinger Telefonbuch wälzten. So etwas grenzte schon an Beamtenbeleidigung.

»Eich?«, fragte Peter und befeuchtete sich seine Lippen.

»Eick«, berichtigte Stefan. »Eick mit ck, nicht mit ch.«

»Unter Eich finde ich aber zehn Einträge, während unter Eick nicht ein einziger Name vermerkt ist.« Der blonde Mann schüttelte ratlos den Kopf. »Und jetzt?«

»Was ist mit der Abkürzung? Eick könnte auch ein Kürzel sein.«

Peters hagerer Zeigefinger huschte über die Buchstabenzeilen. »Eicken, Eickelberg, Eickenberg, Eicker und Eickhoff.« Sein Kopf ruckte zu Stefan herum. »Mehr kann ich dir beim besten Willen nicht anbieten.«

»Mist.« Stefan ballte eine Faust. Jetzt hatte er einen Hinweis, einen Solinger Namen, ohne aber zu wissen, wie er diesen Eick erreichen sollte. Vermutlich handelte es sich um einen geheime Nummer. Der Inhaber würde sicherlich wissen, warum er darauf verzichtete, seine Daten im öffentlichen Telefonbuch bekannt zu geben.

»Moment«, riss ihn Peters Stimme aus den Gedanken. Sein Gesicht erhellte sich. »Ich hab's. Hier gibt es einen Hans-Dieter Eickenberg.« Peter grinste breit. »Und rate mal, wo der wohnt?«

»Am Eickenberg.« Stefan seufzte und starrte möglichst gleichgültig Löcher in die Luft. »Wo sonst?«

»Fast richtig, der Kandidat hat neunzig Punkte«, strahlte Peter.

Stefan blickte sich peinlich berührt um und hoffte, dass niemand der Anwesenden Peters Gefühlsausbruch mitbekommen hatte. Inzwischen befanden sich nur noch die Angestellten der Postfiliale im Schalterraum und bereiteten sich auf den Feierabend vor. Der Typ an Schalter Eins räusperte sich mehrmals vernehmlich, um demonstrativ auf seine Uhr zu schauen. »Es gibt in Solingen einen ...« Stefan staunte jetzt doch. »Es gibt einen Eickberg?«

»Ja, und zwar einen Hans-Dieter. Mensch, Stefan! Es gibt eine Straße in Solingen, die heißt Eick.«

»Eickstraße?« Darauf war Stefan nicht gekommen. Demnach war es kein Name, der in Rolf Spielbergs Adressbuch stand, sondern eine Anschrift. Die Anschrift eines Bekannten, eines Geschäftspartners oder ... die eines Freundes?

»Nein«, erwiderte Peter und tippte auf den Eintrag unter Eickberg. »Sieh nur, hier steht einfach nur Eick.«

»Das ist es.« Stefan strahlte und hatte es plötzlich sehr eilig.

»Hey«, hörte er Peters verdutzte Stimme hinter sich. »Was hast du vor?«

»Blöde Frage«, wurde er von Stefan gerügt. »Auf nach Solingen. Wir werden uns diesen Eick ansehen. Worauf wartest du noch?«

* * *

Die Sonne ging hinter ihnen unter, als sie am Sonnborner Kreuz die Autobahn in Richtung Solingen verließen. In der Kohlfurt, die Wuppertal mit der Klingenstadt verband, herrschte nur mäßiger Verkehr an diesem lauen Sommerabend.

Sag mal, wie stellst du dir das eigentlich vor?«, brach Peter schließlich das Schweigen, das zwischen ihnen geherrscht hatte. Er verschränkte die Arme vor der Brust und rückte sich die Designersonnenbrille auf der Nase zurecht.

Stefan warf ihm einen Seitenblick zu. »Was?«

»Ich meine, was machst du, wenn wir wirklich das Versteck finden, in das sie Heike gebracht haben? Du kannst doch nicht einfach so reingehen und sagen ›So Heike, hier sind wir, und nun komm mal schön mit‹. Sollte sie sich tatsächlich in Gembowskys Gewalt befinden, dann ist sie sicherlich bewacht.«

»Nun«, seufzte Stefan. Wenn er ehrlich war, hatte er sich selber noch keine Strategie zurechtgelegt. Obwohl er Heike bedingungslos aus den Fängen der Entführer befreien wollte, so rechnete er sich kaum eine Chance aus, um gegen Gembowskys Männer bestehen zu können. »Vielleicht werde ich Ulbricht anrufen.«

»Diesen komischen Kauz, der nur einen einzigen Streifenwagen losschickt, wenn jemand entführt wird?« Peter winkte ab. »Nein danke. Auf den kann ich verzichten.«

»Immer noch besser, als ...«

»Warte mal«, unterbrach er den Reporter und legte den Zeigefinger an die Lippen. Als Stefan ihn fragend anblickte, machte er »psst« und drehte das Radio lauter. Wie immer lief in seinem Autoradio das Programm der Wupperwelle.

»Blitzlicht«, hörten sie die Stimme von Lutz Peters, gefolgt von einem Jingle. Stefan warf Peter einen Blick zu und drosselte das Tempo des Käfers. Mit einem Blitzlicht wurde das laufende Programm nur dann unterbrochen, wenn das aus aktuellem Anlass nötig war – wie etwa ein schweres Unglück, ein Großbrand oder ähnliche Dinge. Die Kollegen aus der Nachrichtenredaktion schusterten eilig eine erste Meldung zusammen, die dann später innerhalb der Sendung aufbereitet, mit Interviews und O-Tönen angereichert der Hörerschaft präsentiert wurde.

»Wie wir soeben erfahren haben, steht die Unglücksursache für den gestrigen Schwebebahn-Auffahrunfall in der Vohwinkler Endstation fest. Ein Sprecher der Stadtwerke erklärte, dass ein technischer Defekt den Unfall ausgelöst hat. Nach ersten Vermutungen der Staatsanwaltschaft hat ein fehlerhaftes Schütz verhindert, dass sich der hintere Zug manuell verzögern ließ. Gegenüber unserem Sender versprach man, alle Züge auf dieses Teil hin zu überprüfen, um einen weiteren Auffahrunfall ausschließen zu können. Natürlich bleiben wir für Sie am Ball, um Sie mit weiteren Informationen aus erster Hand zu versorgen, sobald es Neuigkeiten gibt. Das war Lutz Peters für die Wupperwelle.«

Musik wurde eingeblendet, doch für den neuesten Song von Ex-Take That-Sänger Robbie Williams hatte Stefan jetzt keine Ohren und drehte die Lautstärke zurück. Ein Seufzer kam über seine Lippen.

»Na also«, grunzte Peter und richtete sich grinsend im Beifahrersitz auf.

Stefan starrte verdutzt zu ihm hinüber. »Was – na also?«

»Dann steht ja fest, dass man mal wieder geschlampt hat.«

»Der Schwebebahnzug, der den wartenden Wagen gerammt hat, kam gerade aus der Generalüberholung«, erwiderte Stefan. »Nach einer solchen Überholung sind die Gelenkzüge quasi neuwertig. Da klingt es doch wie ein schlechter Witz, wenn die Bahn wegen eines defekten Schützes beinahe eine Katastrophe auslöst, oder?«

Peter rieb sich nachdenklich den Nasenrücken. Dann musterte er seinen Chauffeur fragend. »Was ist ein Schütz?«

»Ein elektrisches Bauteil, einer Sicherung nicht ganz unähnlich.«

»Hmm.«

Sie hatten die Abfahrt nach Wuppertal-Kohlfurt passiert. Stefan überlegte, ob er an der nächsten Anschlussstelle nach Solingen-Mitte abfahren solle, entschied sich schließlich dagegen und trat das Gaspedal tiefer durch. Der Boxermotor im Heck grummelte sanft. Stefan mochte die kurvenreiche Strecke über Müngsten, konnte sich aber heute an den landschaftlichen Schönheiten des Bergischen Landes nicht sonderlich erfreuen. Die Zeit brannte den Freunden unter den Nägeln.

»Was – hmm?«, fragte er Peter, nachdem sie die Abfahrt nach Kohlfurt passiert hatten. Die Müngstener Brücke ließen sie links liegen. Die Straße stieg steil an, und Stefan überholte einen langsamen LKW, der qualmend auf der rechten Spur seine Bahn zog. Linker Hand erkannte er durch das saftige Grün der Bäume hindurch die imposante Stahlkonstruktion der Müngstener Brücke im Licht der untergehenden Sonne.

»Wenn die Stadtwerke so exakt arbeiten, dann bleibt logischerweise nur eine einzige Möglichkeit.« Peter drückte das Kreuz durch und umklammerte den Handgriff über dem kleinen Handschuhfach.

»Die da wäre?«

»Mensch, Stefan, überleg doch mal: Das kleine Zauberwort heißt schlicht und ergreifend Sabotage.« Er grinste überlegen, als er Stefans verdutztes Gesicht sah. Dem Reporter war gar nicht zum Lachen zumute. Peter Göbel hatte soeben seine größte Befürchtung ausgesprochen.

* * *

Es war fast dunkel geworden, und die Finsternis überzog das karge Mobiliar mit langen Schatten. Heike war eingedöst. Durch ein monotones Geräusch schreckte sie auf. Ihr Blick glitt zur feuchten Zimmerdecke. Lichtbalken durchschnitten das dunkelgraue Rechteck über ihrem Kopf. Die Lanzen glitten rasch über die Decke. »Ein Auto«, durchzuckte es die blonde Frau. Eilig rappelte Heike sich in die Höhe. Wild zerrte sie an den Fesseln und wankte auf das kleine, vergitterte Fenster zu. Das Motorengeräusch näherte sich unaufhaltsam. Dann blieb der Wagen stehen. Heike huschte zum Fenster hinüber. Ein dunkles Cabriolet war vor dem Haus auf der anderen Straßenseite zum Stehen gekommen. Es war nicht das knallrote BMW Cabrio von Gembowsky, sondern ein Opel. Angespannt starrte Heike hinaus in die Dunkelheit, die sich schwer über die Landschaft gelegt hatte. Entweder war es spät am Abend – oder ein Gewitter zog auf. Jetzt erst bemerkte sie den frischen Wind, der die Äste der wild gewachsenen Bäume durchschüttelte. Also doch ein Unwetter – kein Wunder nach der Hitze der vergangenen Tage.

Jetzt endlich stieg jemand aus dem Cabrio aus.

Die Reporterin erkannte eine kleine, untersetzte Gestalt mit fettem Bauch und viel zu kurzen Armen. Diese Witzfigur kannte sie nur zu gut. Der Fahrer des Astra Cabrios blickte sich kurz um, bevor er schnurstracks auf den protzigen Eingang der Villa gegenüber zumarschierte. Sekundenlang hatte sein Blick auf dem verfallenen Haus gehaftet, in dem Heike gefangen war. Beinahe hätte sie laut um Hilfe gerufen. Dann war sie froh darüber, sich nicht bemerkbar gemacht zu haben. Vorerst. So wurde sie zu einer stillen Beobachterin.

Was hatte Axel Grimm hier zu suchen? War Grimm beruflich hier aufgetaucht, oder arbeitete er etwa mit ihren Entführern zusammen? Dann war es wohl tatsächlich besser, wenn sie sich still verhielt. So zog Heike sich in den Schatten des Fensters zurück. Klappe halten. Gedämpft drang ein Gong an ihre Ohren. Sie spähte um den Fensterbalken herum. Unten wurde die Eingangstür des Bungalows geöffnet, von wem, konnte sie nicht erkennen.

»Hallo.« Das war Grimm gewesen.

»Du bist spät, Mann.«

»Besser spät als nie.« Grimms Stimme scharrte unangenehm.

»Heute passiert es. Komm schon rein.«

»Ja.« Die Tür schlug ins Schloss, dann kehrte Ruhe ein.

Heike trat wieder an das Fenster und blickte zum Haus auf der gegenüberliegenden Straßenseite. Die Gedanken rasten durch ihren Kopf. »Heute passiert es«, hatte der Mann gesagt, der Grimm empfangen hatte. Sprach er von der Lösegeldübergabe der Schwebahnerpresser?

* * *

»Sabotage – aber durch wen?« Stefan warf Peter einen langen Seitenblick zu, während er in einer engen Kehre das Tempo des Käfers drosselte.

»Alles ist möglich«, erwiderte Heikes Bruder und schürzte die Lippen. »Wo sind wir jetzt eigentlich?« Er verrenkte sich den Hals, um das draußen vorbeifliegende Straßenschild entziffern zu können.

»Felsenkeller«, las er laut vor und grinste. »Welch romantische Namen die hier haben.«

»Ja«, Stefan nickte gallig. »Ich sag nur Eick.«

Peter wollte etwas erwidern, als ein greller Blitz die Schwärze durchschnitt, die sich innerhalb der letzten Minuten über das Bergische Land gelegt hatte. Der hagere Kerl auf dem Nebensitz zuckte unmerklich zusammen.

»Ein Gewitter«, brummte Stefan und schenkte ihm ein mütterlich sanftes Lächeln. »Du musst keine Angst haben – ich bin ja bei dir.«

»Eben«, nickte Peter und strich sich mit der flachen Hand durch das Gesicht. »Eben drum.«

Die Straße führte noch immer steil bergan. In wenigen Minuten würden sie den Ortseingang von Solingen erreicht haben. Stefan hatte beschlossen, die erste Tankstelle anzufahren und nach dem Weg zu fragen, als Peter ihn antippte.

»Da – warte!« Er deutete aufgeregt nach links. Dort lag ein kleines, grünes Tal mit zahlreichen kleinen Fachwerkhäusern. Vereinzelt erkannte Stefan protzige Villen, die sich an den Hang schmiegten. Von den Terrassen dieser Häuser aus musste man einen herrlichen Ausblick bis zum benachbarten Remscheid haben. Stefan warf seinem Beifahrer einen missbilligenden Blick zu. Der hatte ihn erschreckt, und prompt war Stefan auf die Bremse gelatscht. »Was ist?«, seufzte er.

»Da ist es.«

»Da ist was ?«

»Eick. Die Straße, die wir suchen.«

»Das ist mir zu einfach«, bemerkte Stefan abwertend und lenkte den Käfer zunächst einmal an den Straßenrand.

»Hättest du es lieber kompliziert?«, entgegnete Peter fast beleidigt. »Mann, du solltest wissen, dass auch ein blindes Huhn mal ein Korn findet. Und das hier ist eben unser Korn: Die Straße Eick liegt direkt am Stadtrand von Solingen.«

»Stimmt.« Stefan gab es nicht gerne zu, aber Peter hatte Recht: Jetzt hatte auch er die kleine, fast unscheinbare Einfahrt auf der gegenüberliegenden Fahrbahnseite entdeckt, die direkt in das kleine Tal führte. »Eick«, las Stefan den Namen auf dem schwarzweißen Straßenschild. Hatte Heike nicht erwähnt, dass Gembowsky am Rand von Solingen in einem protzigen Bunker residierte? Wenn das alles stimmte und er noch eins und eins zusammenzählen konnte, dann näherten sie sich der Lösung des Falls mit riesengroßen Schritten.

22. Kapitel

Langsam wuchs seine innere Unruhe.

Nervös scharrte er mit den Stiefelspitzen im weichen Waldboden herum und warf einen Blick auf die Armbanduhr. Noch fast zwei Stunden. Er wusste schon gar nicht mehr, wie lange er sich bereits in diesem Versteck aufhielt. Dennoch: In zwei Stunden sollte es endlich soweit sein. Dann würde sich herausstellen, ob sich die Mühen der letzten Tage gelohnt hatten. Dann war die Stunde der Entscheidung gekommen, und wenn alles klappte, war er noch heute um eine halbe Million reicher. Genug Geld, um seine Schulden abzuzahlen, genug Geld, um sich ein schönes Leben zu machen. Er hatte es satt, jeden Cent zweimal umzudrehen, bevor er ihn ausgab. Er war jung, wollte verreisen, vielleicht irgendwo im Süden ein neues Leben beginnen. Verdient hatte er es sich.

Jetzt reckte er seine lahmen Knochen und erhob sich. Das Zwitschern der Vögel hörte er schon gar nicht mehr – diese Idylle war nur trügerisch. Er musste auf der Hut sein. Noch zwei Stunden. Das monotone Rauschen der nahen Autobahn drang an seine Ohren. Obwohl man die Bahn durch das dichte Grün des Waldes nicht sah, so war man sich doch stets bewusst, mitten in der Zivilisation zu stehen. Daran konnte auch der Barmer Stadtwald nichts ändern. Vorsichtig drückte er die Äste zur Seite. Die Luft war rein – er befand sich alleine am Rande der Lichtung. Nun konnte er es wagen. Wachsam verließ er sein Versteck. Eilig huschte er hinüber zum hölzernen Pavillon, der Wanderern bei einem Unwetter Unterschlupf bieten sollte. Der Wetterschutz befand sich mitten auf einer Rodung. Von hier aus konnte man unten im Tal die ersten Lichter der Stadt erkennen. In der Ferne schälte sich ein Wasserturm aus dem Dunst. War es der Hatzfelder Wasserturm? Oder der Nächstebrecker?

Es war ihm egal. Scheißegal.

Wenn alles klappte, dann gehörte die *Bewegung 12. April* in den nächsten zwei Stunden der Vergangenheit an. Und wenn nicht ...

Er wagte kaum, sich diesen Gedanken auszumalen.

Es *musste* klappen.

Wind kam auf. So plötzlich, dass er über das bedrohliche Rauschen in den Wipfeln der hohen Bäume erschrak. Beunruhigt blickte er sich um. Er war noch immer alleine. Wieder blickte er sich um: in die Richtung, aus der er gekommen war. Nein, von hier aus konnte man sein Versteck nicht ausmachen. Auch das Motorrad konnte man nicht sehen. Er hatte es sorgfältig mit Zweigen abgedeckt. Direkt vor dem Holzpavillon führten zwei breite Waldwege zusammen und bildeten so einen Rundwanderweg, der von der Kaiser-Wilhelm-Höhe hinüber zum Pilgerheim im Barmer Wald führte.

Ein Unwetter kam auf; unter das Rascheln des Waldes mischte sich jetzt ein entfernter Donnerschlag. Der Himmel hatte sich zugezogen. Dicke, unheilvolle Wolken zogen über das Tal und bauschten sich zu einer schwarzen Wand auf. Mit einem teuflischen Grinsen auf den Lippen betrachtete er das Naturschauspiel. In der Ferne grollte bereits der erste Donnerschlag. Es war wie eine passende Kulisse zu einem Theaterstück.

Zu *seinem* Theaterstück.

Ja, der Abend würde stimmungsvoll enden. Jetzt war er sich seiner Sache sicher. Alles würde gut ausgehen. Bestimmt.

* * *

»Das ist keine Straße, das ist ein Zustand«, schimpfte Stefan, während er den Käfer durch die enge Gasse schleuste. Er wagte nicht daran zu denken, was geschehen würde, wenn ihm jetzt ein anderes Fahrzeug entgegenkam.

»Beeil dich bitte«, drängte Peter. Seine Unruhe wuchs. Nervös kaute er auf der Unterlippe, während er vornüber gebeugt auf dem Beifahrersitz kauerte. »Wir sind unmittelbar vor dem Ziel, das spüre ich.«

»Was ist denn, wenn Heike sich gar nicht hier aufhält?«, fragte Stefan gallig. »Sollte dieser Gembowsky tatsächlich hier wohnen, dann wäre er ein Idiot, seine Geisel hier aufzubewahren. So dumm kann er gar nicht sein.«

»Warte es ab. Vielleicht gehen wir mal sensibler vor als die Mannschaft von diesem Ulbricht.« Peter schürzte die Lippen »Unser Auto ist unauffälliger als die Polizeiwagen. Ich kann mir bildhaft vorstellen, wie die Polizei mit einer Hundertschaft hier auftaucht und das Haus von diesem Gembowsky durchsucht. Wenn er tatsächlich eine Leiche im Keller hat, dann hat er sie vermutlich nicht in diesem Keller aufbewahrt.«

»Peter – bitte.«

Als Heikes Bruder sich seiner Worte bewusst wurde, schoss ihm das Blut in den Kopf. Unsicher rang er mit den feingliedrigen Händen. »Fahr zu, ich möchte nicht zu spät kommen«, flüsterte er und starrte ins Leere.

»Sag mir lieber, woran ich erkenne, in welchem Haus dieser Gauner sein Domizil hat«, entgegnete Stefan und blickte sich um. Rechts lag ein altes, frisch renoviertes Fachwerkhaus mit grünen Fensterläden und Türen, links breitete sich eine Weide aus. Hinter einer Kurve wuchs ebenfalls ein kleiner Bauernhof vor ihnen in die Höhe. Alles wirkte so ruhig und ländlich, so malerisch und doch so trügerisch. Sie wollten nicht glauben, dass hier ein Drahtzieher der Wuppertaler Prostitution lebte.

»Ich wette, er hat das protzigste Haus in dieser Gegend«, murmelte Peter nun. Stefan schwieg. Die Straße beschrieb eine enge Rechtskurve und stieg steil an. Hinter mächtigen Bäumen und wilden Büschen erkannte er linker Hand eine halb verfallene Ruine, die schon seit Jahrzehnten unbewohnt sein musste. Die Fenster waren staubblind, sofern sie überhaupt noch vorhanden waren. Putz bröckelte von der Fassade, die komplett mit Moos überzogen war. Das Dach war eingefallen, und die verfaulten Balken erinnerten an das Skelett eines halb verwesten Tieres. Nur ein schmaler Trampelpfad führte zum Eingang.

»Hier wohnt er bestimmt nicht«, riss Peters Stimme ihn aus den Gedanken. »Der ist Besseres gewohnt.«

Stefans kantiger Schädel ruckte herum. »Spinner.«

»Da hinten«, sagte er unbeeindruckt, »das sieht schon eher danach aus, als hätte ein Neureicher hier sein Heim.« Er deutete durch die kleine Windschutzscheibe nach vorn. Schräg gegenüber der Ruine schmiegte sich eine zweistöckige Villa an den Hang. Eine breite, mit Zierkies belegte Auffahrt führte direkt auf das Eingangsportal zu. Hinter einem Zaun gab es einen großzügig angelegten Garten – vermutlich mit Swimmingpool. Das hatte tatsächlich Gembowskys Kragenweite.

»Vielleicht hast du Recht«, erwiderte Stefan nachdenklich und stoppte den Käfer, um das luxuriöse Gebäude näher betrachten zu können.

»Ist das sein Wagen?«

Stefan blickte in die Richtung, in die Peters ausgestreckter Zeigefinger deutete. Beinahe wären seine Gesichtszüge entgleist. Neben dem Haus parkte ein Opel Astra Cabriolet. Der Wagen war dem Reporter wohlbekannt, und die Initialen auf dem Wuppertaler Kennzeichen räumten den letzten Zweifel aus. Der Besitzer des Wagens arbeitete bei Wuppertals Schmierblatt Nummer eins, und eben dieser werte Kollege hatte einen sehr unerfreulichen Bericht verfasst, der ihn, Stefan Seiler, in Verbindung zu Spielbergs Mord, respektive Selbstmord, gebracht hatte. Seine Blicke hafteten noch immer auf dem Nummernschild des Cabriolets. »W-AG«, las er die Buchstabenkombination laut vor. »AG wie Axel Grimm.«

Peter blickte ihn fragend an. »Kenn ich nicht. Wer soll das sein?«

»Ein ganz spezieller Freund. Ich habe noch etwas gut bei ihm.« Dann ließ er sich von Peter Göbel sein Handy reichen.

* * *

»Nein«, hörte er die Stimme der Volontärin am anderen Ende der Leitung. »Der Chef ist soeben außer Haus. Er sagte, es wäre dringend.«

Stefan seufzte. »Mein Anliegen ist auch dringend.«

»Was soll ich tun?«

»Nix, Beate, du kannst wohl nichts ausrichten.« Stefan ahnte, wohin Eckhardt unterwegs war. Heute Abend sollte die Lösegeldübergabe stattfinden. Vermutlich war er schon zu dem seltsamen Rendezvous aufgebrochen. »Dann werde ich wohl auf mich selbst angewiesen sein«, murmelte er enttäuscht. »Schon etwas von Heike gehört?«

»Nein«, erwiderte Beate. »Tut mir Leid.«

»Schon gut.« Stefan hoffte einmal mehr, dass sie seine Freundin nicht zu einem menschlichen Schutzschild bei der Lösegeldübergabe benutzen würden. Jetzt war er hilflos. Blieb ihm nur noch, Gembowskys Haus zu beobachten. Zu *observieren*, wie man das im Polizeideutsch nannte. Äußerst unbefriedigend. »Ich melde mich, sobald ich etwas erfahren habe.« Bevor die Volontärin noch etwas erwidern konnte, hatte Stefan die Verbindung unterbrochen.

»Ein Satz mit X?«, fragte Peter, als er seine säuerliche Miene sah.

Stefan nickte. »War wohl nix«, reimte er und verstaute das Telefon in der Jackentasche. »Und jetzt?«

»Jetzt sind wir alleine. Wir sollten uns einen unauffälligen Platz suchen, um das Haus zu observieren. Hier sitzen wir auf dem Präsentierteller.«

»Du redest wie ein Bulle.«

»Ist das ein Fehler?«

»Vermutlich nicht. Du hast wie immer Recht, Peter.« Stefan ließ den Motor des Käfers an und fuhr los. »Wo sollen wir uns denn verstecken?«

»Da hinten war doch diese Bruchbude.«

»Die Ruine hinter den Büschen? Einverstanden.«

Stefan seufzte und parkte den Käfer, nachdem sie aus dem direktem Sichtfeld der Gembowsky-Villa verschwunden waren, unter einem weit ausladenden Baum. »Gehen wir also observieren.«

* * *

Bald war es soweit.

Er streifte sich den dunklen Mantel über und drückte die Zweige fort, mit denen er das Motorrad vor neugierigen Blicken geschützt hatte. Vor wenigen Minuten hatte Regen eingesetzt, und jetzt tobte das Gewitter genau über dem Wald. Das war nicht schlecht für seinen Plan. Bei Dunkelheit und schlechtem Wetter konnte man ihn mit Sicherheit nicht erkennen. Das Kennzeichen vom Motorrad hatte er bereits abgeschraubt, als er die Stellung hier oben bezogen hatte. Niemand sollte ihn erkennen.

Niemand.

Dicke Tropfen klatschten ihm ins Gesicht, als er sich den Helm überstülpte. Den Motor der Maschine startete er noch nicht. Er schob das Motorrad zum Ausgangspunkt und wollte jeden Lärm vermeiden. Er war sicher, dass das Gebiet von Bullen umstellt war. Wenn sie ihn erwischten, bevor er zuschlagen konnte, dann war alles aus. Jetzt hatte er den breiten Wanderweg, der schnurgerade durch den Wald führte, erreicht. Weit hinten, in fast fünfhundert Metern Entfernung, konnte er den Schuchhardplatz erkennen. Dort leuchteten

Straßenlaternen. Um Punkt elf Uhr würde er den Motor starten, den Gashahn aufreißen und die kurze Strecke durch den Wald preschen, als ginge es um Leben und Tod. Dann würde er sich den Karton mit dem Lösegeld schnappen und so schnell verschwinden, wie er aufgetaucht war. Der Spuk dürfte nicht länger als eine Minute dauern. Wenn er verschwand, dann natürlich in die entgegengesetzte Richtung, aus der er gekommen war. Niemand würde ihn verfolgen können. Wochenlang hatte er sich hier oben umgesehen, jeden einzelnen Waldweg begangen, daheim über dem Stadtplan gebrütet und sich den besten Fluchtweg ausgesucht. Keiner würde seine Spur verfolgen können, und morgen würde er ein reicher Mann sein.

Es gab kein Zurück mehr. Er brachte die Maschine in Position. Ein letzter Blick auf die Armbanduhr. Noch eine Minute. Zitterte er vor Aufregung?

Unsinn.

Er war der König der Stadt.

* * *

»Bist du sicher, dass die Hütte nicht über uns einbricht, sobald wir einen Fuß über die Schwelle gesetzt haben?« Peter musterte den Radiomann.

Stefan blieb stehen und blickte an der morschen Fassade empor. Vermutlich wimmelte es in diesem Bau von Ratten. »Es war deine Idee«, erinnerte er ihn. »Aber immerhin hattest du Recht: Man kann durch die tief hängenden Zweige den Bunker dieses Verbrechers erkennen. Bleibt nur zu hoffen, dass es tatsächlich so ist, wie wir hoffen, und Gembowsky wirklich der Bewohner der Villa ist und Heikes Entführung inszeniert hat.«

Heikes Bruder starrte ihn verunsichert an. »Und wenn nicht?«

Stefan zuckte mit den Schultern. »Dann haben wir unsere wertvolle Zeit eben vergeudet. Aber wie Eckhardt sagte, hat die Kripo die Spur von Klaus Gembowsky tatsächlich bis hierhin verfolgt. Also haben wir wohl nicht auf das falsche Pferd gesetzt.«

»Du hast eine komische Art, mir Mut zu machen«, stellte Peter fest.

»Es sieht doch gar nicht so schlecht aus.« Stefan widmete sich der massiven Eisentür, mit der man den Eingang der Ruine verrammelt hatte. Sie wirkte neuwertig und war mit einem Riegel verschlossen. »Seltsam«, murmelte er, während er sich an der Tür zu schaffen machte.

»Was ist seltsam?«, flüsterte Peter und blickte immer wieder über die Schulter. Am Haus herrschte Ruhe.

»Wenn die Hütte hier seit Jahren leer steht, dann frage ich mich, wer ein berechtigtes Interesse daran haben könnte, den Bau mit einer feuerfesten Tür zu sichern.«

»Vielleicht möchte man nicht, dass sich Penner hier einnisten.«

Stefan schüttelte den Kopf. »Dann hätte man den Riegel nicht von außen angebracht.« Jetzt schob er den schweren Stahlriegel zurück und drückte die Klinke herunter. »Das ist doch Hirni, wenn du verstehst. Außerdem hat man sich nicht einmal die Mühe gemacht, abzuschließen.«

»Das ist ja blöd«, maulte Peter und blickte Stefan über die Schulter. »Hirni, du sagst es.«

Im nächsten Augenblick schwang die Tür auf. Ein schwarzes Loch gähnte den Männern entgegen. »Hast du ein Feuerzeug dabei?«

Stefan schüttelte den Kopf.

»Im Wagen liegt eine Taschenlampe. Da liegt sie gut.«

»Wird schon so klappen«, erwiderte Stefan und tat einen Schritt über die Schwelle. Sand und Gesteinsbrocken knirschten unter seinen Sohlen. Es roch muffig, irgendwie nach

Verwesung. Wie er erfreut feststellte, huschte kein Ungeziefer um seine Füße. Nach wenigen Sekunden hatten sich ihre Augen an die Dunkelheit gewöhnt. Sie befanden sich in einem großen Raum, der von der Aufteilung her an eine Halle in alten englischen Herrenhäusern erinnerte. Eine steile Treppe führte in das obere Stockwerk.

»Willst du da hoch?«, fragte Peter und blickte sich naserümpfend um. »Womöglich brechen die morschen Holzstufen unter unserer Last.«

Stefan zuckte mit den Schultern. »Dieser Müll hier überall; die alten Möbel. Als hätte jemand das Haus fluchtartig verlassen, um nie mehr zurückzukehren.«

»Ja«, stimmte Peter ihm zu. »Das ist wie in einem Gruselfilm. Man ist vor Jahrzehnten vor einem Geist geflüchtet, der hier sein Unwesen treibt.«

Jetzt musste Stefan leise lachen. »In dieser Bruchbude? Peter, ich bitte dich: Auch Gespenster haben ihre Ehre. Das hier ist unter aller Sau.«

»Denkst du ...« Peter wurde jäh unterbrochen. Ein Geräusch hatte ihn verstummen lassen. Im oberen Stockwerk hatte etwas gepoltert. Sie hielten den Atem an und lauschten.

»Was war das?«, flüsterte Peter.

»Der Geist«, erwiderte Stefan und marschierte die Stufen hoch.

* * *

Er hatte sich selten so mies gefühlt.

Michael Eckhardt war lange genug Journalist. Er hatte genug erlebt, oft genug über Schutzgelderpresser berichtet, um zu wissen, dass sich nicht selten Psychopathen unter ihnen befanden. Jetzt steckte er selber in einem solchen Fall. ›Augen zu und durch‹, hatte er sich selbst Mut gemacht. Am späten Nachmittag hatte ihm Ulbricht den präparierten

Karton in die Redaktion gebracht, der nach Wünschen der *Bewegung 12. April* die halbe Million beinhalten sollte. Natürlich befanden sich nur alte Zeitungen in der Pappschachtel, doch als Köder genügte das auch. Die Techniker des Polizeipräsidiums hatten den Karton mit einem winzigen Peilsender versehen. Sollte es den Polizisten nicht gelingen, den Boten direkt am Übergabeort zu stellen, dann würde es ein Leichtes sein, ihn anhand des Senders ausfindig zu machen. Heute endlich hatte die letzte Stunde der unseligen *Bewegung 12. April* geschlagen.

Ein Gefühl der Genugtuung stieg in Eckhardt auf, als er den Wagen am Schuchardplatz parkte und die Lichter abschaltete. Sekundenlang hockte er vornüber gebeugt hinter dem Lenkrad seines Autos und starrte hinaus in die Nacht. Die Straßenlaternen tauchten den verlassenen Platz in ein bizarres, unwirkliches Licht. Vor wenigen Minuten hatte es zu regnen begonnen. Zunächst ein aus der Ferne kommendes Donnergrollen, und wenig später hatte ein wahrer Platzregen eingesetzt, der sich jetzt den Weg in den trockenen Waldboden der Konradswüste suchte. Eckhardt schlug den Kragen seines Trenchcoats hoch und stieß mit einem energischen Ruck die Wagentür auf. Er griff nach dem Karton, den er auf dem Beifahrersitz deponiert hatte und stemmte sich ins Freie. Die Luft roch würzig, nach Regen und Wald. Endlich war die Hitze der vergangenen Tage vorüber. Eckhardt mochte diese Sommergewitter, konnte stundenlang voller Faszination auf die Blitze schauen, die vom Himmel zuckten. Nur heute hatte er andere Sorgen.

Möglichst unauffällig blickte er hinüber zu dem Kastenwagen, der etwas abseits stand. Wie Eckhardt wusste, war der Lieferwagen nicht so verlassen, wie er nach außen hin wirkte. Im Laderaum des Mercedes versahen Polizisten ihren Dienst, überwachten die Zufahrtsstraßen zur Konradswüste an Monitoren und standen in permanentem Funkkontakt zu ihren Kollegen. Der Erpresser konnte nicht entkommen. Sämtliche Zufahrtsstraßen waren abgeriegelt. Wer erst mal hier oben im Wald war, kam unbehelligt nicht wieder ins Tal.

Eckhardt atmete ein letztes Mal tief durch und blickte auf die Armbanduhr, bevor er die Wagentür zuschlug. Das satte Plopp durchschnitt das monotone Prasseln des Regens wie ein Schuss die Stille der Nacht.

»Eine Minute vor elf«, sagte er zu sich selbst und überquerte die Straße, als hinter ihm ein Motor aufheulte. Die Typen waren früh. Er blickte sich um und erkannte unter den tief hängenden Ästen des Waldes einen Scheinwerfer, der förmlich auf ihn zuflog. Das Knattern des Motors übertönte sogar das Grummeln des Donners.

Ein Scheinwerfer? Eckhardt stutzte.

Ein *einziger* Scheinwerfer? Dann handelte es sich nicht um ein Auto, sondern um ein – Motorrad.

Man hatte das Versteck im Wald aufgeschlagen, um den Zeitpunkt abzuwarten. Eckhardt fragte sich, warum Ulbrichts Leute den verdammten Wald nicht durchkämmt hatten. Vermutlich hatte man wie selbstverständlich damit gerechnet, dass der Bote der *Bewegung 12. April* mit einem Auto kam, um sich schnell aus dem Staub zu machen. Elende Bürokraten!

Mit langen Sätzen brachte er sich aus der Gefahrenzone und hechtete zu den Altpapiercontainern hinüber, um den Karton dort abzulegen. Bevor er in die Knie ging, blickte er sich um. Das Fahrzeug näherte sich mit einem wahnwitzigen Tempo, schlingerte und schoss genau auf ihn zu. Hatte der Bote etwa im Wald auf ihn gewartet? Gut möglich, denn Eckhardt kannte die Konradswüste von früheren Spaziergängen und wusste, dass eben dieser Weg schnurgerade zur Kaiser-Wilhelm-Höhe führte. Ein optimales Versteck. Von dort aus konnte er fast einen halben Kilometer weit bis zum Schuchardplatz blicken, hatte aus der Dunkelheit alles im

Blick, ohne aber selber gesehen zu werden. Das Motorrad benötigte nur wenige Sekunden, bis es den großen Platz erreicht hatte. Schwer hing das Knattern der Geländemaschine über der Konradswüste und malträtierte Eckhardts Trommelfelle. Bevor Eckhardt den Papiercontainer erreicht hatte, spürte er schon den Luftzug. Der Motorradfahrer war hinter ihm, riss den Gashahn auf und streckte die Hand nach dem Karton aus. Der Chefredakteur ließ sich den Karton widerstandslos entreißen und sah zu, wie der Erpresser die Beute im Gepäckkoffer verschwinden ließ. Er versuchte, etwas vom Gesicht des Bikers zu erkennen, sah aber nur Schemen unter dem verdunkelten Visier. Ein schwarzer, wallender Mantel verhinderte, dass Eckhardt die Statur seines Gegenübers einschätzen konnte. Dennoch schätzte er, dass es sich um einen groß gewachsenen Mann mit breiten Schultern handelte. Oder war es die schwarze Lederkombi, die der Mann unter dem Mantel trug? Eckhardt wusste es nicht, und ehe er sich versah, war der Spuk vorüber.

»Klappt doch, Radiomann«, rief der Motorradfahrer unter seinem Visier hervor und lachte hämisch. Dann schlug er den Deckel des Gepäckkoffers zu und riss erneut den Gashahn auf. Nur auf dem Hinterrad zog er die schwere Maschine auf die Straße Konradshöhe zu. Michael Eckhardt rückte sich die Brille zurecht und blickte der Geländemaschine nach. Das rotglühende Rücklicht war das Letzte, was er von dem Zweirad sah, bevor eine unheimliche, beklemmende Stille einkehrte. Erst das Geräusch einer Schiebetür riss ihn aus den Gedanken. Wo waren die Polizisten geblieben? Eckhardt drehte sich langsam auf dem Absatz herum und blickte in das Gesicht eines Polizisten, der aus dem Lieferwagen geklettert war.

»Alles in Ordnung?« Der lächelte aufmunternd.

Eckhardt nickte. »Ja, danke. Und ihr?«

»Wir?«

»Ja – wo waren Ihre Leute, als es losging?«

»Keine Sorge – wir sind dran. Sämtliche Querstraßen sind gesperrt, er hat quasi keine Chance, zu entkommen.«

* * *

Er sah das anders.

Mit einem triumphierenden Grinsen auf den Lippen zog er die Maschine über die kleine Straße namens Konradshöhe, immer gen Süden, eine Anhöhe hinauf. Plötzlich schoss aus einer Stichstraße ein Personenwagen auf ihn zu.

»Scheiße«, quetschte er zwischen den Lippen hervor und verlor fast die Kontrolle über das Motorrad. Er riss den Lenker herum, schlingerte, verlagerte sein Gewicht und zog das Gerät wieder hoch. Im Augenwinkel erkannte er einen dunklen Omega, der genau auf ihn zugehalten hatte. Es bestand bei diesem Manöver kein Zweifel, dass es sich um ein ziviles Fahrzeug der Polizei handelte. Natürlich hatten sie sämtliche Straßen dicht gemacht, um ihn in die Falle zu locken. Pech gehabt!

Er war besser, er war schneller – er war der König der Stadt.

Auch ein zweites Fahrzeug, das aus dem Wüsterfeld auf ihn zugeschossen kam, umfuhr er geschickt. Niemand konnte ihn aufhalten.

Er hatte seine Beute ...

23. Kapitel

Für den Weg vom nahen Norrenberg bis zum Vereinsheim der Kleingärtner am Hammesberg hatte er mit dem Motorrad keine halbe Minute benötigt. Dann die Übergabe des Lösegeldes und jetzt die Flucht. Die beiden Zivilfahrzeuge hingen ihm am Hinterrad. Es ertönte die scharrende Stimme eines Megaphons.

»Halten Sie sofort an und ergeben Sie sich!«

»Ihr könnt mich mal«, erwiderte er gehässig unter seinem Helm und beschleunigte die Geländemaschine. Die Schilder der nach links abzweigenden Seitenstraßen flogen an ihm vorüber. Er konnte die Straßennamen in der Dunkelheit nur erahnen, und dennoch wusste er genau, wo er sich befand. Lange genug hatte er sich hier oben umgesehen.

Nach dem Wüsterfeld kam die Straße Am Hufeisen, wenige Meter weiter folgte die Konradswüste – die Straße, nicht der Wald. Für die schmucken Eigenheime, die kleinen Ein- und Zweifamilienhäuser, die an ihm vorüberzufliegen schienen, hatte er kein Auge. Er folgte noch immer der Straße Konradshöhe, und in wenigen Sekunden würde es zum Showdown kommen. Ein teuflisches Grinsen huschte um sein Gesicht, als der Wendehammer in Sichtweite kam. Die Polizisten hinter ihm frohlockten wohl schon, ihn jetzt in die Sackgasse gescheucht zu haben.

Pech gehabt. Nun musste er sich auf das Können der geländegängigen Kawasaki und sein fahrerisches Talent verlassen.

Den im engen Wendehammer der Sackgasse geparkten Vectra erkannte er zu spät. Bevor er reagieren konnte, sprangen zwei zivil gekleidete Beamte aus dem unauffällig lackierten Fahrzeug und richteten ihre Schusswaffen auf ihn. Im nächsten Augenblick sah er schon das Mündungsfeuer in der Dunkelheit aufblitzen. Sie schossen in die Luft, um ihn einzuschüchtern.

»Nicht mit mir«, schrie er und zog die Maschine in einem eleganten Bogen um die beiden Schützen herum. Um ein Haar wäre die schwere Geländemaschine auf dem nassen Asphalt abgeschmiert. Er verlagerte sein Gewicht und richtete den Feuerstuhl wieder auf. Dann endlich hatte er es geschafft. Er raste vorbei an einigen baufälligen Garagen, geradewegs auf einen schmalen, unbefestigten Waldweg zu. Rechts ein kleiner Birkenhain, geradeaus eine kleine Pläne. Dann war er alleine. Allein mit sich und seinem Motorrad. Und der halben Million im Gepäckkoffer. Wie er wusste, gehörte dieses weitläufige Gelände zum Truppenübungsplatz der Bundeswehr. Wo sich sonst allein Panzer und Unimogs durch den Morast ackerten, hatten sie mit ihren Zivilkisten keine Chance. Hierher würden sie ihm mit den Autos nicht folgen können.

Er fühlte sich, als würde er fliegen.

Endlich war er frei. Er musste nur noch sein Ziel erreichen, um endgültig untertauchen zu können. Das war ein Kinderspiel.

* * *

»Stefan – pass auf!«

Peters Warnung kam zu spät. Stefan spürte einen brennenden Schmerz an der rechten Schulter, fühlte sich wie gelähmt und brachte nur ein heiseres Krächzen über die Lippen, bevor er taumelnd zu Boden glitt und sich zwischen Bergen von Unrat wiederfand.

Der Sturz war unerwartet hart.

»Oh, Scheiße.« Es war eine weibliche Stimme, wie Stefan verdutzt feststellte. Er kannte keine Frau, die derart gezielt und wuchtig zuschlagen konnte. Oder doch?

»Mein Gott, Stefan, das tut mir Leid.«

»Heike«, murmelte er benommen und stemmte sich in die Höhe.

»Ich wusste doch nicht, dass du ... ich meine, dass ihr, also, wenn ihr euch vorher gemeldet hättet, dann ... Hallo Peter.« Heike zog ihren Bruder in den Raum. Als Stefan sich leicht benommen aufgerappelt hatte, fiel sie ihm stürmisch um den Hals. Was zunächst wie eine zweite Attacke ausgesehen hatte, entwickelte sich durch die anhaltende Umarmung zu einer Innigkeit, bei der einer der drei Anwesenden sich durchaus fehl am Platze vorkam. Peter räusperte sich vernehmlich und die beiden lösten sich voneinander. Im Halbdunkel des Raumes huschten Heikes Blicke zwischen Peter und Stefan hin und her. »Aber ... wie habt ihr hergefunden?«

»Das ist eine lange Geschichte«, erwiderte Stefan, der nun mehr von der unerwarteten Umarmung als von dem vorherigen Schlag benommen schien und massierte sich leicht verlegen die schmerzende Schulter. »Vermutlich ist es besser, wenn wir dir das unterwegs erzählen. Wer weiß, was die da drüben noch mit dir vorhaben.« Mit hastigen Schritten durchquerte Stefan Heikes Unterkunft und spähte vorsichtig zum Fenster hinaus. Von hier aus konnte er beobachten, was sich am Haus von Klaus Gembowsky tat. Noch immer stand das Opel Cabrio in der Einfahrt, doch ansonsten herrschte völlige Ruhe. Kein Wächter, der um den baufälligen Kasten herumschlich, um Heike von Fluchtversuchen abzubringen.

»Axel Grimm ist hier.« Heike war hinter ihn getreten und deutete auf das Cabrio des Kollegen. Sie rieb sich die blutunterlaufenen Striemen an den Handgelenken.

»Ja«, flüsterte Stefan grimmig. »Das passt gut, denn mit ihm habe ich noch eine Rechnung zu begleichen. Aber erst mal raus hier, bevor jemand kommt. Wäre doch schade, wenn man uns hier erwischt und auch aus dem Verkehr zieht. Wer macht dann morgen Radio?« Stefan kicherte leise, als er von Heike einen freundschaftlichen Klaps auf den Hintern erhielt.

»Und – was dann?« Heike musterte ihn fragend.

»Ich werde telefonieren. Vielleicht können wir die Schwebebahnerpressung doch noch abwenden.«

Peter warf einen letzten Blick aus dem Fenster und gab grünes Licht, als sich niemand am gegenüberliegenden Haus blicken ließ. Wenn alles klappte, waren sie in wenigen Minuten frei und konnten Kommissar Ulbricht verständigen.

* * *

»Ich fürchte, Sie kommen zu spät«, hörte er Eckhardts Stimme am anderen Ende der Leitung. Er schnaubte.

»Warum?« Stefan wechselte einen fragenden Blick mit Peter und Heike. Sie standen etwas abseits vom Geschehen und konnten beobachten, wie Gembowsky in Handschellen zu einem Streifenwagen gebracht wurde. Er ignorierte seine Zuschauer. Dann wurde Axel Grimm abgeführt – ebenfalls in Handschellen. Als der die Kollegen vom Radio erblickte, bedachte er sie mit einem vernichtenden Blick. Wenn Blicke töten könnten ...

Stefan konzentrierte sich wieder auf das Telefonat mit Eckhardt. Das war wichtiger als ein illegaler Journalist.

»Weil die Lösegeldübergabe schon stattgefunden hat«, beantwortete dieser seine Frage. »Leider war die Polizei hier nicht so erfolgreich. Der Bote der *Bewegung 12. April* ist unerkannt entkommen.«

Stefan schnappte nach Luft. Sollten alle Bemühungen umsonst gewesen sein? Nun, immerhin hatte man Klaus Gembowsky, den König der Wuppertaler Prostitution, wegen seiner offenkundigen Beteiligung am Entführungsfall Heike Göbel zumindest vorläufig verhaftet. Jetzt drängte sich die Frage auf, ob er tatsächlich hinter der Erpressung der Schwebebahn steckte.

»Er ist ... entkommen?«, wiederholte Stefan ungläubig. »Etwa mit dem Lösegeld?« Er warf Heike einen Blick zu und schüttelte bezeichnend den Kopf.

»Natürlich hat sich in dem geforderten Karton nicht die halbe Million in bar befunden«, erwiderte Michael Eckhardt. »Der Pappkarton war mit einem Peilsender ausgestattet.«

»Dann ist es also nur eine Frage der Zeit, bis man den Täter stellt?«

»Alles deutet darauf hin.«

Wenigstens etwas.

»Seiler?«

»Eckhardt?«

»Sind Sie noch an Gembowskys Haus?« Eckhardt räusperte sich. Stefan schwante nichts Gutes, kannte er den Chef doch lange genug.

»Ja, ich stehe direkt davor.«

»Dann rufen Sie in der Nachrichtenredaktion an und geben Sie einen Kurzbericht durch. Die Jungs könnten schon in den nächsten Lokalnachrichten über Klaus Gembowskys Verhaftung berichten. Aber kein Wort von einer Erpressung!«

Michael Eckhardt war eben ein Vollblutjournalist und lebte für den Job als Radiomacher. Seufzend willigte Stefan ein, obwohl er sich nach einem Bett sehnte. Nun, scheinbar interessierte sich die Öffentlichkeit für das Schicksal von Gembowsky. Immerhin hatten sie Heike aus den Händen der Entführer befreit, und Gembowsky saß noch in dieser Nacht hinter Gittern. Da war eine Telefonreportage doch das Mindeste, was er für seinen Chef tun konnte.

24. Kapitel

Am nächsten Morgen erreichten sie die Redaktion erst zehn Minuten vor der Konferenz. Hinter ihnen lag eine lange Nacht; Heike hatte der Polizei noch lange Rede und Antwort stehen müssen, bevor man sie gehen ließ. Nachdem sie Peter nach Hause gebracht hatten, waren sie noch auf einen letzten Cappuccino in Rick's Café auf der Neumarktstraße gewesen, um die Erlebnisse des Tages zu verarbeiten, was ihnen aber nur schwer gelang. Immerhin: Rick's Café war eine Kneipe für Nachtschwärmer, und die vergnügungssüchtigen jungen Menschen, die sich hier aufgehalten hatten, hatten sie mitleidig betrachtet und leise getuschelt, als sie die ermattete und todmüde Heike gesehen hatten.

Irgendetwas hatte seine Freundin daran gehindert, einfach so heimzufahren. Sie brauchte jemanden, mit dem sie über alles reden konnte. Stefan hatte sich gern geopfert. Den zunächst geplanten Besuch in ihrer Wohnung am Röttgen hatten sie auf den nächsten Tag verschoben – ihre Körper zollten der Anstrengung des Tages Tribut, und so hatte Stefan sie nicht lange überreden müssen, mal wieder bei ihm zu übernachten.

Obwohl ihr von Klaus Gembowsky keine Gefahr mehr drohte, hatte Heike sich sichtlich wohl unter seinem Schutz gefühlt. In der Marienstraße kannte sie niemand.

Jetzt betraten sie händchenhaltend das Großraumbüro der Wupperwelle. Die Kollegen musterten die beiden neugierig – Stefan wusste nicht, was sie von Eckhardt erfahren hatten, aber niemand wagte es, dumme Sprüche zu kloppen.

»Da sind Sie ja.«

Die beiden fuhren auf dem Absatz herum. Hinter ihnen stand Michael Eckhardt. Das modische, hellblaue Hemd wies Kaffeeflecken auf, die Krawatte hing wie üblich windschief am Kragen. Er hatte sich die Haare gerauft, warum auch immer, und wirkte unausgeschlafen und schlecht gelaunt.

Vermutlich lag es diesmal nicht an den aktuellen Einschaltquoten.

»Ich weiß, wir sind spät dran«, entschuldigte Heike das Erscheinen.

»Geschenkt«, unterbrach Eckhardt sie und winkte jovial ab. Jetzt huschte der Ansatz eines Lächelns um seine müden Augen. Er nahm die Brille ab und führte den Bügel zu den Lippen. Schweigend stand er einfach vor den beiden und musterte sie nachdenklich.

Stefan hätte ein Vermögen bezahlt, seine Gedanken lesen zu können.

»Willkommen daheim, Frau Göbel«, sagte Eckhardt schließlich und reichte Heike die Hand. Sie war sichtlich verdutzt über die Herzlichkeit des Chefs.

»Danke«, stammelte sie etwas perplex und errötete.

»Ich hoffe, es geht Ihnen gut?«

»Jaja, es ist noch alles dran.« Heike lächelte. »Aber so eine Entführung ist eine einmalige Erfahrung – auf eine Wiederholung kann ich gern verzichten.«

»Hat man den Boten der *Bewegung 12. April* inzwischen überführt?«, wechselte Stefan das Thema.

Michael Eckhardt blickte ihn irritiert an, setzte sich die Brille wieder auf die Nase und zuckte mit den Schultern. Mit ernster Miene hockte er sich auf die Schreibtischkante und verhinderte so, dass Stefan sich an seinen Arbeitsplatz setzen konnte. »Kann ich Sie alleine sprechen?« Er warf Heike einen raschen Blick zu. »Sie natürlich auch, Frau Göbel.«

»Aber die Redaktionssitzung beginnt in fünf Minuten«, gab sie zu bedenken und warf einen Blick auf die Armbanduhr.

»Die kann warten«, erwiderte Eckhardt bestimmt. »Augenblicklich gibt es wichtigere Dinge als die tägliche Konferenz.«

Während sie dem Chef der Wupperwelle in die Abgeschiedenheit seines Büros folgten, warfen sich Stefan und Heike viel sagende Blicke zu. Was immer es war, es schien äußerst wichtig zu sein – wenn der Chef sogar die Redaktionssitzung verschob. Sie waren gespannt.

* * *

»Und?«, wiederholte Stefan seine Frage, nachdem sie auf den Stühlen vor Eckhardts Schreibtisch Platz genommen hatten. »Hat man den Boten gefasst?«

»Nein«, erwiderte Michael Eckhardt und massierte sich den Nasenrücken, während er sich in seinem Ledersessel zurücklehnte. »Leider ist er spurlos verschwunden.«

»Und der Peilsender, mit dem der Karton versehen war?«

Der Chef nippte an seinem Kaffee, verzog angewidert das Gesicht und stellte die Tasse auf den Schreibtisch zurück. »Rattengift«, diagnostizierte er. »Man sollte die Volontärin feuern. Aus der wird nie eine gute Journalistin. Niemals, sage ich Ihnen!« Er schlug mit der flachen Hand auf die Schreibtischplatte und beugte sich weit vor. Seine Blicke wanderten zwischen Heike und Stefan hin und her.

»Herr Eckhardt«, erinnerte die Kollegin ihn, »was ist mit dem Lösegeldüberbringer der *Bewegung 12. April*?« Stefan hatte ihr noch in der Nacht berichtet, was er am Telefon vom Chefredakteur erfahren hatte.

»Fehlschlag«, murmelte Eckhardt und wischte sich durch das errötete Gesicht. »Er ist der Polizei durch die Lappen gegangen, und das, obwohl der gesamte Bereich Hammesberg und Konradswüste hermetisch abgeriegelt war. Sondereinsatzkommando, Bereitschafts- und Kriminalpolizei ... alle waren sie da, und trotzdem ...« Er kehrte schulterzuckend die Handflächen nach oben.

»Wie konnte das passieren?« Stefan war fassungslos.

»Der Mann kam auf einem Motorrad – ein Umstand, mit dem scheinbar keiner gerechnet hatte.« Eckhardt schüttelte den Kopf, so, als könne er selber nicht glauben, was geschehen war.

»Was ist daran so ungewöhnlich?«, fragte Heike. Ihre Augen waren groß geworden. Sie schlug die langen Beine übereinander und beugte sich weit vor. »Es ist nachvollziehbar, dass man mit einem leistungsstarken Krad bessere Chancen hat, einer Polizeieskorte zu entkommen. Kein Personenwagen ist so wendig und so spurtschnell wie ein Motorrad.«

»Das ist es nicht«, brummte Eckhardt. Er nippte noch einmal an dem Rattengift und schüttelte sich erneut, bevor er fortfuhr. »Der Bote kam mit einer schweren Geländemaschine. Er hat Haken geschlagen wie ein Hase und ist durch das Gelände geflüchtet. Die Polizisten hatten einfach keine Chance, ihm auf den unbefestigten Waldwegen zu folgen. Weiß der Teufel, wie er es geschafft hat unterzutauchen. Scheinbar kennt er die Gegend wie seine Westentasche. Jedenfalls entkam er über die Konradswüste, eine Sackgasse, die mitten im Wald endet. Von dort aus ist dem Fahrer der Maschine die Flucht durch das Bundeswehrübungsgelände am Scharpenacken gelungen. Weiß der Geier, wie der Kerl sich bei völliger Finsternis orientieren konnte.« Eckhardt schnaubte wütend und schüttelte den Kopf. Dann haftete sein Blick auf Stefan.

»Auf der Flucht hatte er doch den Karton mit dem imaginären Lösegeld bei sich, oder?«, folgerte Stefan und erntete ein zustimmendes Brummen vom Chef. »Also war jederzeit nachvollziehbar, wo sich der Erpresser aufhielt. Wie konnte er trotzdem entkommen?«

Michael Eckhardt seufzte und lehnte sich wieder weit zurück. »Kennen Sie die Gegend zwischen Konradswüste und Scharpenacken?«

»Kaum«, räumte Stefan ein, und auch Heike zuckte mit den Schultern.

»Es gibt wenige Wege, und wenn, dann sind diese nur mit geländegängigen Fahrzeugen zu bewältigen. Der Erpresser – übrigens der Mann, der sich immer wieder telefonisch gemeldet hatte, ich habe ihn an der Stimme wiedererkannt – war in der Lage, Wege zu befahren, die sonst nur den Fahrzeugen der Bundeswehr vorbehalten sind. Er entkam durch eben dieses Gebiet, sinnigerweise ein Naturschutzgebiet.«

»Man hätte ihn stellen müssen«, brummte Stefan. »Der Typ konnte nicht unbegrenzt im Gelände bleiben, immerhin musste er irgendwann einmal auf eine feste Straße zurückkehren, um das Lösegeld den Leuten zu übergeben, mit denen er zusammenarbeitet.«

»Was schwer fallen dürfte, da der Kopf der Bande noch in der Nacht dem Haftrichter vorgeführt wurde«, dachte Heike laut nach und kaute auf der Unterlippe. »Was ist, wenn wir irren und es sich bei dem Erpresser doch um einen Einzelkämpfer handelt?«

»Das ist die Frage. Alles deutet darauf hin, dass eine ganze Bande daran arbeitet, es der Schwebebahn schwer zu machen und den Fahrdienst zu boykottieren. Das klingt nach Sabotage im großen Stil, unmöglich machbar für einen einzelnen Täter. Und derzeit geht die Ermittlungskommission der Kripo davon aus, dass es sich bei dem Motorradfahrer nur um einen Handlanger handelt, der für eine größere Organisation arbeitet.«

»Wie die *Bewegung 12. April*, respektive Klaus Gembowsky und Gang?« Stefan verschränkte die Arme hinter dem Kopf. »Dann dürfte der Mann seit vergangener Nacht ohne Auftraggeber dastehen. Dumme Situation.«

»Deshalb fährt auch heute die Schwebebahn wieder.«

Die Reporter blickten den Chef fragend an.

»Eigentlich war geplant, die Schwebebahn in den Depots zu belassen, sollte die Lösegeldübergabe tatsächlich scheitern. Man wollte eine unnötige Gefährdung der Fahrgäste ausschließen. Jetzt allerdings ...« Eckhardt kehrte die Handflächen nach oben und grinste zum ersten Mal an diesem Morgen, »jetzt verhalten sich die Dinge anders. Die *Bewegung 12. April* sitzt hinter schwedischen Gardinen, und ein Mann alleine wird nicht das bewirken können, was die ganze Bande anrichten konnte.«

Wie um seine Worte zu bekräftigen, ratterte im nächsten Augenblick eine orange-blaue Bahn am Fenster der Redaktion vorüber. Alles schien wie immer.

»Bliebe die Theorie der Sabotage«, bemerkte Stefan leise.

»Was denken Sie?« Eckhardt musterte seinen Reporter.

Stefan zuckte die Schultern und zog die Mundwinkel abschätzend nach unten. »Das werde ich herausfinden«, erwiderte er mit tonloser Stimme.

»Was ist denn jetzt mit dem Geldboten?«, hakte Heike nach.

»Er ist, wie erwähnt, durch das Naherholungsgebiet entkommen. Am Rastplatz Blombachtalbrücke in Ronsdorf hat er angehalten, um den Inhalt des Kartons zu überprüfen. Nachdem er feststellte, dass man ihm lediglich alte Zeitungen mitgegeben hatte, ließ er den Pappkarton samt Peilsender zurück. Ebenso das Motorrad, übrigens ohne Kennzeichen. Die Maschine ist als gestohlen gemeldet, schon seit langer Zeit. Der Fahrer hat sie hinter einer Hecke am Parkplatz zurückgelassen. Als die Beamten dort eintrafen, fanden sie lediglich die Maschine und den wertlosen Karton. Vom Täter keine Spur.«

»Das ist ein Witz«, schimpfte Heike und sprang vom Stuhl auf. Sie wanderte durch das Büro und trat an das Fenster.

»Leider nein«, entgegnete Eckhardt mit erhobener Stimme. »Wir gehen davon aus, dass der Bote am Blombachtal in ein bereitstehendes Auto umstieg und unerkannt flüchten konnte. Auch eine eingeleitete Ringfahndung verlief ergebnislos.«

Heike schüttelte stumm den Kopf und starrte noch immer aus dem Fenster. Das kalte Glas kühlte ihre erhitzte Stirn. Sie beugte sich weit vor und konnte rechter Hand die kühne Stahlglaskonstruktion der Haltestelle Alter Markt erkennen. In diesem Moment verließ eine Bahn die Station. Der orangeblaue Lindwurm nahm rasch Fahrt auf und rollte am Gebäudekomplex des ehemaligen Kaufhofs vorüber. Plötzlich blitzte es im Untergeschoss des Parkhauses einmal kurz auf, dann erschütterte ein harter Ruck die Bahn, und eine Scheibe barst. Heike glaubte, den Knall bis ins Chefbüro der Wupperwelle vernehmen zu können. Der Zug rollte aus und blieb schließlich mitten auf der Strecke stehen. Was war da passiert?

»Oh nein«, rief Heike und stieß sich vom Fenster ab. Sie war aschfahl, als sie erst ihren Chef, dann Stefan anblickte. Aufgeregt deutete sie zum Fenster. »Da ist etwas geschehen – hinten, an der Schwebebahn!«

* * *

Roland Schwarzbach drückte den Knopf, der die Türen verriegelte. Als er das *Strecke frei*-Signal erhalten hatte, drückte er den Fahrhebel sanft nach vorn. Das Surren der vier Laufwerke auf dem Dach der Schwebebahn drang bis zu ihm in den Fahrerstand. Das war ein vertrautes Geräusch, es war das Geräusch seiner Schwebebahn. Schwarzbach war zweiundvierzig Jahre alt und hatte bis zum vergangenen Jahr hinter dem Steuer eines Linienbusses sein täglich Brot verdient. Schon lange hatte er sich um eine Stelle als Schwebebahnfahrer beworben, und endlich hatte man sein Flehen in der Personalabteilung der Stadtwerke erhört. Jetzt war er einer der knapp achtzig Schwebebahnfahrer, die die Welt aus rund acht Metern Höhe betrachteten. Sicher, es gab anspruchsvollere Jobs, als acht Stunden am Tag am Gerüst zwischen Vohwinkel und Oberbarmen zu pendeln, aber Schwarzbach war geborener Wuppertaler und stolz auf das Wahrzeichen der Stadt. Daheim wartete Gitte, seine Gattin und Chrissy, seine siebenjährige Tochter. Er hatte ein gesichertes Einkommen, sein Beruf machte ihm Spaß – was wollte er mehr? Nie würde er den Tag vergessen, als er seine Fähigkeiten als Schwebebahnfahrer unter Beweis gestellt hatte und von einem Stellvertreter des Betriebsleiters die Fahrberechtigung für die Schwebebahn, so der offizielle Name des speziellen Führerscheins, erhalten hatte.

Der Ausbau des rund hundert Jahre alten Gerüsts war vorangeschritten. Allerdings häuften sich die Zwischenfälle in den vergangenen Tagen, – was aber nichts mit dem Ausbau zu tun hatte, so viel stand fest! Seither waren dem dunkelblonden Fahrer die streng dreinblickenden Männer aufgefallen, die sich in den Wagenhallen umgesehen hatten. Jeder Zug wurde peinlichst genau inspiziert, bevor er auf Strecke durfte. Was hatte das nur zu bedeuten? Auch die Fahrdienstleitung hatte angeblich keine Ahnung, warum die übertrieben strengen Sicherheitskontrollen durchgezogen wurden. Irgendjemand von den Kollegen hatte mal einen der Anzugträger als Staatsanwalt Pesche erkannt. Wenn die Staatsanwaltschaft ermittelte, folgte oft ein dicker Brocken. Erwartete man wieder einen Zwischenfall?

Er wusste es nicht.

Jetzt war seine Bahn brechend voll, zahlreiche Schulkinder befanden sich in der Schwebebahn und hatten nichts Besseres zu tun, als die älteren Fahrgäste zu nerven. War er als Kind auch so furchtbar gewesen?

Nein, sicher nicht.

Langsam rollte der Lindwurm aus dem Alten Markt, passierte den ersten der beiden achtunddreißig Meter hohen H-

Pylonen, die die Stahlseilkonstruktion über der großen Kreuzung spannten. Eine innere Befriedigung erfüllte ihn, als er die verstopften Straßen unter dem Gerüst sah. Damit hatte er nichts zu tun.

Jetzt befand er sich zwischen den Stützen Nummer 400 und Nummer 394, in Richtung Elberfeld. Soeben passierte die Bahn die Betonfassade des Kaufhofs, ein quaderförmiger Betonbau aus den sechziger Jahren mit dem Charme einer gestürmten NVA-Kaserne. Das Parkhaus schloss sich dem eigentlichen Kaufhaus an und spannte sich brückenförmig über dem Steinweg, der hier in den Alten Markt mündete.

Ein kurzes Aufleuchten riss Schwarzbach aus seiner Lethargie, sein Kopf ruckte nach rechts. Was hatte er dort gesehen?

Ein huschender Schatten, ein kurzes, metallisches Blitzen. Vermutlich ein Lichtreflex, hervorgerufen von einem der im Parkhaus abgestellten Autos. Soeben wollte Roland Schwarzbach erleichtert nach vorn blicken und das Tempo der Bahn erhöhen, als er zusammenzuckte: Eine vermummte Gestalt hockte auf der Brüstung des Parkhauses. Sie duckte sich an eine der massiven, gelb gestrichenen Betonsäulen, die das Gebäude stützten. Jedes Stockwerk des Parkhauses hatte eine eigene Farbe, und wenn Schwarzbach sich nicht irrte, besaß das erste Obergeschoss die Farbe Gelb.

Wieder blitzte es hinter der Betonstütze kurz auf.

Plötzlich wusste Schwarzbach, was ihn beunruhigt hatte: Der dunkel gekleidete Typ hielt eine Mündung auf die vorbeifahrende Schwebebahn.

Eine ... Mündung?

Ja, es bestand kein Zweifel: Er blickte in die Mündung einer Schusswaffe. Jetzt befand sich die Bahn auf gleicher Höhe, direkt neben dem vermeintlichen Schützen. Der vermummte Knabe riss die Waffe hoch und setzte an.

Dann überschlugen sich die Ereignisse: Jemand in der Bahn schrie auf, brüllte etwas wie: »Der schießt auf uns!«, dann kreischte eine alte Frau, die hinter dem Fahrerstand saß. Unter den Fahrgästen brach Chaos aus. Menschen schrien durcheinander, warfen sich zu Boden, ein kleines, blondes Mädchen vor dem Gelenk der Bahn weinte lauthals los. Im gleichen Augenblick riss Schwarzbach den Fahrhebel zurück und löste den Totmann-Schalter. Die Laufwerke quietschten vernehmlich, Eisen kreischte, als die Bahn verzögerte. Fast zeitgleich blitzte das Mündungsfeuer auf, Glas splitterte – direkt neben ihm. Schwarzbach wurde von umherfliegenden Splittern getroffen und ließ sich vom Fahrersitz gleiten. Er hoffte, dass das Glasfasermaterial des Wagenkastens mehr aushielt als die Scheiben. Der kleine Monitor zu seiner Rechten war getroffen worden. Mit einem satten Knall implodierte die kleine Bildröhre. Ein umherfliegendes Teil erwischte Schwarzbach am rechten Ohr. Er spürte das warme Blut, das über sein erhitztes Gesicht rann. Das graue Blech des Monitorgehäuses deformierte sich. Rauch stieg auf und behinderte Roland Schwarzbach die Sicht.

Ein Irrer hatte es auf die Schwebebahn abgesehen!

Er legte sich flach auf den Boden der Bahn, schrie überflüssigerweise in Richtung Fahrgastraum »Alle hinlegen!« und presste sich die Hände vor die Ohren.

Von einer Sekunde zur anderen kehrte eine gespenstische Stille ein.

War es vorbei?

War *alles* vorbei?

* * *

Programm der Wupperwelle

»Wie wir soeben erfahren haben, hat es vor wenigen Minuten einen erneuten Zwischenfall im Fahrbetrieb der Schwebebahn gegeben. Aus ungeklärter Ursache blieb ein Zug auf freier Strecke stehen, kurz nachdem er die Station

Alter Markt verlassen hatte. Möglicherweise handelt es sich um einen kurzzeitigen Stromausfall. Wie die Stadtwerke uns mitteilten, ruht der Bahnverkehr bis auf Weiteres.

Unser Kollege Michael Eckhardt ist für Sie am Alten Markt und meldet sich, sobald es erste Erkenntnisse gibt.«

* * *

Ein letzter Schluck aus der Mineralwasserflasche, ein letztes Räuspern, die Mund- und Backenmuskulatur dehnen und Sprechübungen vor sich hin murmeln. Stefan verschwand mit den Manuskripten, dem Musiklaufplan und diversen CDs im gläsernen Studio des kleinen Senders. Seufzend ließ er sich auf dem Drehstuhl hinter den Reglern nieder, ordnete die Blätter zu einem einigermaßen erträglichen Chaos und setzte die Kopfhörer auf. Stefan schob eine CD ins Fach, hörte sich probeweise die Ramp an, stoppte die Zeit. Dann rückte er sich das Mikrofon zurecht und wartete. Noch liefen die Verkehrsmeldungen nach den Nachrichten, der Redakteur saß im Nebenstudio. Stefans Blick glitt ins Leere. Ein letztes Mal sammeln, in wenigen Sekunden war er *On Air*.

Just als das Jingle der Sendung Wuppertreff ertönte, betrat Heike das Studio, schloss eilig aber leise die Tür und ließ sich auf einen der freien Stühle sinken. Sie blickte betroffen drein. Sie wussten noch immer nicht, was am Alten Markt mit der Schwebebahn geschehen war, doch alles deutete darauf hin, dass jemand auf das Wahrzeichen der Stadt geschossen hatte. Leider hatte Stefan keine Zeit, mit Heike darüber zu reden, jetzt war er auf Sendung.

»Hallo und guten Tag, hier ist der Wuppertreff. Mein Name ist Stefan Seiler. Schön, dass Sie da sind. Wir starten mit Chris Rea, und der ist *On The Beach*.« Stefan riss den Regler des CD-Players viel zu schnell hoch und legte den Kopfhörer fort. Verflucht – er war unkonzentriert. Aber das war kaum ein Wunder, immerhin hatte es vor wenigen Minuten ein Unglück der Schwebebahn gegeben. Genauer gesagt: Es hatte einen weiteren Anschlag auf die Bahn gegeben, und Heike war Zeuge geworden. Sie hatte vom Fenster des Chefbüros aus beobachten können, wie jemand auf den Zug geschossen hatte. Die Bahn war mitten auf der Strecke stehen geblieben, kaum dass sie den Alten Markt verlassen hatte. Sie hatte auch die zerstörten Seitenfenster gesehen. Der Fahrer war nicht zu sehen gewesen – warum auch immer. Möglicherweise hatte der Schütze ihn getroffen und verletzt, oder gar Schlimmeres. Eckhardt persönlich war losgezogen, bewaffnet mit seinem Handy, um nach der ersten Musik im Wuppertreff einen kurzen Bericht per Telefon durchzugeben. Obwohl sich der Wuppertreff normalerweise aus Klatsch, Tratsch und lockeren Haushaltsthemen zusammensetzte, hatten sie das Programm kurzfristig gekippt, um über den Zwischenfall zu berichten.

»Ulbricht hat soeben angerufen«, sprudelte es aus Heike heraus, nachdem Stefan das Mikrofon dicht gemacht hatte.

Er blickte sie mit geneigtem Kopf an. »Und?«

»Jetzt weiß er, was unser Freund Axel Grimm in Gembowskys Haus gesucht hat und er weiß auch, dass beide nichts mit der *Bewegung 12. April* zu tun haben.« Heike blickte ihn mit großen Augen an.

»Erzähl.«

»Der werte Kollege stand auf Klaus Gembowskys Lohnliste.« Heike grinste und schlug die langen Beine übereinander. Einmal mehr verliebte Stefan sich in ihre Grübchen, die ihr etwas Mädchenhaftes verliehen, und fragte sich, wann aus ihnen endlich ein Paar werden würde. Ein richtiges Paar.

»Aber ...«, murmelte Stefan, »er arbeitet doch beim Talexpress.«

»Eben«, ereiferte Heike sich. »Denk doch mal nach!«

Langsam fiel der Groschen. Heike hatte Klaus Gembowsky, den zwielichtigen Nachtbargastronom, interviewen wollen. Zunächst hatte er sich einverstanden erklärt, um die negativen Vorurteile, die ihn schwer belasteten, im Kreise der Wupperwelle-Hörerschar abzubauen. Als Heike ihm aber eine Abfuhr erteilt hatte und sich nicht in seine Villa eingeladen ließ, verstand Gembowsky das als klare Kriegserklärung gegen seine Persönlichkeit. Nun musste er befürchten, dass die Originaltöne des Interviews – inklusive seiner patzigen Beschimpfungen, derer er sich trotz laufenden Tonbands einfach nicht enthalten konnte – gegen ihn verwendet würden und er somit in arge Schwierigkeiten käme. Das konnte er nicht ertragen. Er musste Heike aus dem Verkehr ziehen und von ihr die Herausgabe des Bandes erzwingen. In seiner Verzweiflung ließ er sie kurzerhand entführen: von seinen Handlangern, die zwar dumm, aber stark und ihm untertan waren. Somit war Heike schachmatt gesetzt, er hatte genug Zeit, sie weich zu kochen und sie konnte nichts gegen ihn unternehmen. Vor allem in dieser heiklen Phase der ungeklärten Nachlassregelungen des verstorbenen Rolf Spielberg durfte sich Gembowsky keine negative Publicity erlauben. Schließlich hatte er vor, den Geschäftspartner zu beerben. Jetzt endlich ergab die Sache für Stefan einen Sinn.

Heikes Entführung hatte also gar nichts mit dem Schwebebahnkomplott zu tun gehabt, war einer gänzlich anderen Sache dienlich gewesen.

Und Axel Grimm?

Er musste an jenem Abend, als Heike das Interview führte und er sie an der Schwebebahnstation traf, wo man den toten Rolf Spielberg gefunden hatte, dahinter gekommen sein, dass es zwischen Gembowsky und Heike Funken gegeben hatte, woraufhin er dem aalglatten Nachtclub-Besitzer das Angebot machte, Heike, ihren Freund und gleich die ganze Wupperwelle öffentlich zu diskreditieren. Dies war Rache für Gembowsky, und gleichzeitig für Axel Grimm eine willkommene Gelegenheit, den ungeliebten Kollegen vom Hörfunk eins auszuwischen. So hatte er dem Sender im Talexpress unterstellt, hinter den seltsamen Vorkommnissen um den toten Rolf Spielberg zu stecken, hatte Stefan in der Öffentlichkeit angeprangert und die Frage in den Raum gestellt, was die Wupperwelle wohl mit dem Selbstmord des unglücklichen Spielberg-Zwillingsbruders zu tun hatte. Auch eine Gegendarstellung, wie Michael Eckhardt sie vom Chefredakteur des Talexpress verlangt hatte, brachte letztendlich nichts mehr und diente lediglich der Ehrenrettung des Senders. Gegendarstellungen werden immer klein gedruckt, Prozesse werden erst geführt, wenn die Sache niemanden mehr interessiert. Die Wirkung der ersten Schlagzeile ist irreversibel.

»Stefan – du bist gleich dran«, riss Heikes Stimme ihn aus den Gedanken. Sie hatte sich weit über das Mischpult gebeugt und reichte ihm den Kopfhörer, während sie sich selbst ein anderes Paar Hörer aufsetzte. Tatsächlich neigte sich Chris Rea's *On The Beach* dem Ende zu.

Eine zierliche Gestalt huschte ins Studio, tickerte ein-, zweimal mit dem Kugelschreiber und räusperte sich. Stefan legte die Finger auf die Regler, während er kurz aufblickte. Beate war zu ihnen gestoßen. Sie nickte erst Heike, dann dem Moderator knapp zu.

»Der Chef ist am Telefon. Du sollst ihn gleich live auf Sendung nehmen.«

Stefan nickte, dann verschwand Beate.

»Sie hören den Wuppertreff, es ist gleich zwölf Minuten nach zehn, schön dass Sie die Wupperwelle eingeschaltet haben.« Kurze Atempause. Jetzt folgte eine freie Moderation. »Wie wir soeben gemeldet haben, ereignete sich vor wenigen Minuten ein weiterer Zwischenfall im Betrieb der Wuppertaler Schwebebahn. In den vergangenen Tagen kam es immer wieder zu Störungen, erst vorgestern gab es einen Auffahrunfall im Bahnhof Vohwinkel, bei dem rund zwanzig Personen und der Schwebebahnfahrer verletzt wurden. Jetzt vor Ort am Alten Markt ist mein Kollege Michael Eckhardt.« Stefan betätigte den Knopf, der das Telefon freischaltete.

»Herr Eckhardt, wie ist die derzeitige Lage am Unglücksort, und vor allem: Was genau hat sich dort ereignet?«

»Nun«, hörten sie die Stimme des Chefredakteurs im Kopfhörer, »sicher ist eigentlich nur, dass jemand auf eine fahrende Schwebebahn geschossen hat. Wie durch ein Wunder hat es lediglich drei Leichtverletzte gegeben, unter ihnen ist der zweiundvierzigjährige Fahrer der Bahn. Man hat die Bahn rückwärts in die Station Alter Markt gefahren und den Betrieb sofort eingestellt. Neben mir steht jetzt Erika Meister, die Pressesprecherin der Stadtwerke. Frau Meister, haben Sie einen Hinweis auf den Schützen, einen ersten Verdacht?«

»Nein«, ertönte die merklich entnervte Stimme der Pressereferentin. »Der Täter konnte unerkannt entkommen. Wie mir ein Sprecher der Polizei mitteilte, wurde sofort eine Großfahndung eingeleitet. Vermutlich handelt es sich um einen Anhänger der so genannten *Bewegung 12. April*, einer zwielichtigen Bande, die seit Tagen vergeblich versucht, die Betreiber der Schwebebahn zu erpressen.«

Stille.

Stefan und Heike glaubten sich verhört zu haben und wechselten entnervte Blick. Sie war blass geworden und musterte ihren Kollegen mit tellergroßen Augen. »Was hat sie da gesagt?«, flüsterte sie. Das Mikro hatte Stefan dicht gemacht, also konnten die Hörer an den Radios ihr Gespräch nicht mithören.

»Sie ... sie hat sich öffentlich zu der Erpressung bekannt«, wisperte er ungläubig. »Sie muss wahnsinnig sein. Das geht nicht gut ... außerdem, die Nachrichtensperre der Polizei ...«

»Es gibt eine Erpressung?«, fragte Eckhardt jetzt, scheinbar ebenfalls überrascht und gleichzeitig schockiert.

»Ja«, bestätigte die Meister, »und die verhängte Nachrichtensperre der Kriminalpolizei wurde soeben erst aufgehoben. Dennoch versicherte man mir, dass die Ermittlungen auf Hochtouren laufen. Bis zur Erfassung der Täter wird der Betrieb der Schwebebahn eingestellt, um unsere Fahrgäste nicht unnötig zu gefährden.«

Bevor die Meister weiter ins Detail gehen konnte, blockte Eckhardt sie geschickt ab. Die Situation war ihm natürlich unangenehm, immerhin litt die Wupperwelle vom ersten Tag an unter dem Abblocken der Erpressung.

»Soweit also die erste Stellungnahme von Stadtwerke-Sprecherin Erika Meister. Ich bleibe natürlich vor Ort und werde mich melden, wenn es neue Erkenntnisse gibt. Das war Michael Eckhardt live vom Alten Markt; zurück ins Studio zu meinem Kollegen Stefan Seiler.«

Mikro auf, kurze Moderation, und Musik. »Danke, Herr Eckhardt. Wir halten Sie natürlich auf dem Laufenden. Und hier kommt die bezaubernde Cher mit ihrem Superhit *Believe*.«

Während er den CD-Player startete, schüttelte Stefan den Kopf. »Sie hat die Erpressung öffentlich gemacht«, murmelte er ungläubig. »Was hat das nun wieder zu bedeuten?«

»Dass die *Bewegung 12. April* das erreicht hat, was sie von Anfang an wollte: Alle, die mit der Erpressung zusammenhängen, in die Knie zu zwingen«, erwiderte Heike lakonisch.

Verdammt, sie hatte Recht.

25. Kapitel

N*achrichtensendung der Wupperwelle*

»Wie wir bereits unmittelbar nach dem Attentat auf den voll besetzten Schwebebahnzug unweit des Alten Marktes meldeten, steht eine Bande namens *Bewegung 12. April* hinter dem Schützen, der auf das Wuppertaler Wahrzeichen schoss. Diese Vereinigung will die Stadtwerke erpressen. Genaueres erfahren Sie hier bei uns. Inzwischen hat es einen Bekenneranruf hier in unserer Redaktion gegeben, den wir Ihnen natürlich nicht vorenthalten werden. Möglicherweise erkennt jemand der Hörer die Stimme und kann uns einen Hinweis geben, der zur Ergreifung des Täters führt. Hier nun der Mitschnitt des Anrufes.«

»*Sie wissen, wer hier spricht. Der kleine Anschlag auf die Bahn war nur eine Warnung. Wer die* Bewegung 12. April *zum Narren hält, muss damit rechnen, dass schlimmere Dinge geschehen werden. Bei einer neuen Lösegeldübergabe, die durch schlaue Polizisten in den Sand gesetzt wird, wird es Tote geben, davon können alle Wuppertaler ausgehen.*«

»Personen, die die elektronisch nur leicht verzerrte Stimme kennen, können sich entweder direkt bei uns in der Redaktion melden oder wenden sich bitte an folgende Rufnummer im Polizeipräsidium ...«

Karin Dahl, die diese Meldung über den Äther brachte, nannte die Durchwahl von Kommissar Ulbricht, dann ging man zum laufenden Programm des Senders über. Niemand dort draußen an den Geräten ahnte auch nur im Entferntesten, wer hinter der Erpressung steckte, und das war *sein* Vorteil.

* * *

Selbstzufrieden schaltete er das alte Radio ab, leerte seine Flasche und trat ins Freie. Ein teuflisches Grinsen huschte um seine Mundwinkel. Er hatte es nicht geschafft, an die halbe

Million zu kommen. Diesmal hatten sie ihn geleimt. Nun, er würde allen in der Stadt beibringen, ihn ernst zu nehmen.

Er würde sie lehren, ihn zu respektieren.

* * *

»Grüß dich, alter Schrauber.« Stefan drückte ihm die Hand. »Nett hast du's hier, Mann.« Er machte eine ausladende Armbewegung, mit der er den ganzen Garten und das kleine Haus in seine Beurteilung einbezog. Jetzt deutete er auf seine Begleitung. »Das hier ist Heike, meine Freundin.«

»Schön.« Käfer-Klaus musterte die blonde Reporterin lange und nachdenklich. Das Funkeln in seinen Augen blieb Stefan nicht verborgen. Auch Heikes Blicke ruhten auf ihm. Etwas zu lange, wie Stefan fand. Scheinbar hatte auch sie ihn erkannt – wann und wo mochten sie sich schon mal begegnet sein? Stefan beschloss, Heike später danach zu fragen.

»Du kommst wegen dem Werkzeug?«, riss ihn seine tiefe Stimme aus den Gedanken.

»Nein, wegen eines kalten Biers.«

Ihr Gastgeber kicherte und rückte den Besuchern eifrig die Stapelstühle zurecht, die auf der Terrasse standen. Immer wieder musterte er Heike. Klaus brachte Stefan ein Bier und reichte Heike eine Cola, dann bedeutete er dem Freund, ihm in das kleine Gartenhäuschen zu folgen. Es gab alles, was man in einer Gartenlaube nicht vermutete. Zahllose Werkzeugkisten, Wagenheber und Unterstellböcke in allen Größen und Variationen, in einer Nische stand sogar ein kompletter Motortester, wie ihn nur die Werkstatt hatte. Stefan staunte Bauklötze. Bierkästen stapelten sich in einer Ecke, und Käfer-Klaus war an der gegenüberliegenden Wand beschäftigt. Sein Oberkörper hing im Spülenunterschrank einer Einbauküche. In Küchenschränken ließen sich wohl auch vorzüglich Werkzeuge unterbringen. Achtlos warf er eine abgewetzte

Werkzeugtasche hinter sich. Die eisernen Verschlüsse sprangen auf, und dann ergoss sich der Inhalt der Tasche auf dem Boden der Laube. Stefan sah Schalter, Kabelrollen, Klemmen und Stecker aller Arten. Auch einige Zangen und Elektroschraubendreher kullerten über den Fußboden. Klaus stieß einen Fluch aus, befreite sich aus seinem seltsamen Versteck und machte, dass er den Inhalt der alten Tasche wieder verstaute. Sekunden später war er wieder im Spülschrank verschwunden.

»Du warst gestern schon mal hier?«, fragte er jetzt, während er mit dem Werkzeug hantierte, den Kopf noch immer in den Tiefen des Schrankes verborgen.

»Ja – aber woher ...« Stefan nickte. »Klar, dein Nachbar hat mich verraten.«

»Und dir meine Lebensgeschichte erzählt, was?« Klaus kicherte.

»Nun ...«

»Ich kenne ihn lange genug. Der Alte ist nicht zu unterschätzen.«

»Er steht scheinbar auf hübsche Frauen. Von deiner Ex schien er jedenfalls recht angetan zu sein.« Sein Blick glitt nach draußen zu Heike, die sich in der Sonne aalte, mit geschlossenen Augen die langen Beine von sich streckte und hoffte, etwas Bräune abzubekommen, während er hier mit Käfer-Klaus Fachgespräche führte.

»Der Tabbert ist ein alter, geiler Sack«, dröhnte Klaus. »Aber um mit einem Weibsbild was anfangen zu können, ist er zu alt.« Umständlich kroch Klaus unter dem Spülschrank hervor, hockte auf allen Vieren und grinste zu Stefan hoch. »Der ist so alt, er muss noch 'nen Hörschaden vom Urknall haben.« Damit steckte er den Kopf wieder in den Unterbauschrank und wühlte in den Utensilien herum. Stefan blickte sich unauffällig in der Laube um. Es gab ein altes Schlafsofa, davor ein primitiver Tisch mit zwei ebenso primitiven Stühlen, eine Stehlampe mit knallrotem Schirm und Messingfuß. An der einfachen Garderobe hing ein dunkler Regenmantel, darunter schwere, schwarze Stiefel mit getrocknetem Lehm an den Absätzen. Typische Gartenarbeiterschuhe. In einer Nische ein altmodisches Sideboard aus den Siebzigern, darauf stand eine vergoldete Schale mit zwei Schlüsseln. Neben der Schale erkannte Stefan ein Telefon, ein Handy der ersten Generation und eine alte Adler-Reiseschreibmaschine, die im Museum wahrscheinlich ein heiß begehrtes Exponat gewesen wäre. Vermutlich war Klaus sich dieses Schatzes nicht einmal bewusst.

»Hier ist das Scheißding.« Klaus rappelte seine hundert Kilo mühsam ächzend in die Höhe. Sein runder Kopf war puterrot, als er Stefan die Zündblitzpistole überreichte. »Weißt du, wie man damit umgeht?«

»Bin ich blöd?«

»Hätte ja mal sein können.« Er grinste schief. »Noch 'n Bier?«

»Da will ich mal nicht nein sagen.«

»Endlich«, sagte Heike, als die Männer ins Freie traten, und blinzelte ihnen verschlafen entgegen. »Habt ihr gefunden, wonach ihr gesucht habt?«

»Klar«, nickte Klaus im Brustton der Überzeugung und reichte Stefan ein Bier. Genüsslich tranken sie.

»Sag mal«, eröffnete der Reporter schließlich das Gespräch. »Die alte Schreibmaschine da in deiner Laube ... was machst du damit?«

Er musterte Stefan unverständlich, seine buschigen Augenbrauen zogen sich sekundenlang zu einem durchgehenden Strich zusammen. Dann lachte er auf und winkte ab. »Die ist von Tabbert«, erklärte Klaus. »Er war bis zum letzten Jahr Schriftführer in unserem Vorstand. Dann wurde er abgewählt und wollte den ollen Hackkasten wegschmeißen. So etwas tut mir in der Seele weh, da kann ich nicht zuschauen.«

»Es ist eine uralte Adler, sicherlich dreißig Jahre alt«, vermutete Stefan und runzelte die Stirn. Während er von seinem Bier trank, begann es in seinem Hirn zu arbeiten.

»Vierunddreißig Jahre alt«, verbesserte Käfer-Klaus.

»Geschenkt, auf jeden Fall ziemlich wertvoll.«

»Darf man erfahren, was Sie bei den Stadtwerken genau machen?«, mischte Heike sich nun ein. Sie nippte an ihrer Cola. Klaus blickte sie mit ernster Miene an. War ihm diese Frage etwa unangenehm?

»Ich meine, Stefan erzählte, Sie arbeiten in der Schwebebahnwerkstatt.«

»Ja, ich repariere die Züge, warte sie ...« Klaus blies die Luft aus und rollte mit den Augen. »Alles, was halt so anfällt.«

»Hast du auch an dem Zug gearbeitet, der dem in der Station wartenden Wagen aufgefahren ist?«, fragte Stefan und lehnte sich weit über die Tischplatte.

»Klar«, nickte Käfer-Klaus und nahm einen tiefen Schluck aus seiner Bierflasche. Dann wischte er sich mit dem behaarten Handrücken den Schaum aus dem Bart. »Wir arbeiten in Teams an einer Generalüberholung, so wie sie der Zug gekriegt hatte. In der Schwebebahnwerkstatt ist nichts besonders anders als in anderen Werkstätten. Es gibt normale Schlosser, Schreiner, Lackierer und Elektriker.« Er zuckte die Schultern und zog die Mundwinkel nach unten. »Irgendetwas ist bei denen wohl schief gelaufen.«

»Bei den Elektrikern?«, hakte Heike nach.

»Klar. Der Zug war nicht zu bremsen, weil ein elektrisches Bauteil, ein Schütz, versagt hat – warum auch immer.«

»Unternimmt man nach einer solch umfangreichen Inspektion keine Probefahrt, bevor man einen Fahrer mit einem überholten Schwebebahnzug auf Strecke schickt?« Heike erhob sich und trat hinter Stefan. Er spürte die Wärme ihrer Haut auf seiner Schulter, als sie ihn zärtlich massierte.

»Natürlich«, brummte der bärtige Hüne jetzt. »Weiß der Teufel, was da passiert ist. Der Kollege hat den Zug abgenommen und konnte keine Defekte feststellen.«

Unauffällig blickte Stefan zu Heike auf. Langsam keimte ein vager Verdacht in ihm auf. »Sabotage?«

Heikes Massage wurde kurz unterbrochen, dann bohrte sich ihr rechter Daumen in Stefans Schulter. Beinahe hätte er aufgeschrien. Sie hatte endlich verstanden, worauf er hinauswollte. »Vielleicht jemand aus Ihren eigenen Reihen?«, spann Heike den Faden so nebensächlich wie möglich weiter.

»Jemand von den Schwebebahnern?« Klaus schüttelte entschieden den Kopf, dann lachte er amüsiert. »Unsinn. Niemand von unseren Leuten würde der Bahn eins auswischen wollen.« Er kicherte und schüttelte den fleischigen Schädel. »Warum auch?«

»Hmm«, machte Stefan und dachte angestrengt nach. »Ja, warum auch?« Er saß an einem Puzzle, hielt die Teile in den Händen und war einfach nicht in der Lage, sie zu einem kompletten Bild zusammenzufügen.

»Weißt du die Einstelldaten deines Käfers aus dem Kopf?«, wechselte Klaus jetzt das Thema und klang wieder versöhnlicher. ›Schwebebahner sind ein eigenes Völkchen‹, hatte Tabert dem Reporter gesagt. ›Die lassen nichts auf ihre Bahn kommen.‹ Nun ja. So schenkte er dem Gastgeber ein breites Grinsen. »Zündzeitpunkt, Schließwinkel der Kontakte und so weiter?«

Kopfschütteln. »Ehrlich gesagt – nein.«

Käfer-Klaus schlug ihm auf die Schulter. »Sei froh, dass du mich hast, Mann. Ich habe alle Einstelldaten in einem Reparaturleitfaden. Ich kann dir die für deinen Motor aufschreiben.« Er grinste jovial und erhob sich schwerfällig.

»Warte«, rief Stefan. Er warf Heike einen viel sagenden Blick zu und folgte ihm ins Dämmerlicht der Gartenlaube. »Darf ich mir die Zahlen selber notieren? Auf der alten Adler?«

»Klar – warum nicht?« Klaus wälzte einen ölverschmierten Einband, auf dessen Deckblatt ein großes VW-Emblem prangte.

»Hier hab ich's.« Klaus reichte ihm ein Blatt Papier. Stefan zog es in die antike Schreibmaschine ein und schob den Wagen zurück. Klaus nannte ihm die Daten, und der Reporter schrieb. Er hoffte, dass Klaus ihm die fiebrige Aufregung nicht anmerkte, die ihn gepackt hatte ...

26. Kapitel

Und: Woher kennst du Klaus?«

Heike zuckte mit den Schultern, während sie wieder zum Käfer gingen.

Stefan hatte Klaus versprochen, ihm die Einstelllampe spätestens in zwei Tagen zurückzubringen.

Heike war sich völlig unsicher: »Keine Ahnung. Es ist fast wie ein Déjà-vu-Erlebnis. Man kennt jemanden, fühlt sich zu ihm hingezogen, und weiß nicht, warum.« Sie schnaubte.

Jetzt musste Stefan doch lachen. »Hingezogen? Zu einem Bär wie Klaus? Heike, du wirst mir unheimlich.« Theatralisch fühlte er an ihrer Stirn nach Fieber.

»Du bist ein Idiot, Stefan Seiler«, stellte sie fest und ergriff seine Hand, um sie an ihre Wange zu ziehen. Sie blickte ihm tief in die Augen. Stefan legte den Arm um ihre Taille, zog sie näher zu sich heran, strich ihr liebevoll eine widerspenstige Haarsträhne aus der Stirn. So nahe waren sie sich schon lange nicht mehr gewesen. Stefan atmete ihr Parfum ein, fühlte ihre Wärme, genoss ihre Nähe. Sein Herz schlug schneller, in seinem Bauch kribbelte etwas. Er beugte sich tief zu ihr herab, und als sich ihre Lippen berührten, glaubte Stefan, winzige, angenehme Stromschläge zu spüren. Zärtlich strichen Heikes Hände über seinen Rücken, als sie sich im nächsten Augenblick unerwartet plötzlich von ihm löste.

»Er fährt einen Käfer?«, fragte sie unvermittelt.

»Ja«, seufzte Stefan. »Aber spielt das jetzt eine Rolle?«

»Sicher.« Heike trat einen halben Schritt zurück und stemmte trotzig die Hände in die Hüften. »Und ob das eine Rolle spielt. Jetzt weiß ich nämlich, wo ich diesen Klaus schon mal gesehen habe.«

»Und: Darf man erfahren, wo?« Bezeichnend rollte Stefan mit den Augen, ergriff ihre Hand und marschierte weiter zum Wagen. In der Bremer Straße war Parkraum wegen des benachbarten Krankenhauses knapp bemessen, und entsprechend weit mussten sie laufen.

»Ich habe ihn am Loh getroffen, unmittelbar nachdem dort das Feuer ausgebrochen war«, murmelte Heike.

»Bitte?« Stefan blieb wie angewurzelt stehen. »Beim Brand der Schwebebahnstation? Bist du ganz sicher?«

Das Puzzle war komplett.

»Natürlich. Jetzt weiß ich es ganz genau. Um ein Haar hätte er mich mit seinem Käfer über den Haufen gefahren. Ich hatte erst gedacht, du seiest nachgekommen, um dir die Rosinen aus dem Kuchen zu picken und hatte schon eine Schimpfkanonade parat. Dann sah ich, dass es sich bei dem Fahrer um einen bärtigen Hünen mit Lederjacke und langen Haaren handelte. Er gab an, die Straße benutzen zu müssen, da er dringend zur Arbeit müsse. Außerdem interessierte er sich auffallend für das Feuer in der Haltestelle.«

»Das ist ein Hammer.« Stefan scharrte mit dem Fuß im Staub der Straße, kickte gedankenverloren winzige Steine mit den Schuhspitzen durch die Luft. Schweigend zog er den Zettel hervor, den er auf der alten Adler getippt hatte. Inzwischen hatten sie den Wagen erreicht. Stefan breitete das DIN A 4-Blatt auf dem buckligen Dach des Wagens aus und strich es eilig glatt.

Heike trat neben Stefan, blickte erst ihn fragend an, dann studierte sie den Inhalt des Blattes mit den Einstelldaten. Heike tippte auf die maschinegeschriebenen Buchstaben und Zahlen. »Sieh nur, das miese Schriftbild. Das E ist total zugesetzt, und hier ... das H springt völlig aus dem Rahmen der Zeilen. Kommt dir das bekannt vor?«

»Das Erpresserschreiben«, nickte Stefan. Logisch – Tabbert hatte ihm ja ausschweifend von Klaus Langes finanzieller Situation berichtet. Er sei hoch verschuldet, trank oft und viel, musste Scheidung und Kind bezahlen und unterhielt dennoch einen alten Käfer, der gepflegt und gewartet werden musste. Ein Mann wie Klaus Lange benötigte ständig Geld.

Viel Geld.

Sehr viel Geld.

Blieb der Vorwurf der Sabotage. Wenn jemand einen Schwebebahnzug manipulieren konnte, dann ging das dort am leichtesten, wo die Züge aufbewahrt wurden, wenn sie nicht auf Strecke waren: in den Wagenhallen. Ihr Kandidat hatte zu diesen Einrichtungen jederzeit Zugang, ganz offiziell sogar. Immerhin arbeitete er bei der Schwebebahn. Klaus saß gewissermaßen an der Quelle ...

»Stefan«, krächzte Heike heiser vor Aufregung nun und ergriff seine Hand. »Wir haben ihn.«

27. Kapitel

Ich bin nicht da.«

Verschlafen räkelte Norbert Ulbricht sich im Bett herum, als das verdammte Telefon auf der Kommode im Korridor anschlug. Dicke Regentropfen trommelten gegen das Schlafzimmerfenster und rannen in dichten Wasserbahnen herab, um auf dem Fensterblech ein monotones Rauschen zu erzeugen. Kommissar Verdammt tastete blind nach dem Schalter der Nachttischlampe. Als der matte Schein der kleinen Lampe das Schlafzimmer des Kommissars erleuchtete, blinzelte er auf den Wecker. »Es ist kurz vor elf. Mitten in der Nacht«, knurrte Ulbricht und kroch noch tiefer unter die Decke. »Ich habe seit drei Tagen nicht geschlafen, und irgendwann braucht auch ein fleißiger Mann wie ich ein paar Stunden Schlaf.«

Das Klingeln des Telefons riss nicht ab. Fast schien es, als würde das Läuten dringender, mahnender. Das waren die wenigen Momente im Leben, in denen er sich eine Frau wünschte. Dann hätte er sie jetzt zum Telefon schicken können, um den verdammten Anrufer abzuwimmeln. So aber überwog sein Pflichtgefühl. Ulbricht seufzte. »Schön, dann werde ich drangehen.« Energisch stieß er die Bettdecke fort und setzte die nackten Füße auf den Wollteppich vor dem Bett. Barfuß stapfte er durch das Zimmer zum dunklen Flur.

»Ulbricht?«

Stille.

»Hallo – ist da wer?« Norbert Ulbricht gähnte unverhohlen in den Hörer und hoffte inständig, dass sich der Anrufer einfach nur verwählt haben möge. Dem war nicht so. Leider.

»Und wer nimmt sich die bodenlose Frechheit raus, hier nachts anzurufen?«, raunzte er, nachdem sich am anderen Ende der Leitung jemand kleinlaut räusperte.

»Radio«, erwiderte der Anrufer. »Wupperwelle.«

»Radio?« Er stutzte. Niemand wollte um diese Zeit ein Interview von ihm. »Herr oder Frau Radio?«, fragte er.

»Seiler mein Name – entschuldigen Sie die Störung. Aber es eilt, und wir haben eine heiße Spur.«

Das roch nach Schwierigkeiten.

»Ich hoffe, Sie haben einen guten Grund, mich zu stören.«

Was er von dem Radioreporter erfuhr, war tatsächlich eine heiße Spur. Sollte man das verdammte Journalistenvolk letzten Endes doch noch gebrauchen können? Unglaublich.

»Das ist ja ein echter Hammer. Wenn das stimmt, dann ... Verdammt, ja, natürlich. Sicher. Ja, ich bin gleich unterwegs.«

Ende der Nachtruhe.

* * *

Stefan hatte Michael Eckhardt auch zu Hause erreicht.

Natürlich war auch der nicht sonderlich erbaut gewesen, von seinem Reporter so spät gestört zu werden. Eigentlich wollte er diesen Abend einmal daheim verbringen, mit Bier, Kartoffelchips und einem gewohnheitsmäßig schlechten Fernsehgramm. Kaum hatte er sich auf der bequemen Couch niedergelassen und die erste Bierdose geöffnet, als er sich ernsthaft fragte, wofür er denn nun GEZ und Kabelfernsehgebühren bezahle.

»Da hat man schon fünfundzwanzig Kanäle, und nur Schrott!«, hatte er geschimpft, als das Telefon klingelte. Es ging eben nichts über Radio. Dennoch: Der vermeintlich freie Abend war mit dem Anruf von Stefan Seiler gelaufen.

Kaum zwanzig Minuten später stand er am Eingangsbereich des Kleingartenvereins. Dort wurde er von Stefan und Heike, einem äußerst schlecht gelaunten Ulbricht, dessen milchgesichtigen Assistenten, einigen Streifenpolizisten und einem kleinen Spurensicherungstrupp empfangen.

»Und Sie sind sicher, dass das Sinn macht?«, fragte Eckhardt, an Ulbricht gewandt. »Das ist ja die reinste Razzia. Wenn er's nun gar nicht ist.«

Der Kommissar kaute auf einem erkalteten Zigarettenstummel herum und betrachtete die Schuhspitzen seiner ausgetretenen Hush Puppies. Nächste Woche würde er sie mal wieder putzen. »Das lassen Sie mal meine Sorge sein. Ich schreibe Ihnen ja auch nicht vor, welche Musik Sie im Radio spielen. Aber um Sie nicht dumm sterben zu lassen: Ich habe mir das Original des Erpresserschreibens besorgt.

Er zog das Schreiben aus der Tasche seines Trenchcoats und wedelte Eckhardt damit vor der Nase herum. »Die Jungs hier von der Spurensicherung haben sich vor Begeisterung in den Arsch gebissen, als ich sie zum Dienst holte. Wegen ... wegen eines Briefes.« Er schüttelte den Kopf, dann erhellte ein Grinsen seine Gesichtszüge, und er wirkte versöhnlicher. »Das Schriftbild ist absolut identisch mit dem des Zettels, den mir Ihr Mitarbeiter besorgt hat. Dann gibt es noch einige Argumente, die gegen diesen Lange sprechen. Zunächst bestätigte mir der Betriebsleiter der Vohwinkler Werkstatt, dass Lange in den letzten Tagen nur unregelmäßig zum Dienst in der Werkstatt erschienen war. Er gab Arzttermine und eine Autopanne als Gründe an.«

Stefan wechselte einen raschen Blick mit Heike. Sie hatte Käfer-Klaus am Schwebebahnhof Loh gesehen, nachdem dort das Feuer ausgebrochen war. Zu einer Zeit, zu der normale Menschen längst arbeiten.

Ulbricht zählte weiter auf und dozierte wie ein zerstreuter Professor. »Er hat verdammt viele Schulden, säuft und lebt geschieden von seiner Frau, zahlt Alimente, fährt einen Oldtimer und hat dennoch Geld, einen Kleingarten zu halten? Da kommt 'ne Menge Holz zusammen, mein lieber

Mann. Außerdem hat Seiler in der Laube eine verdächtige Werkzeugtasche mit Elektroteilen gesehen. Also scheint der Bursche auch auf dem Gebiet der Elektrik nicht ganz unbewandert.«

»Das getauschte Schütz im Schwebebahn-Auffahrunfall?« Eckhardt schürzte die Lippen.

»Möglich ist alles. Da wir so ziemlich im Dunkeln tappen, müssen wir uns jeder Spur annehmen.«

Stefan trat mit Heike einen Schritt näher, als sich die Streifenbeamten einsatzklar machten. »Können wir dabei sein?«

»Muss das sein?« Verdammt stöhnte auf.

»Geben Sie sich einen Ruck, Mann«, forderte der Chefredakteur ihn auf. »Immerhin steckt unser Sender knietief mit drin in der Geschichte. Da wäre eine kleine Exklusivstory doch das Mindeste, was rausspringen müsste, oder? Als kleine Entschädigung, sozusagen.«

»Sie werden mir unheimlich, Eckhardt«, flüsterte Ulbricht und dachte angestrengt nach. Dann hatte er sich eine Strategie zurechtgelegt.

»Ich denke, es ist unklug, wenn Ihre Leute bei der Vernehmung anwesend sind. Die Exklusivstory ist Ihnen sowieso sicher. Von mir aus können Sie aus der Entfernung zusehen, wenn der Typ abgeführt wird. Aber hüten Sie sich, mit Namen rauszurücken!«

»Ich kenne das Datenschutzgesetz«, erwiderte Eckhardt.

»Gut, dann lassen Sie uns jetzt einfach unsere Arbeit machen.« Ulbricht ließ Eckhardt, Heike und Stefan stehen wie begossene Pudel und gab seinen Leuten ein Zeichen. Gefolgt von seinem Assistenten und vier uniformierten Polizisten betrat er den kiesbelegten Weg der Kleingartenanlage.

»Typisch Bullen«, wetterte Heike, als die Beamten außer Hörweite waren. »Wir dürfen die Drecksarbeit machen, und wenn es spannend wird, dann behandelt man uns wie dummme Kinder. Das ist das Letzte!« Sie stapfte wütend mit dem Fuß auf und ballte die kleinen Hände zu Fäusten.

Stefan nahm sie in die Arme und strich ihr durch das Haar. »Wir werden nichts verpassen, ganz sicher.«

* * *

»Hallo und guten Morgen, hier ist Stefan Seiler, Sie hören den Wupperwecker, ich heiße Sie herzlich willkommen mit *It Is A Good Sign* von Emilia, und über das gute Zeichen werden wir gleich in Ruhe reden. Versprochen, also bleiben Sie dran.« Regler zurück, Kopfhörer ab.

»Come on, Come on, Come on ...« sang er leise mit.

»He, so gut gelaunt?« Heike räkelte sich verschlafen im Studiostuhl, als Stefan den Kopfhörer abnahm. »Was meintest du mit dem guten Zeichen, über das du gleich reden wolltest?«

»He, mein Schatz«, rief Stefan gut gelaunt und drückte sie an sich. »Ist es etwa kein gutes Zeichen, dass unsere alte Schwebebahn wieder fährt?«

»Jetzt hat die Bahn mal einen einzigen Tag gestanden, und schon hat ein echter Wuppertaler Entzugserscheinungen ...« Heike schüttelte den Kopf. Sie war kurz nach Stefan schon morgens um vier Uhr ins Studio gekommen; und das, obwohl heute eigentlich ihr freier Tag war. Schuld daran war ihre Neugierde: Als sie aus dem Schlaf aufschreckte, weil Stefan auf dem Weg zur Arbeit die Tür eine Spur zu unsanft ins Schloss fallen gelassen hatte, musste sie unbedingt hinterher, um zu erfahren, was sich gestern noch ereignet hatte. Es hatte nach der Festnahme von Käfer-Klaus noch eine Pressekonferenz im Polizeipräsidium gegeben. Kommissar Verdammt hatte mit einer bemerkenswerten Mischung aus Stolz und Verlegenheit berichtet, wie Radioreporter die Kripo auf die richtige Fährte gebracht hatten. Heike war einfach zu müde gewesen, die Strapazen der Entführung hatten ihr zu tief in den Knochen gesteckt. Sie musste unbedingt schlafen, sodass Stefan alleine zur PK gegangen war. An diesem frühen Morgen hielt sie nichts mehr in den Federn – sie wollte jetzt von ihm wissen, was sich im Einzelnen abgespielt hatte.

»Sei lieber froh, dass alles so reibungslos geklappt hat«, erwiderte Stefan lachend. »Es war gut, dass Ulbricht die Leute von der Spurensicherung mitgebracht hatte. Sogar an den matschverschmierten Stiefeln in Klaus Langes Laube haben sie Spuren sichern können. Nämlich die vom aufgeweichten Waldboden an der Konradswüste.«

»Dann hat er selbst das Motorrad gefahren?«, fragte Heike.

»Sicher.« Stefan nickte. »Obwohl er im Polizeipräsidium steif und fest behauptet hat, dass seine Kumpanen sich jetzt fürchterlich für seine Festnahme rächen würden.«

»Was ist, wenn er diesmal nicht lügt?«

»Er lügt. Sogar das als gestohlen gemeldete Motorrad gehörte ihm bis vor einem halben Jahr selbst. Damals war der Feuerofen für ihn uninteressant geworden. Außerdem benötigte er dringend Geld, also ließ er die Geländemaschine verschwinden und kassierte die Versicherungssumme. Jetzt, als er sich seinen Plan zurechtgelegt hatte, erinnerte er sich an das Motorrad, das noch immer bei einem Bekannten in der Scheune schlummerte. So konnte ihm die Maschine ein letztes Mal wertvolle Dienste leisten.«

»Und das Schütz? Hat er es manipuliert?«

»Wie ein Techniker der Stadtwerke sagte, müssen schon viele unglückliche Zufälle ineinander spielen, bis es zu einem derartigen Unfall kommen kann.« Stefan schnalzte mit der Zunge. »Entweder ist unser Klaus ein gewiefter Elektriker, oder der Zufall hat es gut mit ihm gemeint, als er das Schütz austauschte. Dumm nur, dass die Kripo das intakte Teil in der Gartenlaube fand.«

Heike hatte sich erhoben und war durch das Studio gewandert. Im Osten ging die Sonne auf und tauchte die technische Einrichtung in ein warmes, gleißendes Licht. Es würde wieder ein sonniger, ein heißer Sommertag werden, und nichts deutete mehr auf die Schrecken der vergangenen Tage hin.

Hans Zoch hatte sich rasch erholt und würde in wenigen Tagen wieder einen Schwebebahnzug steuern können. Sie gönnte ihm das Vergnügen von ganzem Herzen. Die Fahrgäste, die bei den Zwischenfällen verletzt worden waren, hatten die Krankenhäuser rasch wieder verlassen können und befanden sich allesamt wieder daheim. Dennoch: Den Schrecken, einen Unfall oder ein Attentat im sichersten Verkehrsmittel der Welt miterlebt zu haben, würden sie so schnell nicht überwinden.

Vielleicht sogar niemals.

Die *Bewegung 12. April* war jedenfalls aufgeflogen. Ganz nebenbei hatten sie noch einen zwielichtigen Barbesitzer, der die Wuppertaler Prostitution im Würgegriff gehalten hatte, in den Knast gebracht, mehr zufällig, und nur, weil er sich an Heike vergriffen hatte. Aber die Gefahr war endlich gebannt, und nun konnte man wieder beruhigt in die Schwebebahn einsteigen.

So, wie man es in der Stadt schon seit über hundert Jahren tat.

Wie auf ein stilles Kommando ratterte unten an der Wupper die erste Schwebebahn des Tages vorüber. Noch nie hatte sich Heike so über das Quietschen der Eisernen Lady gefreut. Es war ein vertrautes Geräusch, es war der Sound der Stadt ...

Danksagung

Ich bedanke mich recht herzlich beim Team von Radio Wuppertal, dem realen Gegenstück meiner »Wupperwelle«, für den Einblick in die tolle Welt des Radiomachens. Das Radio ist und bleibt für mich ein faszinierendes Medium. Wenn ihr mal Leute sucht ...

Insbesondere danke ich Georg Rose für die Unterstützung des Vorhabens, einen Radioroman zu machen; Ira Söhnge, die sich geduldig mit mir am Mischpult beschäftigte sowie Sebastian Kaiser, dem Newsman. Und, nicht zu vergessen, Rüdiger Knössl, der inzwischen die Fronten gewechselt hat. Ach so, hey »Pinsch«: Du solltest einen Käfer fahren. Es passt so schön. Und eine Schwebebahn ist 24 Meter lang! Last but not least bedanke ich mich bei den Wuppertaler Stadtwerken, die mir einen Blick hinter die Kulissen des weltberühmten Wahrzeichens unserer Stadt gestatteten und mich bei Recherchen unterstützten. Insbesondere denke ich an Michael Malicke.

Andreas Schmidt, Wuppertal im Februar 2002

KBV-KRIMI

Jacques Berndorf

Der letzte Agent

KBV-Krimi Nr. 134
Taschenbuch, 281 Seiten
ISBN 3-937001-51-4

Siggi Baumeister hat alle Hände voll zu tun. Nicht nur mit der grässlich zugerichteten Leiche, die er im Eifelland findet, gewissermaßen vor seiner Haustür. Auch eine resolute alte Dame aus Berlin tritt plötzlich auf den Plan und stellt sich als seine Tante Anni vor. Baumeister hat noch nie von ihr gehört. Und schließlich entpuppt sie sich als eine mit allen Wassern gewaschene Frau vom Fach, eine pensionierte Kripo-Kommissarin. Baumeister kann jede Hilfe gebrauchen, denn die Fährte, die er verfolgt, führt ihn direkt zu einem alten Stasi-Komplott ...

»Die beste Serie im zeitgenössischen deutschen Kriminalroman.«
(FAZ)

»Jacques Berndorf ist der Eifelkrimi-Guru.«
(DIE ZEIT)

Jürgen Ehlers

Mitgegangen

KBV-Krimi Nr. 135
Taschenbuch, 390 Seiten
ISBN 3-934638-50-6

Düsseldorf, Februar 1929. Am Zaum einer Großbaustelle wird die Leiche eines kleinen Mädchens gefunden. Gewürgt, missbraucht, erstochen, mit Petroleum übergossen und angezündet. »Wer tut so etwas?«, fragt einer der Polizisten erschüttert. Die zynische Antwort lautet: »Meistens der Vater oder der Onkel.« Doch dieser Fall ist anders. Kommissar Wilhelm Berger sieht sich rasch mit einer ganzen Reihe brutaler Überfälle auf Männer, Frauen und Kinder konfrontiert. Ist hier ein Wahnsinniger am Werk? Ein Verdächtiger wird gefasst und gesteht alles. Doch die grausamen Morde gehen weiter ...
Jürgen Ehlers zeichnet das bizarre Bild des authentischen Triebtäters Peter Kürten nach, der unter dem Namen »Der Vampir von Düsseldorf« in die Kriminalgeschichte einging.

Rich Schwab

Perlen vor die Schweine

KBV-Krimi Nr. 136
Taschenbuch, 249 Seiten
ISBN 3-934638-54-9

Schlagzeuger Büb Klütsch hat drei Probleme: Er ist notorisch pleite, hat immer Bierdurst und die Kölner Staatsanwaltschaft will den Tod seiner alten Freundin Kathrinchen unbedingt als Drogenunfall zu den Akten legen. An einen Unfall mag Büb aber gar nicht glauben und beschließt daher, selbst die Wahrheit aufzudecken. Keine ungefährliche Aufgabe angesichts der wenig zimperlichen Zuhälterkreise der Domstadt, in denen Kathrinchen verkehrte.

»Rauh und heiser, in ruppiger Gangart, wie ein Song von Van Morrison.«
(Elke Heidenreich über NIE WIEDER APFELKORN)

»Schärfer als die Songs von Tom Waits.«
(Hajo Steinert, Deutschlandfunk, über EINE ALTE DAME GING HERING)

KBV-KRIMI

Jan Bergrath

Kalt erwischt

KBV-Krimi Nr. 133
Taschenbuch, 188 Seiten
ISBN 3-937001-49-2

Am Kühlhaus im Kölner Großmarkt wird der Lkw-Fahrer Welscher beim Entladen von seinem eigenen Kühlzug an die Rampe gedrückt und stirbt einen qualvollen Tod. Die Handbremse der Sattelzugmaschine ist gelöst, der rumänische Beifahrer ist spurlos verschwunden. Alles deutet auf einen tragischen Unfall mit Fahrerflucht hin. Doch Hauptkommissar Gerber von der Kölner Kripo glaubt nicht an einen Fall für die Berufsgenossenschaft. Die Spedition hat den Fahrer massiv unter Druck gesetzt, weil er im Begriff war, einen Betriebsrat zu gründen und die Presse zu informieren. Gerber beruft noch in der gleichen Nacht eine Mordkommission ein und nimmt die Ermittlungen bei der ehemaligen Kölner Spedition Fischer auf ...

Harry Luck

Wiesn-Feuer

KBV-Krimi Nr. 139
Taschenbuch, 209 Seiten
ISBN 3-934638-52-2

Eine tödliche Bedrohung liegt über der Wiesn: 25 Jahre nach dem Bombenanschlag auf dem Münchner Oktoberfest kündigen Unbekannte wieder ein verheerendes Attentat an. Doch die Verantwortlichen wollen die Gefahr lieber unter der Decke halten und lehnen strikt eine Absage des größten Volksfestes der Welt ab.

Auch der Münchner Lokalreporter Frank Litzka recherchiert und spricht mit den Opfern von damals. Dabei kommt er einer Gruppe Rechtsradikaler auf die Spur. Handelt es sich nur um verwirrte Spinner oder gefährliche Terroristen? Zur gleichen Zeit landet auf dem Schreibtisch von Kriminalhauptkommissar Jürgen Sonne die Akte eines ungeösten Falls: der »Wiesn-Mord«.

Silvia Kaffke

Totenstill

KBV-Krimi Nr. 138
Taschenbuch, 331 Seiten
ISBN 3-934638-53-0

Zunächst glaubt Barbara Pross noch an einen üblen Scherz, als pünktlich zu ihrer Vorlesung über den Serienmörder Kroll Schweinedärme in einer Unitoilette schwimmen. Doch dann tauchen Leichen auf, die wie bei anderen berühmten Fällen zugerichtet wurden. Barbara hat seit drei Semestern einen Lehrauftrag für Investigative Psychologie an der Uni, außerdem hält sie Vorträge an den Polizeifachhochschulen und wird des Öfteren als externe Beraterin zu schwierigen Fällen hinzugezogen. Ein solcher Fall eines Serienvergewaltigers führt sie zurück nach Burg im Kreis Dithmarschen, dem Ort ihrer schlimmsten Niederlage, dem Fall Schmidtmann. Noch immer wirft sie sich vor, damals das Opfer nicht gerettet zu haben.